EDNEY SILVESTRE

WELCOME TO COPACABANA
& OUTRAS HISTÓRIAS

EDNEY SILVESTRE

WELCOME TO COPACABANA
& OUTRAS HISTÓRIAS

3ª edição

EDITORA RECORD
RIO DE JANEIRO • SÃO PAULO

2016

CIP-BRASIL. CATALOGAÇÃO NA PUBLICAÇÃO
SINDICATO NACIONAL DOS EDITORES DE LIVROS, RJ

S593w
3. ed.
    Silvestre, Edney, 1954-
    Welcome to Copacabana / Edney Silvestre. – 3. ed. – Rio de Janeiro: Record, 2016.

    ISBN 978-85-01-10746-6

    1. Conto brasileiro. I. Título.

16-29913
                       CDD: 869.93
                       CDU: 821.134.3(81)-3

Copyright © Edney Silvestre, 2016

Todos os direitos reservados. Proibida a reprodução, armazenamento ou transmissão de partes deste livro, através de quaisquer meios, sem prévia autorização por escrito.

Texto revisado segundo o novo Acordo Ortográfico da Língua Portuguesa.

Direitos exclusivos desta edição reservados pela
EDITORA RECORD LTDA.
Rua Argentina, 171 - Rio de Janeiro, RJ - 20921-380 - Tel.: (21) 2585-2000.

Impresso no Brasil

ISBN 978-85-01-10746-6

Seja um leitor preferencial Record.
Cadastre-se e receba informações sobre
nossos lançamentos e nossas promoções.

Atendimento e venda direta ao leitor:
mdireto@record.com.br ou (21) 2585-2002.

Para

Beatriz Thielmann,
Betty Lago,
Sandra Moreyra
e
Carlos Veiga,
por todos os risos,
por todas as alegrias,
por todas as partilhas,
por todas as esperanças.

Nesta cidade do Rio,
de dois milhões de habitantes,
estou sozinho no quarto,
estou sozinho na América.

CARLOS DRUMMOND DE ANDRADE

No Rio

13 Welcome to Copacabana
55 Ontem
57 Ben que olhava o trem
67 Não sou Lea Jovanovic
75 Cheiro de pêssego
79 O universo não vale o teu amor
115 Depois da Páscoa
117 O primeiro filho
119 Aquela menina
123 Madame K.

Além do Rio

157 Não tocam mais Édith Piaf em Paris
167 Pedro em Paestum
193 Dentro da guerra
203 Me tirem daqui
215 Silvio trabalha
227 Zak
273 Uma mulher no exílio
303 Noite no Texas
321 Gbakanda Hotel

De volta ao Rio

347 Apenas uma mulher de negócios

NO RIO

WELCOME TO COPACABANA

Dois milhões de pessoas estão aqui, repete mais uma vez a sorridente jornalista na transmissão ao vivo, perfeitamente maquiada e penteada, irreprochável em sua roupa branca e prata. Atrás dela pulam, urram, sacodem os braços, sorriem, erguem taças de plástico e garrafas de espumantes, exibem cartazes com nomes de pessoas e cidades, suarentos e eufóricos, alguns dos supostos dois milhões de moradores e visitantes, todos eles espectadores do que a telejornalista minutos atrás qualificara como "o maior espetáculo do planeta".

Mentira, Regina murmura para si mesma, apertando o botão do *mute* no controle da televisão.

Eu sei, tu sabes, ele sabe, nós sabemos, vós sabeis, eles sabem que não cabe tanta gente assim na praia de Copacabana, diz para a imagem sem som da tevê, ainda apoiada no balcão entre a minicozinha e a minissala, junto à cuia de cerejas, intocadas como as nozes e as avelãs do prato ao lado.

Naquele show dos Rolling Stones, argumenta mentalmente com a telejornalista, havia pouco mais de um milhão e mal se conseguia mexer.

Um milhão de pessoas fazendo xixi por todos os lados.

(Uma mulher bêbada se ajoelhara a seu lado, baixara o short e começara a urinar ali mesmo. No calçadão. Junto de todo mundo. A seus pés. O riozinho amarelado, escorrendo, fora se aproximando de sua sandália. Ela chegara a sentir o líquido no calcanhar. Nojento. Empurrara a bêbada. A bêbada caíra. Sobre a própria urina. Gritara, xingara, se molhara na poça que ela mesma criara. Nojento. Nojenta. *Welcome to Copacabana*, ela dissera algumas horas antes a um rubicundo turista a quem orientara, no meio da corrente a desaguar no trecho em frente do hotel Copacabana Palace, bem onde o palco estava montado. *Welcome* ao bairro das mijonas, dos shows gratuitos com bandas de roqueiros idosos, das micheteras, dos ladrões de celulares, dos pivetes, dos desocupados, dos camelôs, dos mendigos, dos catadores, dos aposentados, das multidões diurnas pelas ruas formigantes, das viúvas e dos réveillons superlotados como o desta noite.)

Agora a mulher solitária fuma na cozinha. São 22h19, o relógio do micro-ondas marca.

No apartamento antigo não fumava. Não porque Sergio se incomodasse. Nem ela fumava, na verdade, até alguns meses atrás. Tinha, sempre teve, horror do futum de cigarro, que acabava por impregnar tudo. Nenhum exaustor eliminava o maldito cheiro de tabaco queimado. Cheiro de cinza. Cinza tinha cheiro. Não. Não todo tipo de cinza. As cinzas de Sergio não tinham cheiro nenhum.

Ela colecionava recortes de reportagens sobre Paris desde solteira, continuou já casada, entendeu sem gostar, mas concordou, quando Sergio preferiu raspar a poupança e fazer dívidas para uma viagem numa direção que ela jamais pretendera, levando o casal de filhos à Disney World, aonde todos os coleguinhas de escola tinham ido menos Eric e Thayssa, seis dias e sete noites pagos em vinte e quatro meses, com juros escorchantes naqueles tempos de inflação voraz do governo de José Sarney. Paris ficaria para mais tarde.

Paris, Piaf, Pont Neuf, Louvre, Monet, Manet, Marais, Saint-Germain, La Coupole, La Madeleine, Notre-Dame, Sacre-Coeur, Rue de Babylone, Torre Eiffel, Champs-Elysées, tudo sobre a capital francesa soava mágico para ela (também sabia várias canções de cor), destino sempre adiado para pagar as contas do mês, do semestre, do ano, o imposto de renda, o IPTU, as mensalidades do colégio, as mensalidades da faculdade, a festa de casamento de Thayssa, a entrada do apartamento de Thayssa, as prestações do apartamento de Thayssa, a entrada do apartamento de Eric, as prestações do apartamento de

Eric, o parto da filha de Thayssa, o parto do filho de Eric, Paris procrastinada apenas por um ano, apenas por mais outro, e o seguinte, e mais um, e mais um, e mais um porque, afinal, Sergio sempre alegava, citando um filme antigo americano que Regina nunca vira mas ele garantia existir, "Sempre teremos Paris".

(Era um velho filme em preto e branco com Humphrey Bogart, ela descobrira recentemente na internet numa tarde sem ter o que fazer. Em mais uma tarde sem ter o que fazer.)

Os recortes, guardados em caixas de sapatos e de presentes, estavam amarelados, e caducas as indicações de bistrôs e butiques parisienses, Thayssa grávida de novo (desta vez um garoto) e Eric divorciado, a papelaria na rua Jardim Botânico (herdada do pai de Sergio, a seis quadras do apartamento, com os anos acrescida da loja ao lado e transformada em papelaria/livraria de obras didáticas, mais loja de pequenos objetos e presentes Made in China) vendida na alta do mercado imobiliário para uma rede de botequins, quando finalmente o voo para Paris foi marcado e os tíquetes comprados com escala em Lisboa, terra dos avós de Sergio, onde passariam na volta.

Eram cinco e meia da tarde (mais do que adiantados para o voo, marcado para dez da noite) e estavam no corredor, com as duas malas (uma quase vazia, para trazer as eventuais compras), os agasalhos (era inverno na Europa), as passagens e os passaportes de ambos na bolsa dela, quando o interfone tocou. Deve ser o porteiro avisando que o nosso táxi chegou, confirma que estamos descendo, Sergio pediu. E ela correu à cozinha para atender.

A mulher solitária dá uma tragada, desajeitadamente segurando o cigarro comprado há semanas e mantido dentro de um tupperware fechado no armário embaixo da pia.

Tem a sensação de estar sendo observada da janela do conjugado em frente, outra vez. Mas não há ninguém lá. Ou não conseguiu pegar a tempo a bisbilhoteira russa. O porteiro confirmou: é uma russa, vive há muito tempo no prédio. O que leva uma russa a viver doze, quinze anos naquele prédio de tantos minúsculos apartamentos por andar? Seguramente não razões como as que a forçaram a se mudar para ali.

Quand il me prend dans ses bras,
il me parle tout bas,
je vois
la vie en rose...

Sempre teremos Paris, Regina.

Alguns rojões estouram, esparsos. Ainda falta mais de uma hora para o foguetório oficial. São explosões distantes, mas ela pode ouvi-los, a quatro quadras da praia, no décimo primeiro andar, mesmo com as janelas fechadas e o ar-condicionado ligado. Os cães das redondezas ladram, ladram, ladram. Sou como os cães, ela pensa, detesto fogos. Temos audição apurada, eles e eu. Eles odeiam esse barulho. Eu odeio esse barulho e a imposição de alegria desta noite. Odeio essa mania de sacudir garrafa de champanhe, sidra, a droga que for, e jogar em quem estiver por perto. Odeio vestidinho branco. Odeio calcinha da cor do santo do ano, para trazer bons fluidos. Odeio essa mania de bons fluidos. Odeio, com toda a força do meu ser, odeio mais que tudo essa mania de gritar uuu-ruu. Desde quando se grita uuu-ruu no Brasil? Uuu-ruu é grito de americano. Gritavam muito uuu-ruu na Disney. Na montanha russa, na roda gigante, no desfile do Pateta e do Mickey, em toda parte.

Thayssa e Eric voltaram de lá gritando muito uuu-ruu.

– A senhora é a moradora nova do onze-zero-cinco?

O sotaque da mulher ampla e alta, de cabelos amarelos amarrados em trança no alto da cabeça, parecia saído de algum programa humorístico.

– Muito prazer. Sou Olga – disse, estendendo a mão grande, com unhas longas pintadas de vermelho-escuro, no exato tom do batom que lhe desenhava uma boca além da linha natural dos lábios.

Regina ficou aliviada de estar segurando sacolas de compras do supermercado em ambas as mãos e não ter que tocar a mulher, com quem antipatizava sempre que a percebia a observá-la pela janela.

— Moro no apartamento do outro lado do seu.

— Sim, eu sei.

— O nome da senhora é Regina, não é?

— Sim, é. Com licença, preciso entrar e guardar estas compras — disse, tentando pegar a chave na bolsa e dar as costas.

— Da minha sala eu vejo a sua sala — a mulher insistiu, avançando e pegando as sacolas plásticas das mãos de Regina.

— Não precisa me ajudar — Regina balbuciou, atônita e irritada.

— Ficou boa a reforma que você fez, que abriu a cozinha e juntou com a sala. Cozinha americana. Prática. Gosto. Gostei.

— A senhora entrou no meu apartamento? — Regina perguntou, espantada.

— Ah, não. Ouvi o barulho durante as obras. Moro quase do lado. Ouvi. Ver, só vi quando o apartamento ainda estava em obras. Pela porta. Não entrei. Seu filho é arquiteto e fez a obra, não é mesmo? Foi bem rápida.

— Quem lhe disse que meu filho...

— Perguntei para ele.

— A senhora perguntou o que mais para meu filho?

— Pode me chamar de Olenka, se preferir. Ou Olga mesmo.

Regina abriu a porta, pegou as sacolas das mãos da mulher, que parecia querer entrar com ela.

– Boa tarde, dona Olga.

– Se precisar de alguma coisa, é só bater ali, no onze-zero-nove.

Entrou e ia fechar a porta, mas virou-se, decidida a deixar bem claro:

– Não gosto de ser espionada por vizinhos. De agora em diante vou manter minha persiana sempre abaixada.

– Ah, não faça isso.

– Como? – Regina reagiu, ainda mais chocada.

– Nós, pessoas sozinhas, precisamos da ajuda dos vizinhos.

– Quem lhe disse que eu sou...

– Solitária. Eu observo, lá do meu apartamento.

– Vou deixar a persiana sempre abaixada. Mas eu lhe peço o favor de parar de...

– Nunca vi seu filho vir lhe visitar. Ninguém vem lhe visitar.

Vou bater a porta na cara dessa mulher, Regina pensou, buscando alguma frase categórica para encerrar o diálogo com a intrusa.

– Não sou viúva como a senhora – disse a mulher. – Mas sei o que é não ter ninguém. Eu posso ajudar. Moro ali. – Apontou, antes de se afastar. – Onze-zero-nove. Basta apertar a campainha.

*

Ela abre a torneira, apaga o cigarro, joga na lata de lixo. Em seguida abre o armário sob a pia, pega uma embalagem de desinfetante fragrância pinho, joga algumas gotas dentro do lixo, guarda a garrafa verde.

Em que maldito momento você foi morrer, Sergio, ela pensa, enquanto abre a geladeira, tira uma garrafa d'água e bebe no gargalo. Uma pequena transgressão. Como fumar dentro de casa.

Eu seguro o elevador, foi a última frase que ouviu dele.

Há muitos registros das últimas palavras de homens celebres (sua favorita é "Mais luz!", de Goethe, ainda que também goste de uma outra cujo autor ela não se lembra bem quem era – "É só isso?"). As de Sergio foram essas quatro. Eu. Seguro. O. Elevador. Na verdade foram várias frases. "Não é o interfone que está tocando?" foi a primeira, enquanto chamava o elevador. (Sim, ela respondeu, é o interfone, deve ser o porteiro avisando que o táxi chegou.) "Fala para ele que estamos descendo", ele comandou, naquele jeito quase doce, quase paternal de homem confortável com o poder, exercido um tanto pelo bom senso, talvez um pouco por sua estatura e pela larga estrutura do corpo, nunca dando a impressão de imposição, e por isso, desde que eram apenas namorados, tinha aprendido a acatar suas ordens, tão lógicas e razoáveis quando aquela: "Atenda o interfone e avise que já estamos descendo."

Estamos grávidos e as crianças precisam de mais espaço, o marido de Thayssa começou na manhã seguinte à cremação. Eles estão grávidos e precisam de um apartamento maior, ponderou Eric em seguida. Desde quando gravidez passou a ser referida no plural, ela teve ganas de dizer, mas Thayssa já emendava, ciente de que Sergio transferira a propriedade do apartamento para os filhos — e convencera Regina a concordar e assinar, sempre do seu jeito tão firme e gentil.

Esse lugar é muito grande para você, mamãe, grande demais para uma mulher viúva, um deles disse. Eric? Thayssa? Não tinha mais certeza de quem, nem isso importava. A senhora não vai se sentir bem aqui, rodeada por tantas lembranças, Rodrigo deve ter dito. O trio estava bem ensaiado. Você vai se sentir super-hipersolitária aqui, mamãe, neste apartamento de três quartos, nesta rua quieta demais do Jardim Botânico. Você não é mais nenhuma criança, você precisa estar perto de tudo, farmácia, padaria, bancos, supermercados, restaurantes, diversão. Você precisa estar perto de gente como você. Quem é gente como eu, ela quis saber. Você sabe, mamãe. Sim, mamãe: pessoas não mais jovens. Sim, mamãe, pessoas que passaram de certa idade. Você está ótima, mamãe, mas. Mas o quê? Não podemos deixar você sozinha, neste apartamento grande demais, cheio de recordações que vão trazer muita tristeza para você. Ficaremos preocupados, pensando em você aqui, sem ninguém para acudir se alguma coisa lhe acontecer. Pois é. Eric concordou em nos vender a parte dele. É um bom negócio para todos. Queremos que você vá morar naquele apartamento simpaticíssimo do Eric em Copacabana. Nós pagaremos a reforma para você, mamãe. Nós pagaremos as despesas de condomínio, luz, gás, telefone, tevê por assinatura, internet, você não vai ter que se preocupar com nada. Mamãe. Com mais nada, daqui em diante.

Que móveis você gostaria de levar deste apartamento?

Eu seguro o elevador, dissera. Suas últimas palavras. Já nem respirava quando ela voltou. Sergio de costas, braços abertos, caído sobre a mala menor.

Il est entré dans mon coeur,
une part de bonheur,
dont je connais la cause…
C'est toi pour moi,
moi pour toi dans la vie,
il me l'a dit,
m'a juré
pour la vie…

Muitos fogos espocando, ela ouve. Quanto tempo já dura esse barulho? O ruído das explosões e os latidos dos cães da vizinhança parecem um diálogo doido.

Por que não dão soníferos aos cachorros nessas datas, ela se pergunta.

Há música também.

Ouve, entrecortados, temas grandiloquentes. Como os de filmes de gladiadores, de aparições da Virgem Maria, de Moisés abrindo as águas do Mar Vermelho, da Terra salva da invasão alienígena por Bruce Willis. Não: Bruce Willis agora é ator de comédias de velhinhos ativos e violentos. Um outro, um desses atores da nova geração de quem ela não sabe o nome. Pouco importa.

O que mais a irrita é a gritaria eufórica.

Alguém, na janela de algum apartamento (no próprio prédio? ao lado?), grita "Feliz ano novo". Outras vozes repetem a saudação.

Ela ergue a garrafa de água mineral e saúda: Feliz ano novo, Regina. Parabéns. Você sobreviveu a esse *annus horribilis*.

Ainda não são sete da manhã e o sol já pinica a pele. Horário de verão. Sob o céu com poucas nuvens ralas, na faixa de areia perto da avenida litorânea, um homem negro espadaúdo arma uma rede de vôlei. No calçadão e na ciclovia atletas e amadores correm ou caminham. Um grupo de senhoras se exercita, comandadas por gritos de uma professora madura. Alguns passeiam à beira das águas do Atlântico calmo e translúcido, sobre o qual, além da arrebentação, um instrutor de *stand-up paddle* conduz dois alunos que tentam se equilibrar sobre pranchas.

As ondas chegam perto de onde ela está sentada desde o meio da madrugada, incapaz de aturar a aflição insone dentro do apartamento, indiferente ao risco de ficar ali, à mercê da pivetada, dos craqueiros ou de bêbados, as pernas junto ao peito, a testa apoiada nos joelhos.

Uma mulher ampla e alta, coberta até os tornozelos por uma bata multicolorida, os cabelos amarelos ocultos sob um chapéu sem aba, interrompe a caminhada junto à água, hesita, depois anda até a figura acocorada.

Fica de pé ao lado dela, aguardando que seja percebida, mas isso não acontece e ela então diz com um sotaque em que o b soa como p:

– Bom dia.

Regina levanta a cabeça. O sol baixo entra nos seus olhos, ofuscando-a e a impedindo de ver o rosto de quem fala com ela.

– Bom dia – a voz com sotaque repete.

Regina se ergue num salto, irritada e embaraçada, enxugando as lágrimas. Detesta ser vista chorando. Não derramou uma lágrima no velório de Sergio. Odeia que tenham pena dela.

Afasta-se rápido, quase correndo. Aguarda que o sinal feche para atravessar quando ainda ouve a voz roufenha da vizinha russa gritando.

– Eu posso ajudar! Eu posso ajudar!

*

Ela entra de óculos escuros e chapéu de abas curtas em algum dos inúmeros restaurantes a quilo das redondezas, cada dia em um diferente, todos frequentados por mulheres e homens sozinhos, mulheres na maioria, que, como ela, servem-se moderadamente, pesam os pratos, sentam-se caladas em alguma mesa onde há outros homens e mulheres, na maioria mulheres, várias de óculos escuros, várias de chapéu de abas curtas, mastigando caladas e incógnitas seus almoços. Ela não. Ali não. Naquelas mesas silenciosas não. Ela prefere pôr a comida de pouco sal e vagos temperos nos vasilhames de alumínio que ficam junto aos pratos e bandejas, pesar, pagar e levar para casa.

Em geral deixa prato, talheres, guardanapo e copo prontos e esperando sobre a bancada entre a minicozinha e a minissala, postos em um jogo americano, cada dia um diferente, pois lhe restaram tantos rejeitados por Thayssa e Eric na partilha das roupas de cama e banho. Os móveis ficaram, todos, grandes demais para o apartamento de Copacabana, inclusive a cristaleira dos anos 1930, de madeira escura e vidros bisotados, comprada por ela e Sergio num antiquário modesto de Petrópolis, mais um bricabraque do que antiquário, na tarde do sábado em que ficaram noivos.

Sergio tomara emprestado o Fusca do pai, atravessara o túnel Rebouças, pegara Regina na rua Mariz e

Barros (perto do Instituto de Educação, onde terminaria o curso de normalista no final daquele ano), embicara pela Rio–Petrópolis, subira a serra sem falar muito (era dado a longos períodos de silêncio, dos quais emergia com bom humor) e, dentro de uma loja de chocolates, enquanto ela comia uma língua de gato, pedira que se casasse com ele.

Era abril. Fazia um friozinho gostoso. Uma neblina esgarçada (o ruço, chamavam ali) ondulava escondendo e revelando, intermitentemente, uma rua aqui, um canal acolá, um chalé de cores tirolesas com um jardim de hortênsias na frente, ela se lembra. Lembra-se também de uma canção de Charles Trenet. Sergio gostava de canções de Charles Trenet. Uma, especialmente.

Que reste-t-il
de nos amours,
que reste-t-il
de ces beaux jours...

O que sobrou de nossos amores, não é, Charles Trenet? O que restou daqueles belos dias, Charles Trenet?

A cristaleira, de fundo espelhado e prateleiras de vidro grosso, primeiro móvel do casal, foi sendo ocupada por objetos adequados e outros nem tanto. Xicrinhas de café, jarra e copos para limonada, quatro taças de champanhe nunca utilizadas, meia dúzia de taças de vinho usadas com frequência, bonequinhos de plástico de personagens de desenhos animados favoritos dos filhos, flâmulas do Vasco da Gama e do Sporting de Lisboa, times pelo qual Sergio e o pai torciam, um galo de cerâmica trazido de Évora pela mãe dele (as cores mudavam com as mudanças de tempo) e mais alguns cacarecos e suvenires, mas desses ela não se lembra mais.

Ficou para trás a cristaleira, ficaram as caixas dos recortes, as malas da viagem cancelada, o diploma de normalista, as fotos da formatura de Sergio na Fundação Getulio Vargas e dela no Instituto de Educação, o álbum do casamento na igreja do Palácio Guanabara, as fotos da primeira gravidez (o bebê, um menino, nasceu morto e ela nunca mais permitiu fotografar-se grávida), as fotos da família nos passeios dominicais à então bucólica Barra da Tijuca, as fotos da família na excursão à Disney, as fotos da família nas bodas de ouro dos sogros, todas, todas as fotos e álbuns, deixou tudo no apartamento onde vivera vinte e quatro anos com Sergio, agora ocupado por Thayssa, Rodrigo, Maria Eduarda e o recém-nascido Rodriguinho. Jogassem no lixo, se quisessem.

Une photo,
vieille photo,
de ma jeunesse...

Seu último gesto no apartamento a que nunca mais pretendia voltar foi abrir a geladeira, tirar a embalagem de ovos e quebrar um a um no piso da cozinha. Um pequeno ato de transgressão. Um grande prazer ao pensar quanto irritaria a filha quando chegasse para tomar posse e desse de cara com o chão emporcalhado. Maior prazer ainda ao imaginar que Thayssa comentaria com o irmão e eles, mais o genro, a considerariam gagá.

A mulher que chegou do restaurante a quilo transfere o conteúdo da quentinha para o prato branco de bordas onduladas em relevo, ajeitando harmoniosamente cada alimento, senta-se em uma das três banquetas altas e tenta comer. Raramente consegue. Em geral para no meio. Ou logo no início. Não gosta de almoçar sozinha. Sempre conseguiam algum tempo para almoçarem juntos, Sergio e ela. Não mais. Nunca mais.

Que reste-t-il
des billets doux,
des mois d'Avril,
des rendez-vous,
un souvenir qui me poursuit,
sans cesse...

O que resta daqueles dias de abril? Nada, ela responde a si mesma. *Rien du tout. Baisers volés, rêves mouvants.* Beijos roubados, sonhos fugazes.

Acaba por abandonar o prato, joga as sobras no lixo, pega alguma fruta, finge estar apenas lanchando.

*

Finge estar apenas lanchando quando ouve batidas na porta. Não espera visitas nem entregas, o porteiro tampouco avisou haver alguém subindo. Por que não tocaram a campainha?

Checa pelo olho mágico. É a vizinha russa.

Decide não abrir.

Afasta-se, indiferente a novas batidas. Ela se cansará e irá embora, crê. Mas as batidas continuam, em pequenos intervalos. Logo soa a campainha. Uma vez, duas, três, quatro. Para. Volta a tocar.

– O que a senhora quer? – pergunta, irritada, do meio da sala.

– Trouxe um bolo bonito – diz a russa, trocando os bês por pês. – Eu que fiz.

– Não como bolos – Regina fala, e acrescenta outra mentira à primeira: – Sou diabética.

– É um bolo salgado.

– Estou de dieta.

– Uma receita russa. Muito gostosa.

– Não, obrigada.

– Minha mãezinha me ensinou.

Regina ri: uma mulher daquela envergadura e idade citando a mãe no diminutivo, como uma criança. Mas não cede.

– Agradeço seu trabalho. Não quero, obrigada. Boa tarde – despede-se.

O silêncio que se segue faz Regina acreditar ter se livrado da russa. Enganara-se.

– Não quer guardar para comer depois?

– Não.

– Nem um pedaço?

– Não!

– Pedaço pequeno?

– Não, já disse!

Novo silêncio. Ouve passos da vizinha se afastando. Ruído de saltos. A russa colocara saltos altos para trazer-lhe o bolo de receita herdada da mãe. Deve ter se vestido com algum apuro, imaginou. Esperava que eu abrisse a porta e a convidasse para entrar. Que eu fizesse um cafezinho para tomar com o bolo talvez. Ou oferecesse um refrigerante, um suco, um mate, alguma coisa. Fez um bolo, foi gentil, quis ser amável. E eu fui grosseira, pensou, levantando-se e correndo para a porta. Iria ao onze-zero-nove e se desculparia, agora mesmo.

A mulher de cabelos amarelos caminhava sem pressa pelo corredor.

– Dona Olga! – chamou.

A russa virou-se. Sorriu. Tinha dentes grandes, manchados de vermelho pelo excesso de batom.

– Eu menti – disse, antes que Regina pudesse falar alguma coisa. – Não fui eu que fiz. Comprei na padaria.

– Ah... – Regina suspirou, decepcionada.

– É feito com pão de forma em camadas, tem maionese, deve ser péssimo para diabéticos. Me desculpe.

– Quem tem que se desculpar sou eu, dona Olga. Fui rude com a senhora.

– Então venha jogar cartas comigo hoje à noite que fica desculpada.

– Não sei jogar cartas.

– Eu ensino.

Logo se arrependeu de haver concordado com a visita. Se a russa se mostrara indiscreta e curiosa sem sequer conhecê-la, mais inconveniente ainda seria dentro do próprio apartamento. Pois afinal Regina acedera ao convite, não foi? Para a vizinha seria um sinal de aquiescência à intimidade, ou pelo menos trégua na resistência. Um jogo de cartas (pelo qual não tinha nenhum interesse, fosse qual fosse) dava muito tempo, tempo demais à bisbilhotice.

Não estava disposta a falar da viuvez, nem de Sergio ou dos tempos quando eram casados, ou noivos, ou namorados, nem dos filhos ou o que pensava deles, ou da banalidade deles, da incompetência deles, dos netos irritantes e mimados, tampouco da coação à mudança de endereço, nem da rotina desses meses em Copacabana, de qualquer detalhe pessoal que implicasse em qualificação ou análise de sua situação atual ou das perspectivas futuras. Ou se as havia. Ou se acreditava que houvesse.

Muito menos de Paris. Nunca, jamais, nunca mais uma palavra sobre Paris. Com ninguém.

Pensou em apagar as luzes, recolher-se ao quarto com a porta fechada, fora do ângulo de visão da janela, dar a impressão de que não havia ninguém em casa e dizer no dia seguinte que tinha saído para... para visitar a filha e tomar conta da netinha. Que dormira na casa da filha.

Achou absurdo esconder-se e trancar-se por receio de uma vizinha xereta.

Escreveu um bilhete curto e polido, dando um mal-estar como razão para a ausência. Passaria por baixo da porta uns vinte minutos antes da hora marcada. Era definitivo e não abria espaço para insistência.

Ainda tinha tempo.

Aproveitaria para resolver um assunto que vinha adiando havia muitos dias.

Ligou para o número do antigo apartamento. Tocou várias vezes antes que atendessem.

— Boa tarde, Thayssa.

(Sempre chamou os filhos pelo primeiro nome, nunca de "meu filho" ou "minha filha". Tampouco utilizou, nem gostava, de diminutivos, ao contrário da falecida sogra, que sempre se referia aos netos como Thayssinha e Eriquinho.)

— Quem está falando?

— Sou eu, Thayssa. Sua mãe.

— Aqui é a faxineira. Dona Thayssa não pode atender.

— Diga que é a mãe dela, por favor.

— Pera aí.

Passam-se alguns minutos antes que a empregada volte ao telefone.

— Dona Thayssa falou que não pode falar agora. Falou para a senhora ligar mais tarde.

— Peça para ela me ligar. Diga que é sobre a cristaleira. Diga que eu quero a cristaleira de volta.

— Que cristaleira?

— Essa, antiga, que fica no hall de entrada do apartamento.

— Não tem cristaleira nenhuma ali, não, senhora.

— Como não tem?

— Não tem mais cristaleira.

— Como assim não tem mais?

Não há resposta. Regina aguarda. Um minuto ou dois depois ouve a voz da filha.

— Mamãe, você disse que não queria mais a cristaleira.

— Agora eu quero. Foi o primeiro presente do seu pai para mim. Para a nossa casa.

— Você disse que era grande demais para o seu apartamento.

— Eu nunca disse isso.

— Nós... Rodrigo e eu mudamos um pouco a decoração do apartamento. Você não tem vindo aqui e não viu ainda... Estamos com móveis mais claros, mais modernos...

— E a cristaleira?

— Vendemos para um antiquário de Petrópolis.

Tocam a campainha. Olha o relógio que nunca tira do pulso, hábito dos tempos em que equilibrava horários de escola e natação e judô e balé e almoço e sesta e lanche e janta dos filhos e de Sergio. Ainda faltam quarenta minutos até a hora marcada para a visita ao apartamento da russa.

À frente do olho mágico está um rapaz moreno. Não o conhece. Pergunta o que deseja, sem abrir a porta. Ele responde que tem um recado de Dona Olenka.

— Dona Olenka?

Sua vizinha do onze-zero-nove, ele esclarece.

Olga, a russa, Regina compreende. Mas estranha.

— Pode falar.

— Está tudo escrito neste envelope – diz o rapaz.

— Pode passar por baixo da porta.

Tem também esta encomenda, ele mostra, erguendo à altura do olho mágico um prato coberto por um guardanapo.

— O que é?

O rapaz, sempre com o prato erguido, retira o guardanapo. É um bolo redondo, pequeno, amarelado, mais alto de um lado do que de outro. Este ela deve ter feito, Regina deduz.

– Por que mandou isso? Dona Olga tinha marcado comigo na casa dela daqui a pouco.

Apareceu uma cliente de última hora e Dona Olenka não vai poder mais ver a senhora, o rapaz explica. Está escrito aqui, indica o envelope, acreditando continuar sendo observado, mas Regina fechara o olho mágico. Reluta se deve ou não abrir a porta. Abundam nas filas dos restaurantes a quilo, das padarias, dos supermercados histórias de velhinhas agredidas e roubadas por desconhecidos que invadem seus apartamentos, abertos diante das mais prosaicas alegações. Mas eu não sou uma velhinha, diz para si mesma. Sou apenas uma mulher madura. Madura e saudável. Posso me defender. Posso gritar, posso arranhar o rosto dele, posso dar-lhe um chute na canela, posso empurrá-lo, posso escapar do ataque e sair berrando pelo corredor, posso...

A senhora não precisa ficar com medo, Regina o ouve dizer, depois de uma longa pausa, num tom que lhe parece acabrunhado.

– Vou deixar o bolo e o envelope aqui na porta, a senhora pega depois que eu for embora.

– Não estou com medo – ela diz, abrindo a porta num impulso. – Apenas queria saber quem...

Surpreende-se: o rapaz é que parece sobressaltado com sua aparição repentina. É pouco mais alto que ela, tem o cabelo cortado muito curto, quase raspado, veste um macacão preto que parece de tecido plástico. Nota um capacete de motociclista pendurado no braço esquerdo quando lhe estende o prato. O envelope sobre o guardanapo é lilás. O nome dela está escrito em tinta dourada.

– Preto sempre tem cara de assaltante, né? – o rapaz lhe diz, sem ironia.

– Não, de jeito nenhum – Regina contesta, sem firmeza, constrangida com a própria reação minutos atrás. – Eu quis apenas... Você nem é preto – acrescenta, com espontânea sinceridade.

Arrepende-se. Que frase infeliz e preconceituosa, reconhece. Quer pedir desculpas mas não sabe como explicar que, na maneira como foi educada em sua família branca primeiro no Catumbi, depois na Tijuca, havia denominações específicas para cada tom de pele. Moreno-claro, moreno, moreninho, bem moreninho, moreno-escuro, mulato-claro, mulato, mulato-escuro, preto, negro, negão, crioulo e outras tantas.

Na gradação, o rapaz à sua frente, com um prato na mão e um capacete de motoqueiro pendurado no braço esquerdo, era um mulato. Definitivamente um mulato. Do tom de pele igual ao dos que derrubam velhinhas nas ruas para lhes arrancar um cordão com a medalha de Nossa Senhora de Lourdes ou a bolsa em que levam o dinheiro recém-sacado da pensão, mais o documento que permite embarcar de graça nos ônibus, ou apenas alguns trocados e um pedaço de papel com o nome e o número de telefone a quem procurar, caso sofra um mal súbito.

Ou seja, caso, por exemplo, perca os sentidos ao bater com a cabeça na calçada após ser empurrada por um pivete e...

— Desculpe — ela finalmente consegue dizer.

— Não tem problema. Estou acostumado.

Entrega o prato, Regina pega.

— Não quer entrar? — ela pergunta, ainda envergonhada.

— A senhora estava com medo de mim e agora me convida para entrar?

— Medo nenhum — ela disfarça, enquanto indica o interior do apartamento. — Entre.

— Não, senhora. Tenho de voltar para o trabalho.

— A essa hora?

— Sou motoca.

A palavra é nova para Regina e sua surpresa deve ser tão óbvia que o rapaz se apressa a esclarecer:

— Entregador. De um restaurante japonês da Gávea.

Regina escancara a porta.

— Entre. Faço questão.

O rapaz reluta. Regina o puxa pela manga do macacão, ele dá um passo para dentro da minissala.

— Vou preparar um café — ela comunica, fechando a porta para demonstrar o quanto confia nele e indo para a microcozinha. O motoca continua onde Regina o deixara.

— Não precisa.

— Gosta forte ou fraco? — ela indaga, pronta para despejar água mineral na cafeteira.

— Eu... não gosto de café, não senhora.

— Um refrigerante? Mate? – sugere, abrindo a geladeira. – Uma água de coco?

Ele aceita a água de coco, avança, coloca o bolo sobre a bancada, pega o copo que Regina lhe estende, bebe todo, Regina serve outro, também sorvido inteiro. O rapaz passa por ela, abre a torneira da pia.

— Não, não. Deixe que eu lavo – ela tenta argumentar.

O rapaz desobedece, lava e coloca o copo no escorredor, seca as mãos no pano de prato pendurado no gancho acima da pia.

Ele está acostumado a fazer isso, Regina reflete. No trabalho ou em casa. Deve viver com a mãe. Que o criou sozinha, ela imagina. Deve ser o mais velho de muitos irmãos.

— Esse restaurante japonês... – Regina inicia, tentando parecer natural. – É bom?

— Não sei. A comida dos funcionários é outra.

— Ah... compreendo – ela diz, sem realmente entender.

— Comida japonesa é muito cara – o rapaz esclarece. – Para nós fazem arroz, feijão, carne moída. Essas coisas.

— Ah...

— A senhora gosta de comida japonesa?

— Não – ela responde com franqueza.

O rapaz sorri.

— A senhora ia gostar menos ainda se visse como é feita.

Ela ri.

— Há quanto tempo você trabalha lá?

— Uns seis meses, mais ou menos. Desde que a minha filha nasceu.

— Você tem uma filha?

— Tenho. Mas ela vive com a mãe.

— Que idade você tem?

— Dezenove.

Aos dezenove meu filho estava entrando para a faculdade de direito, lembrou-se, sem muita certeza se queria mesmo ser advogado (não queria: no ano seguinte transferiu-se para uma faculdade particular de arquitetura). Aos dezenove Thayssa fora reprovada mais uma vez no vestibular de medicina, comunicara que iria estudar turismo e se casar naquele ano mesmo com o namorado da época, uma decisão adiada duas ou três vezes até conhecer Rodrigo, trocar de namorado e, aí sim, casar-se em menos de seis meses. Aos dezenove, ela e Sergio faziam planos para a casa que teriam e para a qual já haviam comprado um primeiro móvel, uma cristaleira encontrada num antiquário de Petrópolis — mais um bricabraque do que um antiquário, no sentido preciso da palavra.

— É perigoso andar de motocicleta — ela pondera, razoável e franca.

— Mais ou menos — ele responde, simples e confiante. — A senhora sofreu algum acidente de moto? Se machucou?

– Nunca andei de moto.
– Nunca?
– Nunca.
– Quer andar? Tenho outro capacete lá na moto. Quer dar uma volta em Copacabana?

Suave é a noite, lhe ocorre no momento em que o rapaz estaciona a moto de volta em frente a seu prédio de miniapartamentos e a ajuda a descer do carona. Não como se ela fosse uma velha (não sou, ainda não sou velha, ainda falta algum tempo, ainda falta muito tempo, ainda não sou como aquela senhora, ela sempre repete para si mesma quando observa o andar incerto ou o olhar arisco de alguma outra moradora de seu novo bairro). Nem com atitude galanteadora. É natural nele, pensa, a gentileza sem subserviência.

Suave é a noite que em Copacabana tudo harmoniza e que abranda os contornos mofados de prédios um dia belos em sua arquitetura dos anos 1930, envolve em sombras o sono dos derrotados sob as marquises, atenua as marcas de anos de humilhações e quase, quase embeleza as mulheres a se vender pelas calçadas e mesas dos quiosques, cobre com tintas coloridas as barraquinhas de camisetas e bugigangas, abafa o choro das hordas de moleques e meninas sempre em movimento por não terem para onde voltar.

Suave foi a noite que se estendeu, diante dos seus olhos marejados pelo vento no rosto, pois levantara a viseira do capacete, e pelo encantamento de chegar a um lugar desconhecido como deve ter ocorrido aos navegantes europeus ao avistarem a terra ignota: a longa curva de Copacabana, nesta hora tardia pontuada de luzes ao redor do mar azul-marinho. Como é possível ter vivido tanto tempo, ter passado por aqui tantas vezes, a caminho de um cinema ou de uma festa de aniversário, voltando de um jantar, indo para a casa da cunhada na Ilha do Governador, cortando caminho para evitar engarrafamento em alguma outra parte da cidade, tantas vezes, por tantas razões que sequer lhe ocorrem, desde solteira, desde recém-casada, desde a volta da maternidade, levando no colo um bebê calmo e quieto que ela gostaria de chamar de Ricardo mas a vontade dos sogros levaria o pai a registrar como Eric, se perguntou, desde quando toda aquela espantosa beleza estava ali, bem ali, tão perto, sem que ela jamais tivesse percebido.

Suave é a noite que serena a inquietação de uma mulher não mais jovem, tampouco velha, que neste momento busca na pequena bolsa algumas notas para dar ao rapaz na moto. Separara alguns trocados antes de sair do apartamento, mas agora os considera insuficientes, depois de tanto que ele lhe proporcionara. Dá-lhe todas as notas que tem. Não é muito dinheiro, mas quer deixar clara sua gratidão.

Ele recusa, fecha as mãos dela em torno das notas, monta de novo na moto, parte.

Regina fica parada na calçada, sentindo o bolo amassado de notas entre a palma da mão e os dedos.

Eric está sentado em uma das banquetas, mastigando, um pedaço de bolo na mão, quando ela abre a porta. A presença do filho dentro de seu apartamento a surpreende e perturba.

– Como você entrou?

Ele mostra uma cópia da chave. Termina de mastigar, como ela bem ensinara na infância quando passaram a se sentar todos à mesa na hora do jantar, antes de comentar:

– Gostoso este bolo de nozes e maçã. Não me lembro de você fazer dele.

Regina entra, fecha a porta. Eric é alto como o pai. Tem o mesmo tipo de pernas grossas e compridas e tronco largo. É uma presença volumosa ali dentro. O apartamento lhe parece ainda menor.

– Desde quando você tem a chave do meu apartamento?

Ele parte outra fatia do bolo, morde um naco, desta vez fala sem parar de mastigar.

– Uma mulher da sua idade, mamãe – ele diz no mesmo tom imperativo do pai, porém sem a autoridade pródiga de Sergio. – Pode se sentir mal, pode ter, não sei, algum ataque de alguma coisa. Em caso de emergência, os filhos precisam ter acesso ao apartamento de uma mulher...

A frase fica pendurada, incompleta e complacente.

— Uma mulher idosa? — Regina oferece.

— Não estou dizendo que você é velha, mamãe. Mas não é mais nenhuma criança. Thayssa e eu nos preocupamos caso você...

— Sua irmã também tem a chave do — ela sublinha o pronome possessivo — *meu* apartamento?

Eric confirma, com um gesto de cabeça e um sorriso benévolo, engolindo mais um pedaço do presente que a russa mandara para a mãe apenas algumas horas atrás. Thayssa nunca a visitou, Regina rememora. A última vez que o filho estivera ali fora no dia da mudança, quatro meses antes.

— Me dá essa chave — ela comanda, estendendo a mão.

Ele esfrega uma mão na outra, deixando farelos caírem sobre a bancada e o piso.

— Onde tem um guardanapo? — pede, sempre sorridente.

Regina vai até a microcozinha, abre uma gaveta, tira e passa ao filho um pacote de guardanapos de papel. Ele pega um, limpa a boca.

— Onde você estava? — pergunta ele, sem real interesse, antes de entrar no assunto que o trouxera. — Tenho aqui uns papéis para você assinar — diz, puxando documentos de um envelope pardo. — Ainda do espólio do papai. Depois acertamos o pagamento dos impostos.

Ela assina e rubrica cada uma das páginas conforme lhe são postas à frente. Eric checa, coloca-as de volta no envelope, levanta-se, vai sair mas volta e se inclina para beijar o rosto de Regina. Ela se afasta.

– Não quero você nem sua irmã nem ninguém entrando aqui sem meu consentimento.

– Não fique chateada comigo, mamãe. Não fique chateada conosco.

– Boa noite, Eric.

– É para o seu próprio bem – conclui amavelmente, colocando a chave no bolso e saindo.

Regina abre o armário sob a pia, pega uma pá e uma escova, recolhe as migalhas espalhadas pelo chão, despeja-as na lata de lixo.

Amanhã trocará a fechadura.

Ela vê a mulher de cabelos amarelos, amarrados em trança no alto da cabeça, vindo pelo corredor. Veste uma bata longa, estampada de flores e pássaros tropicais. Caminha determinada e sem pressa, como das outras vezes. Regina decide ignorá-la, concentrando-se no chaveiro a enfiar e retirar a nova chave e duas cópias, testando-as repetidamente até se considerar satisfeito com o próprio trabalho. Ele as entrega, recebe o pagamento. A vizinha, agora de pé ao seu lado, espera o chaveiro entrar no elevador. Só então fala.

– É melhor deixar uma chave comigo.

Que atrevimento o dessa mulher, Regina pensa. Mal a vi duas vezes, trocamos meia dúzia de palavras, se tanto, e ela acha que vou ceder minha intimidade, minha privacidade a uma xereta estrangeira de sotaque esdrúxulo, cozinheira de bolos cambetas acompanhados de bilhetes em envelopes roxos subscritos em tinta dourada, sem o menor pudor de espionar através de frestas de persianas.

– Não – responde, seca. – Claro que não.

– Uma mulher sozinha precisa ter alguém que...

– Já disse que não – corta Regina.

– Você é uma boba mesmo – rebate a russa em tom bonachão. – Vai deixar com quem? Com o porteiro?

– Isso não é da sua conta.

– Para seu filho pegar e entrar na sua casa quando quiser? Como ontem à noite?

Antes que Regina consiga retrucar, a mulher pálida de lábios rubros faz um gesto amplo, indicando as várias portas das dezenas de vizinhos.

– Devem estar com os ouvidos grudados. Me convide para entrar.

Regina dá as costas, sem responder. A russa a detém, segurando-a pelo cotovelo.

– Se eu lhe contar que fui garota de programa e sou cafetina – diz, em voz baixa – você me aceita ou bate a porta na minha cara?

Diante da estupefação de Regina, a vizinha a empurra, entram juntas, ela fecha a porta.

– Posso me sentar? – pede, jogando-se sem esperar consentimento na poltrona modernosa, como o restante do mobiliário comprado pelos filhos da dona da casa.

Regina nota que ela calça sapatos de saltos altos, do mesmo tom verde da vegetação do vestido. Quantos sapatos de quantas cores terá?

– Também fui casada – continua, como numa conversa apenas interrompida, após ajustar o corpo no assento minguado. – Mas eu era muito nova. Na colônia.

Com gestos de mão espalmada a cada tentativa de interrupção, impede que Regina fale. O relato desliza em frases curtas.

Não é russa. Nasceu no interior de Santa Catarina. Mãe lituana, pai alemão. Cinco irmãos. Não falavam a língua dos brasileiros até entrar para a escola. Aos treze anos casou-se com um viúvo amigo do pai. Cuidou dos três filhos dele, não teve nenhum. Aos dezoito fugiu com o enteado da mesma idade para a capital, depois para São Paulo, onde o rapaz sumiu.

– Et cetera, et cetera, et cetera – ela diz, em tom de conclusão.

Ainda de pé, Regina balança a cabeça.

– Aposto que tudo o que a senhora falou é mentira.

– Não minto – a não-mais-russa ressalta, muito séria. – Putas não mentem para amigas – define. – Só para clientes.

– Não sou prostituta. Nem sua amiga.

Agora é a não-mais-russa que balança a cabeça.

— Como você é boba, Regina. A solidão não lhe ensinou nada?

— Não sou solitária, não sou boba, não sou nem quero ser amiga da senhora — contesta, abrindo a porta. — Adeus, dona Olga. Se é que seu nome é mesmo Olga.

Ignorando a tentativa de expulsão, a mulher de cabelos amarelos cruza as pernas, sorri, olha para o que resta do bolo de maçã e nozes, volta a encarar Regina.

— Gostou do Igor?

— Igor?

— Ah. Esqueci de contar. Eu agencio rapazes.

Ainda segurando a maçaneta, Regina percebe a quem a vizinha se refere, embora não tivesse se lembrado de perguntar o nome do rapaz.

— Gostou do passeio de motocicleta pela noite de Copacabana?

— Aquele rapaz é um dos seus...

— Igor? Sim. Igor é um dos meus rapazes. Da minha agência de acompanhantes. Só para senhoras. Feche a porta, por favor.

Regina obedece.

— Sente-se.

Regina puxa uma banqueta, encosta-se nela.

— Não menti em nada. Fiz programas quando era bonita, hoje sou agenciadora. Meu nome é Olga mesmo. Olga Schwanks de nascimento. Olga Greiffsvall de casada. Olenka é meu nome de guerra.

Regina acha que compreendeu a intenção da visita de Olga.

– A senhora pretende contar aos meus filhos que eu saí com um garoto de programa? Se está pensando em me chantagear...

Olga ri.

– Esse rapaz...

– Igor.

– Se esse... – Regina prefere não dizer o nome do motoqueiro. – Se esse rapaz falou que ele e eu...

– Igor.

– Não fiz nada de errado ao sair de moto com esse... rapaz.

– Eu sei.

– Mas vai dizer aos meus filhos que eu...

– Não vou dizer nada, Regina. Não vim aqui para fazer chantagem.

– Então por que a senhora está aqui, me obrigando a ouvir suas... – Procura uma palavra ofensiva, que não seja grosseira mas expresse a aversão sentida naquele momento. Encontra, vinda de alguma memória remota de conversas com a avó: – Suas futricas?

Olga a encara com intensidade. Fala, então, pausada e pacientemente.

– Estou me abrindo com você, Regina. Sobre o meu marido, que era mais velho que o meu pai. Sobre meu enteado que virou meu amante. Sobre o tempo em que ganhei dinheiro fazendo programas. Sobre esses meninos simpáticos e prestativos, como o Igor, que...

– Chega – Regina a interrompe. – Não quero saber das suas atividades. Não tenho nenhum interesse em arrumar um parceiro sexual.

– Eu sei. Por isso mesmo é que eu tenho uma proposta. Quero que seja minha sócia.

Passa de uma da manhã e ela não consegue adormecer. É raro. Quaisquer que fossem as circunstâncias, sempre acabava pegando no sono e acordava na manhã seguinte com ideias mais claras sobre o que quer que a estivesse perturbando. Não na noite da morte de Sergio, nessa não. E na seguinte ao velório e à cremação. E na noite da mudança para este apartamento. É raro. Mas hoje, nada. Nenhum sinal de sono. Está tão alerta, aliás agitada, quanto no momento em que botou Olga porta a fora.

Passa das três da manhã.

Ela acaba de tomar uma chuveirada morna e está se enxugando quando decide entrar de novo no boxe, desta vez sem a touca plástica, enfiando a cabeça debaixo da água. Fica assim por um longo tempo.

Dizem que banho morno ajuda a atrair o sono, que bobagem, pensa, uma hora depois, olhando o relógio do micro-ondas enquanto anda de um lado para o outro da sala.

Na gaveta da mesa de cabeceira tem uma cartela com vinte indutores de sono. Mas não quer tomar.

Eu sou uma mulher decente, uma avó decente, uma viúva decente. Eu sempre fui esposa decente, noiva decente, namorada decente, mãe decente, filha decente, nora decente, uma cidadã decente, enfim.

Sempre.

Isso é o que deveria ter dito para ela. Para a ex-garota de programa, a esposa adúltera, a madrasta incestuosa.

Toda a minha vida, minha vida inteirinha, desde que me entendo por gente, minha vida foi pautada por atos e atitudes em que busquei ser justa. Não vou me proclamar generosa, porque isso não sou. Sou egoísta, como qualquer ser humano comum. Mas sempre estive atenta, sempre, aos sentimentos dos outros – do Sergio, da Thayssa, do Eric, dos meus pais, dos meus sogros, dos fregueses da papelaria, dos... de todos, enfim.

Isso é o que ela deveria ter dito a Olenka. Olga. Dona Olga. Aquela mulher.

Eu nunca cobrei além da margem de lucro normal de um negociante, mesmo nos piores tempos da inflação, nem mesmo quando o Collor roubou nossa poupança, eu nunca roubei em um troco, nunca deixei de pagar as minhas dívidas, nunca soneguei imposto de renda, nunca me deitei sem me lavar, nunca usei calcinha suja, nunca tive nojo do cocô ou do xixi ou do vômito dos meus filhos. Nunca.

Dona Olga, eu sou uma pessoa ética. Sempre fui uma pessoa ética.

É profundamente antiético, para não dizer cruel, para não dizer perverso, ganhar dinheiro com a solidão de mulheres fragilizadas, com a fragilidade de mulheres solitárias, com a esperança de um carinho, a ilusão do amor fugaz de uma noite, ou uma tarde, da humilhação de alguns minutos ou meia hora de atenção paga, o blefe de vagas, insinceras e ternas palavras.

Sim, eu sou sozinha, ela deveria ter dito, não solitária, ela poderia ter dito, e não tenho por que me envergonhar disso. Fui casada com um homem bom. Fui uma mulher boa para ele. Nossa vida foi boa. Calma e boa. Quantas pessoas podem dizer isso? Sim, meus filhos são indiferentes e impacientes comigo, sim, e invasivos, sim, e, sim, eu aprendi, e aprendi muito, nesses quatro meses em Copacabana, indo a bailes em que me senti ridícula ao dançar com outras mulheres da minha idade ou mais velhas, circulando entre hordas de homens acabrunhados e senhoras assombradas a vagar pelas ruas do bairro, fingindo estar a caminho de um destino preciso.

Não sei quanto tempo me resta, dona Olga Schwanks Greiffsvall. Pouco ou muito, tenho boas recordações. Não preciso pagar pela companhia de um menino mais novo que meu filho e tenho pena das mulheres que...

Não. Isso não é verdade, ela admite.

Não tenho pena.

Isso é um julgamento a que não tenho direito.

Por que não ter a companhia de alguém que dê atenção, que ouça as observações, alguém que...

Que faça um carinho. Sim, ok, por que não?

What good is sitting all alone in your room, lhe vem à cabeça. Uma música de que ela sempre gostou. Do filme de que ela gostava. Sergio também. *Cabaret*. Liza Minnelli. Ela viu o show de Liza. No Rio. Liza era jovem. Ela era jovem. Sergio era jovem. O teatro era novo e ficava dentro de um hotel. Em São Conrado. Um hotel onde também eram realizados festivais de balé e jazz. Assistiu a vários lá. Com Sergio.

Come taste the wine,
come hear the band,
come blow your horn...

Liza Minnelli envelheceu, os festivais acabaram, o hotel acabou.

O armário comprado no brechó de Petrópolis foi vendido.

*

São quase cinco da manhã quando, vestida, penteada e maquiada, sai do apartamento, atravessa o corredor e aperta a campainha do apartamento onze-zero-nove.

Se a vizinha estiver dormindo, pior para ela: não sairia dali enquanto não a recebesse.

Sou uma mulher decente – assim iniciaria a conversa. Longa, possivelmente.

Mas diz apenas, quando Olga abre a porta:

– Aceito.

ONTEM

Em novembro o lugar onde moravam – armazém na frente, residência nos fundos – pegou fogo. Os dois filhos, uma menina de cinco anos e um garoto de dois, foram retirados das chamas sem ferimentos. Perderam tudo. Abrigaram-se em uma casa condenada, cedida por um amigo. A mãe, grávida de uma terceira criança. Usaram roupas doadas. O pai abriu uma vendinha com uns poucos mantimentos conseguidos fiado.

Na manhã do 25 de dezembro os filhos acordaram e correram aos sapatos postos embaixo da janela, como era a tradição naquele lugar. Encontraram um prato com castanhas, um cacho de uvas, uma pera e uma maçã para cada um, frutas importadas, muito caras então, e um bilhete. Ainda não conheciam as letras; a mãe leu. Papai Noel desejava um dia feliz, prometia muitos presentes nos anos futuros. E realmente os trouxe. Porém nenhum seria lembrado, mesmo depois que a menina e o garoto ficaram velhos e se tornaram pais de outras meninas e garotos, com tanto prazer quanto as frutas daquela manhã, comidas ali mesmo, sentados ao lado dos sapatos, embaixo da janela da casa condenada.

BEN QUE OLHAVA O TREM

A mãe se afastou, foi até o caminhão atrás do posto, subiu na boleia onde o homem a esperava, entrou e bateu a porta, enquanto o menino aguardava à entrada da borracharia, primeiro de pé, depois sentado sobre um pneu, e ali ficou, quieto como sempre, por um tempo que não sabia medir, nem esta noite nem jamais, pois horas e minutos e dias e semanas e meses e anos eram para ele terras ádvenas e sempre o seriam, fazendo sentido unicamente o cansaço para dormir, a claridade para acordar, a fome para comer.

A fome era maior quando a mãe desceu do caminhão. Ela limpou entre as pernas com um pedaço de jornal em seguida embolado e jogado para o lado, puxou a saia para baixo, atirou as sandálias de borracha no piso manchado de óleo, calçou-as, fez sinal para o menino segui-la, esperou-o na entrada do botequim do posto, vazio àquela hora da madrugada, entraram juntos, ela pediu o prato feito de arroz, feijão, macarrão e carne de panela, o atendente sonolento perguntou se queria esquentar no micro-ondas, ele disse não carece, ele lhe estendeu o PF sobre o balcão, logo a mulher e o menino, sentados lado a lado, faziam a primeira refeição em mais de dois dias, desde que acabaram a linguiça e o pão pegados às pressas antes de seguir a estrada para algum lugar, qualquer lugar longe, onde não a procurassem quando encontrassem o corpo, mal enterrado ela sabia, mas não tinha forças nem tempo para cavar mais fundo. Precisava era sair dali. Logo. O mais rápido possível. Tomara que ele não se lembre de nada, desejou, olhando o menino a quem agora dava mais uma colher de arroz com feijão. De carne ele não gostava, cuspia quando lhe colocava algum pedaço na boca, sem nada dizer, pois ele nada dizia, nunca falava, estava com seis anos e nunca falara uma palavra, nenhuma, nada, exceto um ruído, um grunhido baixo quando queria chamá-la, algo como Rá-áe. Rá-áe. Rá--áe. O som que gemia quando o encontrou, encontrou os dois, ele e o marido em cima dele, o menino desacordado, no alto do morro aonde o filho gostava de ir para ver o trem passar.

Ele mastiga devagar. Esqueceu a fome. O que sabe é o que acontece agora, a satisfação do sabor do arroz e do feijão dentro da boca, tão bom quanto foi ruim a dor entrando nele, deitado no alto do morro esperando o trem, quando uma mão lhe tapou a boca e o nariz enquanto a outra baixava sua calça e ele sem conseguir respirar, e foi tanta dor invadindo as entranhas dele que tudo pretejou e se apagou e ele não viu mais trem nem nada e só viu, quando abriu os olhos de novo, a cabeça do padrasto aberta ao meio, a mãe segurando a enxada, depois a mãe chorando e o abraçando, espanto e agonia como piscadas, enxergando e apagando, enxergando de novo e apagando de novo, a mãe tirando-o de perto do corpo inerte, e depois a mãe cavando com a enxada e arrastando o homem com a cabeça aberta ao meio para o buraco e cobrindo de terra mas os braços ficando de fora e os pés e depois ele e a mãe andando e andando e andando, primeiro pelos trilhos do trem, depois pela beira da estrada, aquela, esta, todas iguais para ele.

Haveria muitas outras beiras de estradas e muitas vezes a mãe subindo em boleias de caminhão, e muitas vezes arroz com feijão e ele rodeando por ali entre seus parcos pensamentos e lembranças do trem que desejava ver mas não sabia onde nem como pedir à mãe para ver, até que um dia, e era dia, ela o levou a um lugar muito grande e muito alto e muito cheio de muitos trens que chegavam e partiam, de onde saíam e entravam muitas pessoas, algumas lhe davam uma moeda ou outra ao vê-lo sentado junto a uma pilastra, recolhidas pela mãe nas idas e vindas ali por perto, de onde em algum momento chegava com uma embalagem de arroz e feijão, sempre comidos com prazer e calma. Quando ficava escuro e os trens e as pessoas rareavam, ela o pegava pela mão e iam os dois dormir no canto de um beco próximo, onde ela mantinha bem escondidos os cobertores e os papelões sobre os quais se deitavam.

E daí teve o dia, ou a noite, em que a fome cresceu e cresceu e a mãe não apareceu e ele esperou, andou, vagou pela estação, voltou ao lugar onde ela o encontrava, perambulou novamente e novamente voltou, e continuou voltando e vagando, a fome apertando, mas nada de a mãe aparecer. Ele então decidiu dormir ali naquele lugar de sempre junto da pilastra, onde ela o acharia quando voltasse.

A vasilha com a comida chegou trazida por um homem que ele nunca tinha visto, ou se tivesse nem assim se lembraria, então ele comeu e viu que era bom. O homem pegou-o pela mão e levou-o para um canto da estação, mandou que ficasse calado, desceu suas calças, virou-o de costas, abriu suas pernas. O menino sentiu dor e ardência começando a entrar por dentro dele, empurrou o homem e saiu disparado. Rã-rãe, tentava gritar, rã-rãe, rã-rãe, tão fanho, tão baixo, na estação vazia. Rã-rãe. Rã-rãe. O homem o alcançou, deu-lhe um safanão, ele caiu. O homem deitou-se em cima dele. Era pesado. Tapou sua boca. Ele não conseguia gritar nada mais, nem respirar. O homem bateu com a cabeça dele no piso. Doeu. Começava a doer também atrás de seu corpo quando viu outros meninos surgirem. Alguns tinham paus nas mãos. Bateram com eles no homem. Bateram. Bateram. No que o homem não se mexeu mais, eles o puxaram de baixo dele, lhe deram as calças para vestir e o levaram para dormir em outra parte da estação, do lado de fora das grades, onde todos eles dormiam juntos, umas meninas também, unidos por pedaços de barbante e corda amarrados nos tornozelos, pois se puxassem um o outro saberia.

Compreendeu logo sua tarefa no grupo, realizando-a com o destemor dos que pouco compreendem: segurava as pernas do adulto escolhido em um ponto de ônibus qualquer, na rua, no meio de carros, na saída de mercados, e, enquanto a pessoa tentava se livrar dele, os outros garotos e garotas empurravam a mulher, ou o homem, mais frequentemente velhos, e tomavam a bolsa, arrancavam o cordão, levavam a sacola das compras, puxavam o pacote da padaria, espalhavam-se na dispersão e voltavam a se reunir para distribuir o butim num dos becos próximos à estação de trens.

Ele não queria os trocados, nem os cordões, nem nada de nada porque nada tinha valor para ele. Só queria a comida. E as risadas.

O menino ria muito.

Achava graça demais da cara dos adultos quando os segurava, ria de como se sacudiam, de como agitavam pernas e braços enquanto iam caindo, tentando não cair e caindo, ele prendendo aquelas pernas, era muito engraçado de verdade pois pareciam estar brincando com ele, apesar dos olhos arregalados e das bocas abertas e dos gritos e xingamentos de vez em quando, muito divertido mesmo, muito mesmo.

Achava graça e ria muito também toda vez que algum de sua turma chegava chorando de dor, quase sempre das porradas de quem os impedira de tomar uma sacola ou uns caraminguás, e o menino os tocava e as dores sumiam, e eles faziam cara de muito espanto, caretas bem engraçadas, e tantas vezes se repetira o alívio, muitas vezes sem conta, tantas que a garotada já pouco fazia tanta cara de espanto, meio se tornara comum, mais quase comum do que comum, e um resolveu trazer lá um dia, uma noite, um bebum todo mijado, a cara e a testa mais lanhados do que as outras partes do corpo, um corte no supercílio e outro mais fundo na bochecha esquerda, depois de se estatelar na calçada de pedras portuguesas da Central do Brasil, e bastou o menino encostar nele para o bêbado parar de chorar e gemer.

E aí o menino viu tanto sangue escorrendo do supercílio para dentro do olho, colocou a mão ali, pressionou.

O sangue estancou.

Levou a mão à bochecha rasgada.

Parou de sangrar.

Quando tirou a mão, a ferida estava fechada.

Isso a molecada não tinha visto ainda, nem ninguém tinha visto, nunca, nem ali nem em lugar nenhum, e foi aquele silêncio em torno da rodinha que se formara no beco.

O menino riu da cara deles todos, levantou-se, procurou o buraco no muro e foi para perto dos trilhos sabendo, sem saber por que sabia, do trem da madrugada, de muitos vagões vazios, outros de passageiros dormitando, devendo chegar dentro de algum tempo, e chegou, e ele viu e pronto, fechou a noite.

De manhã era uma fila comprida a se estender beco afora, tropas de estropiados das redondezas e de depois dos limites dela, desse tipo em que um conta para o outro que conta para o outro e vai a cura do bebum da noite de ontem rolando de mendigo a pedinte, dele à puta e a outra puta, chegando ao baleiro, dele para o aleijado, indo ao chaguento de verdade e aos de mentira, chegando à menina com doença passada por velho que pagou para gozar dentro dela, a notícia se espalhando entre o bando que se movimenta por ali, pelas cercanias da Central do Brasil, a infantaria de miseráveis já organizada e com um trocado na mão, uma nota, um pedaço de bolo de aipim com coco, um cordão, uma quentinha, uma medalha de São Jorge, algum valor, logo recolhido pelos outros garotos, para mostrar a gratidão pelo que o menino iria em seguida fazer por eles, e fez, fez um a um, bastando tocar, ia tocando, um a um, e o contato de sua mãozinha suja, só tocando em cada um, um a um, provocava o que cada um queria.

Ele riu no começo.

Mas depois não ria mais.

Não gostou de começarem a beijar suas mãos e logo todos faziam o mesmo.

Não ria. Nem um pouco. Riam os meninos organizadores da fila, cada vez de bolsos e panças mais cheios de croquetes e pastéis e anéis e bombons recheados de licor e empadas e dropes e bonés e canivetes e um tênis praticamente novo e também um celular de modelo antigo mas funcionando.

Pararam de rir quando o menino deu as costas ao ajuntamento e se foi para o outro lado da abertura no muro, exausto e emburrado de tantos a segurá-lo, puxá-lo, falar-lhe e pedir-lhe coisas incompreensíveis. Não tardou a distrair-se e alegrar-se diante do vaivém das locomotivas a puxar e empurrar vagões.

Quando vieram chamar por ele, não quis ir. A molecada terminou por arrastá-lo de volta ao beco, onde um homem urrava, sentado sobre uma poça de sangue.

O menino parou de se debater, soltou-se, foi ao homem.

Viu que o sangue saía de um furo na parte de cima da perna, outro na parte de baixo. Agachou-se. Enfiou o dedo no orifício da coxa. O homem estremeceu. Imediatamente se calou. Fechou os olhos.

O menino sorriu.

Quando retirou o dedo, trouxe com ele um objeto de metal.

O homem sentado na poça de sangue abriu os olhos apenas a tempo de ver o menino enfiar um dedo da outra mão em sua panturrilha e dali retirar outra cápsula de chumbo e lhe estender as duas balas de revólver.

O menino agora ria. Ria. Ria.

O assaltante baleado segurou as duas mãozinhas sujas de fuligem e sangue. Acreditou sentir como uma corrente elétrica a percorrer seu corpo, sacudiu-se todo, começou a chorar, no princípio manso, logo soluçando, enquanto se erguia um pouco, escorregando na poça do próprio sangue, finalmente apoiando-se sobre as palmas das mãos, ajoelhando-se e baixando a cabeça até encostar a testa nos pés descalços do menino. À volta deles as vozes diminuíram. Se calaram.

E foi assim, um, depois outro, depois mais outro, todos no beco da molecada, mas não apenas os meninos e as meninas, todos, moços, velhos, todos foram se calando, se ajoelhando e baixando a cabeça até todos, todos encostarem as testas no chão.

Quando a polícia chegou, encontrou o beco vazio. Mesmo as manchas de sangue tinham sumido.

NÃO SOU LEA JOVANOVIC

Bunda de fora é decente. Mamilo, nem pensar.

Assim ela se dizia e repetia no trajeto entre a areia e o lobby onde alguns a apontavam (um turista até chegou a bater foto com o celular), protegida, quase carregada pelos seguranças do hotel, que a enrolaram numa toalha e a retiraram do círculo de rapazes e homens a gritar palavras incompreensíveis para a europeia sem a parte de cima da roupa de banho.

Nem dez minutos antes vira à sua volta, desde que pisara na areia, mulheres com as nádegas de fora, praticamente nuas exceto por tiras mínimas de tecido cobrindo-lhes o sexo e o centro dos seios.

Vestimenta simbólica, pensara, sem muita consciência, exausta pelas doze horas de voo desde Roma, mais as três ou quatro, já nem lembrava mais, entre a saída da pousada em Bolsena, o ônibus para a Stazione Termini, outro para o aeroporto de Fiumicino, até finalmente desembarcar no Rio de Janeiro, apenas com a maleta de mão permitida aos *couriers* e o envelope que fora encarregada de entregar, e então passar pela comprida e morosa fila para apresentação de passaporte, caminhar por intermináveis corredores mal sinalizados, encontrar a saída, distinguir entre muitas outras a placa com o nome de Lea Jovanovic segurada pelo rapaz moreno e mais baixo que ela (todos pareciam mais baixos que ela aqui – inclusive os policiais alfandegários).

O jovem de terno preto não falava inglês que ela compreendesse – e ela compreendia parcamente, sua geração na Iugoslávia não estudara a língua dos norte-americanos –, tampouco pareceu entender a explicação que tentou lhe dar, em seu inglês claudicante: ela não era Lea Jovanovic, mas sim a amiga croata a quem Lea pediu que a substituísse na viagem porque não tinha o visto brasileiro nem o solicitara, acreditando que o serviço de *courier* seria para os Estados Unidos, não para a América do Sul, "understand?".

O rapaz moreno aguardava que ela terminasse.

Ela apontou a placa, continuando. Lea Jovanovic receberia a remuneração pelo trabalho e depois pagaria sua parte, a parte dela, entendeu? O trabalho de *courier* surge de uma hora para outra, entendeu? Elas estavam juntas na região do lago de Bolsena, levando um grupo numeroso de turistas croatas, entendeu? Croatas não precisam de visto brasileiro, entendeu? Ela era croata. Lea Jovanovic é sérvia. Sérvios precisam de visto para entrar no Brasil.

O rapaz sorriu apenas, apontando para fora, dizendo "Automobile outside".

"Yes, but", ela respondeu, repetindo Não sou Lea Jovanovic. Ela me passou o serviço e este envelope, encerrou, estendendo o que imaginava serem documentos importantes o suficiente para requererem transporte de pessoa para pessoa, de um continente para outro.

"Yes", ecoou o rapaz, recusando o envelope e o empurrando de volta para ela. "Automobile outside", apontou de novo, acrescentando em tom mais alto, como se ela fosse surda, "We go", ao mesmo tempo que apontava o envelope, "You take".

Do banco de trás do carro comprido e negro onde o rapaz insistira que ela se sentasse, acreditando estar sendo levada ao escritório do destinatário do envelope, seguindo pela pista de trânsito livre, viu o sol da manhã tropical erguendo-se tal qual diziam os clichês dos livros sobre o Rio, "como uma grande bola vermelha".

O que os livros não mostravam era o cenário de bairros miseráveis, aglomerados de casas de vários andares, tijolos ainda sem reboco, junto a canais de esgoto e pântanos. O fedor das águas de tom marrom entrou pelos vidros fechados. Não durou muito. Longe, ao fundo, reparou na silhueta de uma igreja, no alto de uma pedra.

É um país católico, lembrou-se.

Mais à frente, alguns minutos depois, viu outra silhueta que reconheceu de fotos e filmes, mas cujo nome não lhe ocorreu. O motorista, sempre a observá-la pelo retrovisor, acudiu: Pão de Açúcar. Ela tentou sorrir, sem entender o que o rapaz dissera. "Sugarloaf", ele traduziu, outra vez em volume alto demais.

"Ah", ela disse, acenando a cabeça afirmativamente, na tentativa de encerrar o assunto, sem na verdade saber o que a palavra em inglês – e ela deduzia que era inglês – significava.

Uma leve dor de cabeça começara a surgir quando o carro entrou em um túnel longo. Tomara que não seja mais uma daquelas enxaquecas que passaram a acometê-la nos últimos meses, junto com os calores súbitos, sinais inequívocos da menopausa se instalando.

O carro saiu do túnel, atravessou um trecho curto a céu aberto, ela piscou, desacostumada com tanta luz, e tão cedo na manhã, para logo entrar em um segundo túnel.

Ela fechou os olhos.

Teve vontade de adormecer ali mesmo.

Percebeu que se deitava no banco, abraçada ao envelope.

De repente, nova explosão de luz.

Ela se ergueu.

Ficou boquiaberta.

Ao lado da pista por onde o seu e outros veículos rodavam em velocidade, cintilava um enorme círculo de água cor de cobalto, emoldurado por montanhas cobertas por florestas. Ao fundo e acima delas e da lagoa, sem uma nuvem sequer, o céu lhe pareceu tão irreal e mágico quanto o fundo de uma colagem de Matisse. A luz do sol, passando entre as folhagens das muitas árvores, eram como flashes que a cegavam momentaneamente, para de novo lhe permitir deslumbrar-se com a beleza em que se sentiu mergulhar.

Nem percebeu quando o carro parou diante de um hotel, o porteiro abriu sua porta, sentiu um bafo de calor, logo desaparecido ao entrar na recepção refrigerada a que o motorista a conduziu e onde lhe deram uma chave.

O jovem moreno e mais baixo se despediu dizendo alguma coisa parecida com "Por envelope pessoas buscar virão 11 horas. Eu no carro aqui pegar você uma da tarde para aeroporto levar".

Ela respondeu "Yes, thank you", antes de se virar, dirigir-se ao elevador e apertar o botão para o andar do apartamento 601.

Tonta de fadiga, calor, dor de cabeça e jet lag, abriu a porta e deu de cara com o mar bem à frente, em seu quarto exíguo mas com vista para o oceano Atlântico azulíssimo como nunca havia visto na vida. Ao longe havia três ou quatro ilhas. O litoral fazia uma curva à esquerda, terminando em uns pedregulhos, um ou dois morros baixos com postes ou antenas no topo. Havia também uns surfistas.

À direita a praia se alongava por alguns quilômetros de areia clara até duas colinas escuras. Talvez fosse uma única, com duas pontas. Numa delas havia muitas casas, graciosamente amontoadas morro acima. Lembravam-lhe as construções das colinas da costa amalfitana.

Não esperava tanto. Lea avisara que deveria voltar no mesmo dia, num voo vespertino com escala em Paris, e que, durante as poucas horas no Rio, provavelmente a hospedariam em algum hotel o mais próximo possível do aeroporto.

Olhou o relógio.

Ainda estava regulado para o horário europeu.

Calculou que seriam 8h45 no Brasil.

Tinha tempo suficiente para descer, pegar um pouco de sol, mergulhar, voltar para o quarto e tomar uma ducha, antes de se encontrar com o cliente e fazer a entrega.

Mas não trouxera maiô. Estava no interior da Itália, no meio do inverno europeu, quando a oportunidade de trabalho extra surgiu.

Despiu-se, ficando apenas com a roupa de baixo, analisou diante do espelho do armário o formato da calcinha que vestia. Discreta, cobrindo desde logo abaixo do umbigo até o início das coxas, quase como uma cueca masculina. Havia muito abolira lingeries provocantes. Achava ridículo para corpos como o dela, arredondados pela idade, pelo descuido, pela ausência de um companheiro para quem tivesse prazer em se exibir.

Enrolou-se numa toalha, calçou os sapatos, tomou o elevador, cruzou o lobby, atravessou as duas pistas, caminhou uns poucos metros pelo calçadão de pedras brancas e pretas, desceu à areia, chegou próximo à água, tirou os sapatos, sentiu com o pé a temperatura, achou um lugar vazio, desenrolou a toalha, estendeu-a, deitou-se de frente para o sol, tirou o sutiã, fechou os olhos. Imediatamente adormeceu.

CHEIRO DE PÊSSEGO

Odalisca, eu escolhi, sem saber o que era, só porque achei a palavra bonita como a descrição do cheiro de pêssego, minha fruta preferida. Eu podia ter a fantasia que quisesse, era a única filha menina, além de tudo caçula de três, meu pai me adorava, fazia todas as minhas vontades, voltava do quartel e a primeira coisa que fazia era me abraçar e me beijar, se bem que lá estava eu esperando por ele no portão da nossa casa na Vila Militar. Minha mãe dizia, olha, Henrique, você está paparicando demais essa menina, ela está muito cheia de vontades, só me obedece quando eu mostro o chinelo.

Fomos de trem até a Central do Brasil e dali de ônibus para Copacabana, àquela butique que existia na avenida Nossa Senhora de Copacabana, no tempo em que a avenida Copacabana era chique, isso tem mais de quarenta anos, nós fomos a uma matinê no cinema Metro, que era ao lado ou bem perto, ou a matinê foi outra vez, mas então fomos a essa butique de crianças e eu adorei o véu que saía do chapéu da fantasia da odalisca e cobria o rosto, como o da feiticeira do seriado de televisão, aquela que mexia o nariz, eu adorava. Para os meus irmãos foi uma fantasia de índio para um, para o Guilherme, creio eu, e de caubói para o Rogério. Era a primeira vez que nós iríamos realmente brincar o carnaval, como se dizia naquela época. As missões do meu pai tinham sido até então em quartéis na selva, onde nem se sabia que existia carnaval, mas agora estávamos instalados no Rio de Janeiro. À tarde brincaríamos num clube em Deodoro e, papai tinha prometido, no domingo passearíamos pelo centro, vendo os blocos de sujos e as fantasias de luxo dos que desfilavam em uma passarela montada bem alto, para todos poderem olhar, em frente ao Theatro Municipal, onde aconteciam bailes de gala para grã-finos e artistas de Hollywood. Eu iria fantasiada de odalisca.

Mas a fantasia nunca foi usada. Nem a de índio, nem a de caubói.

Rogério sumiu no sábado. Não estava na cama, não estava no quintal, não estava no vizinho, não estava na rua, não foi encontrado por nenhuma patrulha, sumiu. Não foi encontrado no carnaval, nem depois. Eu perguntei, no começo, mas não adiantava perguntar porque nem meu pai nem minha mãe falavam do sumiço. Então foi passando o tempo. Então papai foi enviado para um novo posto na selva, numa fronteira com a Venezuela, ou com o Peru, minha mãe foi junto, Guilherme ficou internado no Colégio Militar, eu fui mandada para a casa da minha avó em Araçatuba, cresci lá, casei lá, tive filhos lá, minha avó morreu, meus pais morreram, Guilherme é engenheiro e nunca se casou, acabou que eu me separei e casei de novo, agora meu neto vai nascer.

Onde terá ido parar aquela fantasia de odalisca?

O UNIVERSO
NÃO VALE O TEU AMOR

Mudou-se para um apartamento menor. Pequeno mesmo. Deixou tudo para trás. Quase tudo. Levou dois lençóis e fronhas, um cobertor, duas toalhas de banho, duas de rosto, um prato, três talheres – faca, garfo, colher –, um copo, uma caneca, a cafeteira, esse tipo de coisa. O que coube em uma única caixa foi. Móveis, mais os objetos que não conseguiu vender, doou ou acabou por abandonar na calçada.

Não que precisasse se mudar.

Pagaria um aluguel menor, sim, mas nem de longe era a razão principal.

A dificuldade de dormir, aí começara a decisão de sair de onde morava. Dormir ali. Ou tinha acreditado que começara nesse ponto. No cansaço. Isto é, a fadiga que a falta de sono provocava, tinha sido por conta disso. Um pouco. Um tanto. Não que não dormisse, exatamente. E nada do que não era exatamente alguma coisa fazia sentido para ele. Havia, porém, era inegável, certa confusão mental por conta da insônia, ou quase insônia, ou algo como uma insônia intermitente. Se bem que não interferisse no trabalho. Não tanto. Não muito. Pois não era exatamente aquilo que se compreende por insônia o estado vago de suas noites. Não exatamente.

Não exatamente insônia.

Não exatamente nada.

Nada em sua vida estava exatamente.

Nada em sua vida vinha sendo exatamente

Desde Márcia.

Mas não por causa dela. Não. De jeito nenhum.

Ela era apenas a soma dos quadrados dos catetos. De certa forma. Um pouco. Um tanto. A hipotenusa. CQD.

Dormir, dormia, mas só lá pelas três, quatro, quatro e meia da manhã. Logo, às cinco e meia, tinha de acordar para chegar a tempo à primeira das escolas onde lecionava. O percurso, de ônibus, levava nunca menos de uma hora, hora e meia nos dias de trânsito pior – e raramente conseguia lugar sentado.

Jamais chegava atrasado, porém.

À tarde, após quarenta a cinquenta minutos em outra linha de ônibus, em outro bairro da periferia, resistia com dificuldade à vontade de cochilar em classe, enquanto os alunos do curso preparatório para concursos para ministérios e para as polícias militar e civil respondiam aos testes escritos diários.

Ainda assim, nunca se atrasava para o curso vespertino. Nunca se atrasou para o noturno.

Chegava exausto, mas impreterivelmente a tempo, ao curso pré-vestibular no centro da cidade, onde enfrentava com impaciência estudantes de idade próxima à sua, igualmente irritados e esgotados pelo dia de trabalho.

No ônibus de volta (às vezes de trem, em caso de greve dos rodoviários ou das cada vez mais frequentes manifestações antigoverno que terminavam em quebra-quebra, porrada com a polícia, incêndio de veículos e a inevitável interrupção de circulação de coletivos), os olhos ardiam de sono – mas não adormecia. Não conseguia. Os olhos fechavam, a cabeça pendia, mas permanecia alerta. Não exatamente alerta. Não exatamente dormindo.

Chegava tonto ao quarto e sala de segundo andar, escolhido atordoadamente na época do divórcio, de frente para a rua escura de casas velhas onde latiam cachorros velhos, tomava um banho morno, comia alguma coisa (pão, queijo prato, mortadela, macarrão instantâneo, arroz com ovo, lasanha ou qualquer outro pacote de alimento descongelável), ligava a televisão, abria o computador, rodava por sites pornôs até se entediar, ou se masturbar, e ir para o quarto, exausto.

Não adiantava.

Não dormia.

Não exatamente.

Tentava, tentava, tentava, vez por outra se masturbava de novo, mas não adiantava. Não adiantava. Nada adiantava. Continuava alerta. Acabava por se cansar de rolar na cama. Então se levantava, acendia a luz, chegava à janela, ligava de novo o laptop ou a tevê, ia à geladeira, andava de um lado para o outro, sem sucesso.

(Os velhos cachorros latiam madrugada adentro, mas a eles se habituara, acreditava, e não lhes atribuía culpa da vigília.)

A luz acesa, concluiu alguma madrugada. Eis o problema.

Passou a deixar todas apagadas e tentou circular pelo apartamento às escuras. Conseguia, com poréns. Batia em quinas da mesa de jantar, nas maçanetas, nas estantes, no televisor, nas caixas de som, nos umbrais de portas, em ganchos e no que mais houvesse no lugar às escuras. De manhã, sob a água do chuveiro, percebia sempre novos violáceos de equimoses pequenas e médias pelo corpo.

(Os uivos dos cachorros velhos pareciam mais altos no início das manhãs, mas a essa hora tinha mesmo de estar de pé.)

Não posso continuar assim e a solução é simples, convenceu a si mesmo. Livro-me da maior parte desses trastes e badulaques acumulados desde o divórcio, e o caminho, os caminhos dentro de casa, na madrugada, estarão livres.

Manteve a mesa de jantar também usada como escrivaninha e as quatro cadeiras, o sofá, o forno de micro-ondas, os aparelhos de som e de videocassete do final dos anos 1990 (mandado consertar sempre que ameaçava extinguir-se), os vídeos, os CDs, os DVDs, o tocador de DVDs comprado logo após a mudança para este lugar, e pouco mais.

Não adiantou para evitar as topadas noturnas.

Por que insistia em continuar morando ali, acabou por se perguntar. Não gostava nem nunca gostou do apartamento, o primeiro que aparecera após Márcia escorraçá-lo por conta de uma paixão avassaladora, palavras dela, como num melodrama mexicano estrelado por Libertad Lamarque, daqueles que Márcia e ele gostavam de assistir em videoteipes nos fins de semana, vídeos igualmente deixados com ela, junto com os CDs de Gregorio Barrios, Lucho Gatica e outros cantores latino-americanos muito mais apreciados por ele do que por Márcia (mas ela, de pirraça, ficou com todos, exceto os de rock progressivo). Por que não sair completa, total e geograficamente, viver em outro bairro, distante o mais possível das velhas casas e seus velhos cachorros roucos, livre da tralha de desquitado, num lugar onde só coubesse o essencial?

(Os vídeos, alguns piratas, dos filmes de Alfred Hitchcock, sexistas e datados na opinião dela, e de Quentin Tarantino, particularmente detestado por Márcia, crítica feroz da colaboração de Uma Thurman no filme *Kill Bill*, degradante para as mulheres sob capa libertária, afirmava veementemente, ele simplesmente surripiou, sem que Márcia percebesse ou se importasse.)

Bastou a suposição da mudança para se dar conta: sempre quisera sair dali. Desde o minuto em que pusera os pés lá dentro, com duas malas e a esperança de breve reconciliação com Márcia.

Não que fosse apaixonado por Márcia, não realmente, não exatamente, não naquele tipo de aflição sentido, ou que diziam ser sentido, por quase todo mundo que conhecia, não apaixonado meladamente como nos filmes de Hollywood ou nas telenovelas, não estupefatamente como num romance de Gabriel García Márquez, ou mesmo discreta e resignadamente como nos livros de Jane Austen. Não exatamente. Não com o tipo de entrega, ou com a dedicação absoluta, não com a intensidade, ou com a... com o... com a não-sei-bem-que do amor sentido por James Stewart no favorito de seus filmes favoritos de Alfred Hitchcock.

Não assim.

Não daquela forma.

Não dessa forma.

Se é que essa forma, aquela forma, existe fora das telas e das páginas.

Márcia e ele tinham começado a se relacionar e foram para a cama meio por acaso, sem dar importância, depois de uma festa ou de um encontro entre amigos comuns, não se recordava exatamente, logo ele que gostava de tudo exatamente. Não tinha sido muito bom nem muito ruim. Transaram, dormiram, pronto. Nem um nem outro se dedicaram verdadeiramente ao namoro. Nenhum dos dois achava o outro particularmente atraente. Ou interessante. Mas se encontraram e dormiram juntos outra vez, e outra mais. Foram ao cinema, comeram sushi, viajaram um fim de semana para o sítio de algum conhecido, assistiram ao show de um grupo velho de rock na praia de Copacabana, isso e aquilo, não mais. Assim engataram e foram levando o que sequer chamavam ou consideravam uma relação amorosa, duas palavras juntas que ele desprezava, até se descobrirem pagando dois aluguéis, ela em um bairro perto da zona sul, onde dava aulas de inglês em uma escola particular, ele próximo à avó na zona norte, conveniente para ficar de olho na velha e filar uma comida de vez em quando, até tomarem a decisão prática de economizar vivendo no mesmo lugar, e assim o fizeram por quase sete anos. Cinco. Quase seis. Mais de cinco. Assim foi.

Não era um homem de paixões. Era um homem de hábitos.

Márcia tampouco era apaixonada por ele. A rotina lhes fazia bem, acalmava, tornava os fins de semana fáceis de levar. Particularmente para ele. Acostumara-se à repetição, às noites de sábado assistindo a velhos filmes sem lógica, pedindo pizza por telefone, tomando umas cervejas, indo a churrascos em casas de amigos ou conhecidos aos domingos. Márcia gostava de dormir com a perna dele entre as suas. Na época ele não tinha insônia. Nada era especialmente bom, reconhecia. Nem especialmente ruim. Nada era especialmente nada. Confortável. Isso. Confortável. O que mais um casal poderia desejar?

Um homem de hábitos. Paixão não era um deles. Nem de Márcia. Assim se acostumara a acreditar. Como se acostumara à ideia, depois da separação, de que voltariam a viver juntos. Afinal se separaram sem maiores brigas, uma decisão sensata, parecia, como sensatos eram ambos. Uma paixão avassaladora, Márcia alegara. Claro que ele não acreditara. Não poderia acreditar numa tolice dessas. Era apenas um equívoco de Márcia, sem dúvida. Quem abandonaria o conforto de uma relação sem conflitos por uma, como dizer, dá até vergonha pensar em alguém racional utilizando essas duas palavras para si mesmo. Paixão. Avassaladora. Putz.

Seria apenas um equívoco.

Temporário.

Exatamente.

Um equívoco temporário.

Daí que tanto fazia ir morar numa merda de apartamento, onde quer que fosse, com que merda que fosse de mobiliário amealhado daqui e dali. Não iria durar mesmo.

Só que não foi bem assim.

Não exatamente.

A separação se alongou.

Um dia Márcia ficou grávida de um namorado, talvez o tal da paixão avassaladora à la Libertad Lamarque, casou-se e foi para uma cidade no interior do Paraná onde o mercado para ortodontistas (era ortodontista, o marido) era promissor. A filha de Márcia com o ortodontista se chamava Ana, Ana Paula, Ana Beatriz, Ana Carolina, Ana Claudia, Ana alguma coisa.

Pronto. Assim foi.

Acabaram-se os argumentos, acabou a razão para continuar no apartamento provisório. Provisório por quase quatro anos. Mais de três. Demais, tempo demais.

Decidiu ser lógico sobre o deslocamento. O ideal, a área perfeita para morar deveria ser equidistante dos três locais em que trabalhava.

Mas não foi o que fez. Por total acaso.

Surpreendido por uma súbita chuva pesada de inverno ao sair do curso noturno, abrigou-se sob a primeira marquise que encontrou em uma rua paralela, a meio caminho do ponto de ônibus. A tempestade se prolongou, seus olhos bateram na placa "Alugo esta sala" numa das muitas janelas do prédio banal de nove andares em frente. Quando a chuva finalmente amainou, atravessou a rua, falou com o porteiro, pegou o telefone da imobiliária e, em menos de duas semanas, se instalava na sala-
-com-cozinha-embutida e banheiro do edifício ocupado por firmas de despachantes, contadores, um fabricante

de perucas, uma agência de empregos, representantes comerciais, importadores de bugigangas Made in China, protéticos, dentistas, esteticistas, reparadores de aparelhos eletrônicos e dezenas de outros profissionais ou amadores que sequer se davam ao trabalho de colocar placas nas portas.

Chegou ao apartamento novo na manhã de um sábado, de táxi, sem nada exceto a caixa com o restolho selecionado, uma mochila, uma mala com roupas, poucas e parecidas, a tempo de receber o entregador do sofá-cama comprado em uma loja da redondeza.

Da mochila retirou o laptop, o celular com carregador, o fone de ouvidos e uma velha torradeira de ferro. Pendurou as roupas. Pegou da caixa os lençóis e o que precisasse imediatamente. Pronto. Estava rodeado de tudo o que possuía e necessitava dali em diante.

Saiu para almoçar. Vários botequins e lanchonetes ofereciam feijoada a preço reduzido nesse dia de poucos fregueses. No pé-sujo escolhido, estava boa e farta. Tomou uma caipirinha de cachaça, uma cerveja, comeu pudim de leite na sobremesa, rodou sem rumo pelas ruelas próximas, onde sobreviviam, mesmo um tanto desfigurados por reformas descuidadas, sobrados do século XIX de intricados detalhes, até o estupor do álcool se diluir. Não arriscaria um cochilo à tarde. Queria ter certeza de adormecer, ou tentar adormecer, sem as aflições da moradia antiga. Tivesse encontrado aberta alguma loja de travesseiros teria comprado um. Ele os abolira havia anos, para preservar a cervical, depois da leitura de algum artigo na seção de ciências de um jornal ou um site.

Travesseiros, anotou mentalmente, enquanto subia os degraus até o sexto andar. Havia um elevador, um apenas, mas era desligado às três da tarde do sábado e só voltava a funcionar às seis da manhã de segunda. Outra possível razão para o preço baixo do aluguel. Tampouco havia porteiro naqueles dias e horários. Os raros negócios e consultórios que vira abertos pela manhã também fechavam, seguindo as regras do condomínio. Tinha o prédio inteiramente para si por todo o fim de semana, compreendeu, com satisfação.

As dimensões miúdas da nova moradia, ao abrir a porta do apartamento 607, lhe trouxeram uma sensação surpreendente. Sentiu-se grande e forte. Seu corpo ocupava mais espaço do que nunca. Gulliver, lembrou-se, em Lilliput.

A maior surpresa daquele primeiro dia veio quando abriu a janela.

As buzinas, os ruídos de motores e pneus, o vozerio, as sirenes, os gritos de ambulantes – não havia nenhum. Coisa alguma. Nada. Um grande silêncio tomara o centro da cidade.

Mudara-se inadvertidamente para o lugar ideal.

Sentou-se no sofá-cama, abriu o laptop, preparou as aulas da semana com proficiência e ânimo como não fazia desde não se lembrava quando. Depois entrou na internet para ver os sites pornôs habituais, não se interessou por nenhuma das mulheres diante das webcams, não sentiu a recorrente necessidade de se masturbar, como lhe acontecia sozinho no velho apartamento, especialmente aos sábados, péssimo dia para procurar putas, cheias de clientes. Havia várias termas nas redondezas do novo apartamento, passaria por alguma durante a semana, possivelmente na quarta, quando a carga horária de aulas era menor, treparia com alguma desconhecida de nome falso e pronto. Assim se resolvia desde que perdera a paciência de flertar, abordar, conversar, convidar para um chope, então jantar ou não jantar, de toda forma obrigatoriamente fingir interesse por quem desejava tão somente levar para a cama, gozar e adeus. Um número cada vez maior de termas aceitava cartões. Crédito, conforto, praticidade, acessibilidade. O que poderia ser melhor?

Só quando fechou o computador notou que escurecera. Olhou para a janela. Chovia. Debilmente. A luminosidade de fora era suficiente para se movimentar no espaço exíguo. Melhor assim. Mais uma vantagem.

Mudara-se inadvertidamente para o lugar ideal, repetiu para si mesmo.

Ia abrir a geladeira sob a pia, parou antes. Não comprara nada de beber. Queria um refrigerante. A feijoada, a caipirinha, a cerveja faziam efeito. Tinha muita sede, não dava para ignorar ou adiar.

Desceu os seis andares, encontrou um bar prestes a fechar, comprou quatro latas de cerveja, três de guaraná, um litro de água mineral sem gás, meia pizza que ainda sobrara na vitrine, caso viesse a sentir fome mais tarde, subiu até o apartamento, guardou tudo na geladeira, inclusive a meia pizza, colocou o modem portátil no computador, leu os e-mails, a maioria spam, entrou num site de seriados televisivos, depois outro, seguido de trechos de um programa de auditório americano com risadas gravadas, um filme inglês com pessoas engomadas de algum século passado. Nada o interessou. Com o laptop sobre a barriga, adormeceu.

Acordou com barulhos vindos da rua. Motor de um veículo, vozes masculinas, ruídos mecânicos, vidro quebrando. Identificou a origem antes mesmo de chegar à janela. Caminhão de lixo. Garis. Corriam, jogavam sacos de plástico preto dentro do triturador, corriam de novo, despejavam o conteúdo de latões no compactador do caminhão, corriam até novos grandes sacos plásticos.

Passaram rápido. O veículo e os homens em uniformes laranja viraram a esquina. Os ruídos diminuíram até desaparecer. O cheiro azedo do lixo triturado permaneceu mais um pouco.

Não chovia mais.

Checou no relógio permanentemente no pulso: onze e meia. Recolhem o lixo toda noite, provavelmente, talvez menos aos domingos, quando quase tudo está fechado no centro. A operação dura pouco mais de cinco minutos.

Perfeito.

Barulho incômodo por apenas cinco minutos.

Mudara-se inadvertidamente, mais uma vez se disse, para o lugar ideal.

Debruçou-se à janela. O asfalto molhado pela garoa recente refletia tortuosamente a luz dos postes. Ninguém passava. Fumaria, se tivesse cigarros. Não se ligara em comprá-los. Não era fumante habitual. Era, isso sim, habitual fumante quando lhe ofereciam. Por vezes pensara que fumar poderia servir para aproximá-lo dos colegas ou dos alunos. Mas na verdade não queria se aproximar nem de uns nem dos outros.

Alguém vinha pela rua. Ouviu os passos. Pelo lado esquerdo, onde ficavam as paradas de ônibus e uma entrada de metrô da avenida principal. Antes mesmo de ver quem era, reconheceu o som inequívoco de saltos altos na rua silenciosa.

Então ela surgiu.

Loura. Cabelos presos. Roupa cinza. Casaco e saia. Um conjunto antiquado. Caminhava a passos curtos, com alguma hesitação. Talvez efeito da saia justa. Ou dos saltos altos. De lá de cima lhe pareceram muito altos. Sapatos pretos. Uma bolsa preta, segura pela alça, na mão esquerda.

Tudo nela lhe pareceu familiar.

Não exatamente familiar.

Já visto.

Não era apenas a maneira anacrônica como se vestia que lhe trazia alguma recordação. Como se a conhecesse. O cabelo louro preso em coque, os passos ondulantes, as roupas... Já a vira. Mas não sentia que a conhecia realmente.

Um nome lhe veio à cabeça.

Melanie.

Logo passou.

É tarde, pensou. Estamos no centro da cidade. Aqui não é lugar para ela. Não é puta. Não tem jeito de puta.

Já a viu antes, tem novamente a impressão.

O mesmo andar, a mesma roupa, os mesmos cabelos louros presos.

Ela se arrisca, caminhando naquela calçada, sozinha na rua vazia, a esta hora, neste lugar, pensou.

Temeu por ela. Como num mau pressentimento.

No entanto ela caminha sem pressa. Com passos determinados. Sabia para onde ia. Para onde iria? Não era uma puta, repetiu para si mesmo. Não parecia uma puta. Nem garota de programa. De onde a conhecia? Ele a conhecia realmente?

A mulher desapareceu onde seu olhar já não alcançava.

Ele continuou atento à rua. O som dos passos acabou por se perder. A sensação de que ela corria perigo serenou. Não tinha lógica. E ele era amante da lógica. Da exatidão.

Voltou ao sofá-cama, deitou-se, não percebeu ter adormecido. Acordou diversas vezes durante a noite. Ao contrário de sempre, não se afligiu. Confirmou que a iluminação de fora e a exiguidade do apartamento permitiam-lhe se movimentar tranquilamente ali dentro.

Mudara-se realmente para o lugar ideal.

No domingo desceu para comprar o jornal. Não encontrou nenhuma banca aberta. Melhor. As crises e os crimes seriam os mesmos do domingo anterior, e do domingo passado, de todos os outros domingos. Não necessitava de um jornal novo.

Caminhou pelas redondezas, reconheceu alguns puteiros disfarçados de casas de massagem, descobriu outros. Vários tinham nomes em inglês, precedidos ou terminados pela palavra termas. Uns ofereciam shows. Os cartazes mostravam desde mágicos, malabaristas e cantores até strippers em fotos muito retocadas ou muito antigas. Outros davam descontos em dias ou horários específicos. Todos aceitavam cartões de crédito.

Topou com um supermercado aberto, entrou, comprou material de limpeza, quatro latas de cerveja, mortadela, um saco de batatas fritas e dois pacotes de biscoitos. Aproveitou a tarde para a faxina no apartamento. Não dormiu nem bem nem mal. Mas dormiu.

A noite de segunda foi melhor.

Em vez dos habituais cinquenta minutos a uma hora e meia em ônibus desconfortáveis por vias engarrafadas, a ida para a nova residência tomou menos de quinze minutos. O porteiro ainda não tinha ido embora, o elevador ainda estava ligado, ainda havia um ou outro escritório funcionando, ainda era possível comprar alguma comida nas lanchonetes, ainda teria tempo de rever anotações em paz, sentado em seu sofá-cama, em vez de sacolejando na condução.

Foi a primeira vez, se deu conta, que o fastio provocado pela mediocridade de seus alunos e colegas não o incomodava. Não fazia diferença se eram todos triviais. Precisava conviver com os outros professores, por mínimo tempo que fosse, assim como tentar enfiar alguma educação pelas orelhas dos meninos, meninas, moças e rapazes – quase sempre tapadas por fones berrando músicas tolas –, assim como dos homens e mulheres atordoados pelo dia de trabalho antes do curso. Comuns. Todos. A eles dedicava seu tempo. Perdia seu tempo. Assim ganhava seu salário. Graças aos tolos e tolas, garantia o pagamento do sanduíche de pernil e do chope ao final das aulas, das xoxotas das termas às quartas-feiras, do crédito no celular e no modem, do condomínio do prédio pacato, do detergente para eliminar a gordura da louça nunca utilizada, de tudo que compunha sua cômoda existência. É fácil lidar com tolos e medíocres. Faziam parte da sua rotina, mais uma vez a confortável rotina abraçada desde a formatura, consolidada pelo concurso para professor da rede pública. O estatuto do funcionalismo público garantia-lhe estabilidade. Jamais poderia ser demitido. Conforto para sempre. Obrigado, parvos.

Noventa por cento da humanidade é formada por tolos e medíocres, disse para si mesmo. Gente comum. O vizinho, o parente, o bilheteiro do cinema, o entregador de pizza, o funcionário do banco, o administrador de imóveis, o executivo da multinacional, o melhor amigo, o inimigo feroz. Talvez mais. Noventa e cinco por cento. Mais. Noventa e nove por cento. E ele definitivamente não tinha certeza se estava fora da própria estatística. Talvez não entre os mais tolos, seguramente não era um beócio, mas... mediano. Um homem sem importância, daqueles de quem as pessoas nunca se lembram o nome. O que não o incomodava. Estava na maioria. Dela é o mundo.

Nosso é o mundo.

Meu é o mundo.

Ela não é comum.

A loura da caminhada hesitante.

Não: ela não hesitava ao caminhar.

Ela caminhava com determinação.

Os passos, a maneira de andar é que...

Para onde caminhava?

Vou começar a correr neste fim de semana, decidiu. Nunca fora grande fã de esportes, apenas jogara futebol com amigos na juventude e ainda nos primeiros anos de casamento. O novo apartamento era perto do Parque do Flamengo, andaria se cansasse, quilômetros, se quisesse, ou apenas iria ao parque e caso não chovesse tomaria um pouco de sol, essas coisas. Talvez. Pode ser. Exatamente.

O dia fora morno, a noite estava fresca. Poderia manter a janela aberta e o ar-condicionado desligado. Suava de empapar a roupa quando fazia calor, qualquer calor (ou quando ficava muito nervoso, mas isso aprendera a controlar). Agosto era um mês quase sempre agradável no Rio de Janeiro.

Sua rua ia se tornando mais silenciosa a cada minuto. Aguardaria a ruidosa passagem do caminhão de lixo, se deitaria depois. Quem sabe a mulher passaria por ali de novo, antecedida pelo ruído de seus saltos?

Acabou por adormecer antes do planejado, a cabeça confortavelmente apoiada no travesseiro recém-comprado, para só acordar no meio da madrugada, sem as aflições habituais.

Sentia-se descansado.

Vou passear, resolveu. A cidade é minha. A cidade desocupada me pertence. Pelo menos o centro da cidade. Meu. Minha.

Vestiu-se, desceu as escadas, flanou envolvido numa agradável sensação de placidez pelas ruas de casarios antigos, vazias exceto por alguns sem-teto a dormir debaixo de marquises, catadores esparsos revolvendo sacos de lixo, um quarteto de moleques magrelos vagando juntos, uma prostituta barriguda circulando perto da entrada fechada do metrô. Estava junto do mundo, sem ter de se envolver com ele. Voltou para casa ao perceber os primeiros sinais da manhã.

Na noite de quarta-feira saiu do curso pré-vestibular, caminhou até uma termas, transou com uma mulher relativamente jovem e relativamente atraente. Havia mesmo muitas opções – de termas e de mulheres, confirmou – nas ruelas discretas do centro. Outra, mais uma, vantagem de seu novo endereço. Como era fácil se satisfazer. Não precisava ser cordial ou atento, não precisava manter a conversa acesa, não precisava acariciar, não precisava nem mesmo tomar um minuto ou dois antes de abrir suas pernas e penetrá-la, menos ainda satisfazê-la. Satisfazê-las. Poderia beijá-la(s), mordê-la(s), cuspir nela(s), lambê-la(s), enfiar-lhe(s) o dedo, os dedos, seguir apenas a própria vontade. Não fez nada disso. Meteu até gozar e pronto. Como era simples. Como se tornara simples viver.

Sentia-se tão bem, tão apaziguado, que chegou a experimentar uma inédita admiração por si mesmo, por tudo que vinha conseguindo desde a desistência de voltar a viver com Márcia. O tempo entre a separação, a esperança sem consistência, o casamento dela com o ortodontista, a distância entre as cidades onde cada um agora vivia, tudo foi essencial para atingir essa paz de agora. Não necessitava mais de Márcia. Não necessitava de mulher nenhuma. De ninguém. Nem de amigos, de papos sem direção, nem de memorizar nomes de novos conhecidos, nem de domingos de almoços em família, nada, nenhum tipo de amarra. Zero tolhimento. Retomara o controle da própria vida.

A solidão ficou tão mais fácil depois da internet, lhe ocorreu. Não existe solidão. Não mais. Existem a ponta dos dedos, o teclado, a tela, os chips, o ciberespaço, as bocas e gozos e tudo e todas à disposição de um clique, um mouse, uma seta, uma caixa, um site. Não existe mais solidão. Não que ele tenha jamais se afligido por qualquer coisa parecida com essa asneira melodramática a que chamam solidão. Não que pensasse em solidão. Estava livre dela. Era livre. Um homem raro, o homem livre. Ele. Não enredado em nenhum tipo de obrigação social. Livre.

Chegou em casa.

Teve a impressão de ouvir o som ritmado de saltos altos na calçada.

Chegou à janela.

Não havia ninguém na rua.

Voltou ao sofá-cama.

Não estava aflito, disse a si mesmo. Claro que não. De maneira alguma. Não. Nada. Estava bem. Muito bem. Como não se sentia desde não sabia quando. Realmente bem. Bem de verdade.

Como nas tardes de domingo, lá pelos oito, nove anos, recordou, depois da manhã inteira enfurnado no templo frequentado pela avó, ouvindo a pregação interminável de salmos que ela o obrigaria a ler e memorizar durante a semana. Em volta do prédio onde moravam ainda havia brejos, antes dos aterros e do conjunto habitacional pouco depois erguido sobre eles. Vez por outra um sapo pulava para o lado de cá do muro de tábuas. Ou ele os caçava do lado de lá.

Sapos são bichos estúpidos. Lerdos, pesados e estúpidos. Era tão fácil colecionar a pele deles. Pegava-os com apenas uma das mãos, chegando por trás e agarrando-os pelo dorso. Tão fácil.

Levava sempre martelo e pregos nessas expedições.

Primeiro esmigalhava a cabeça deles. Os corpos ainda se sacudiam enquanto os pregava, perna por perna, bem abertas, lado a lado com os outros sapos capturados e encravados anteriormente no muro. Com o tempo, ao sol, secavam e iam formando uma estampa amarronzada que se confundia com as partes podres da madeira. Sem fazer barulho para não chamar atenção da avó ou dos vizinhos, realizava cerimônias da tribo em que era ao mesmo tempo o chefe, o curandeiro e centenas de guerreiros prontos para combater invasores com lanças venenosas e mágica poderosa. A tribo, o feitiço das peles de sapo e o muro foram destruídos na construção dos onze prédios populares, vez por outra invadidos por traficantes ou milicianos à caça de traficantes.

Debruçou-se à janela. Chegou o corpo para a frente até onde a segurança permitia, esticou o pescoço, virou o rosto para um lado da rua, depois para o outro, de novo para a esquerda, para a direita outra vez, e novamente para a esquerda, recuou, debruçou-se, recuou e voltou a se debruçar sem ver nada que o interessasse na rua sem trânsito.

Não estou aflito, disse a si próprio. De maneira alguma. Não. Nada. Estou bem, assegurou-se. Muito bem. Como não me sentia desde não sei quando. Bem. Realmente bem. Bem, de verdade bem.

Experimentava apenas um anseio, uma vaga vontade, uma extremamente vaga vontade, sem imagem ou nome, assegurou-se.

Ligou o laptop.

Melanie.

O nome lhe veio à cabeça.

Melanie.

E a imagem.

Melanie.

Era loura, nem alta nem baixa, caminhava com alguma hesitação por conta dos saltos ou da saia justa e...

Era uma imagem em cidade estrangeira.

Ventava.

Ela caminhava à beira-mar. Não era uma praia, era um cais.

Não era o mar.

A loura caminhava perto de uma ponte, num cais, ao lado de águas azuis. Fazia frio. Ventava. Ela estava agasalhada. Melanie.

Melanie caminhava perto de uma ponte. Uma grande ponte. Os saltos de seus sapatos faziam um ruído ritmado sobre as pedras do cais.

Márcia detestava Melanie.

Melanie não era uma pessoa. Melanie não era loura. Melanie era morena de cabelos tingidos de louro. A pedido dele. Do homem que a deixara morrer.

O nome dela não é Melanie, sua memória corrige.

O nome dela é Madeleine.

Ela não é uma pessoa de verdade. Madeleine. Uma invenção. Uma criatura de ficção. Concebida pelo fetiche do homem que não conseguira impedir a morte da verdadeira Melanie, a morte de Madeleine, a mulher de quem ela era sósia.

Madeleine. Loura. Morena. Loura por amor. Kim Novak. Nunca ninguém mais bela. Bela Kim. Não a Kim Novak habitual dos habituais filmes de Hollywood, a Kim Novak inapelavelmente burra, o amontoado de carne macia com o permanente ar de parvoíce e tesão. Não essa. Não a manequim inerte. Mas aquela. A Kim Novak de Alfred Hitchcock. Madeleine. Uma fantasia. Uma invenção. A pulsante boneca humana a ser penetrada depois da metamorfose. Madeleine. A mulher que morreu e morrerá de novo.

Não morreu.

Morrerá.

Quem morreu foi...

Quem?

A outra.

A verdadeira Melanie. Madeleine. Morta. Deixando para trás o vácuo de sua presença para sempre perturbadora.

Madeleine loura, vestida com a mesma roupa cinza e os mesmos sapatos pretos de saltos muito altos com que caminhara aqui, na noite do sábado passado, pela rua molhada de chuva no centro do Rio. Ela, sim, ela, Madeleine, lá em São Francisco, dentro do acanhado apartamento de balconista de loja de departamentos, saindo do banheiro e caminhando até ele a oscilar os quadris, os lábios entreabertos para recebê-lo e ele... E ele, por amor, ou por obsessão, ele a ressuscitou. Ele recriou Madeleine. Como Deus, como Jeová, como Cristo, como... Ele a fez viver de novo. Trouxe-a de volta do vale das sombras. Ele. Um apaixonado. Venceu a morte. Aquela morte. Aquela primeira morte. Mas houve outra. Irreversível. Além do outro lado da baía de São Francisco. Do outro lado do Aqueronte.

Fechou o laptop. Suava. A cabeça doía. Levantou-se para pegar um copo d'água, procurou inutilmente por uma aspirina na mochila, um analgésico, alguma coisa que aliviasse aquela... Sensação de dano. Intransponível.

Melanie.

Madeleine.

O universo não vale o seu amor, Melanie, pensou, estupefato, nada vale esse amor, imenso amor que você me despertou, Melanie, Madeleine, Melanie, pensou, estarrecido com o próprio descontrole, nada nem ninguém pode derrotar meu amor por você, pensou, estou perturbado, pensou, estou enlouquecendo, pensou, nada pode arruinar o nosso amor, Madeleine, nada, pensou, louco, o que se passa comigo, pensou, o que está acontecendo comigo, o que, o que, o quê...

Chegou à janela, respirou fundo. Uma vez, duas, três, quatro. Agarrou-se ao beiral, como se temesse cair. Como ele, o personagem do filme em São Francisco, tomado por vertigens, agarrado ao beiral do telhado de um monastério de onde ela, de onde Melanie saltou para a morte antes de ele... até que ele... a trouxesse de volta da morte.

Mas eu não tenho vertigens, raciocinou, com esforço.

Não sou ele, disse a si mesmo.

Não sou um personagem do filme de Hitchcock em São Francisco. Sou uma pessoa real. De verdade. Um professor de matemática. No Rio de Janeiro. Em 22 de agosto de 2013.

Pouco a pouco sua pulsação voltou ao normal.

Tomou uma chuveirada morna, aguardou a hora de sair, foi para o primeiro trabalho, depois a cada um dos outros, regularmente, pontualmente, e atravessou a semana ocupando-se de toda sorte de trivialidades para evitar pensar na aflição do domingo. Funcionou. Até a noite de sábado.

Quando abriu a torneira da pia da cozinha para lavar um copo, ou quando notou um ponto de sujeira no piso, ou quando confirmou que a chave estava na fechadura da porta de entrada e a roupa separada para a lavanderia, ou a bateria do celular necessitando carga, em algum instante desavisado foi surpreendido pela sensação de que ela estava ali, Melanie estava ali, fechada no banheiro, tingindo os cabelos para surgir estupendamente bela, não mais a banal morena Judy, mas a pálida e frágil Madeleine morta ao saltar da torre do sino da igreja do convento, viva, de novo viva, renascida porque ele a amava e seu amor tinha o poder de recriá-la.

Era uma sensação avassaladora. Horrível. Boa. Horrível e boa.

Sentou-se de frente para a porta do banheiro, abriu o laptop, acessou a cena da saída de Kim Novak do banheiro do apartamento de São Francisco iluminado por um letreiro de neon, os cabelos presos num coque como Madeleine, e repetiu, vezes e vezes seguidas, a caminhada de vagos passos na direção do homem que a revivera, enquanto se masturbava e se masturbava e se masturbava, sem se permitir gozar, prolongando o prazer aflito até que seu pau e seu saco doessem tanto que gemeu e estremeceu como se tivesse atingido algum tipo de orgasmo, sem ejaculação, fundindo o rosto da mulher de cabelos agora platinados à sua própria imagem pregando as cabeças dos sapos no muro de madeira.

Talvez eu pudesse pintar os cabelos na mesma cor dos cabelos dela, considerou, para estar em simbiose com Madeleine – em simbiose com Melanie –, para sentir e partilhar com ela o sentimento de ser fisicamente, exatamente a mesma pessoa, o turbilhão de se ver alterado/

alterada no espelho em nome disto que jamais nenhum espelho poderá refletir, tão impalpável quanto o que dizem ser amor, além do amor, ridículo amor, sofrido amor, horrível e bom amor.

Poderia dizer a ela: entendo sua confusão, Melanie, sei agora, porque senti em mim mesmo essa subversão de ser uma pessoa e ver-se transformada em outra, não por vontade própria, mas por conta da incontida entrega àquele, àquela a quem passa a dedicar cada dia de sua existência, cada segundo dela, cada fração de segundo, porque de você, e unicamente de você, é feito o meu mundo, todos os mundos, todos os planetas, todas as constelações, as nebulosas, as galáxias, o cosmo, o universo inteiro. E infinito como ele é meu amor. Como foi o seu. A metamorfose interna refletindo-se na alteração exterior, mesmo sem você reconhecer a mulher refletida no espelho. Mesmo sem se reconhecer, como eu agora não me reconheço.

É isso, então, o amor: não mais nos reconhecemos.

Não somos mais o que fomos.

Nunca mais seremos.

Um alarido já familiar, entremeando gritos, motor de veículo e vidro triturado, interrompeu sua epifania e o alertou, antes mesmo de chegar à janela e confirmar, para a passagem do caminhão de lixo.

Ela não tardaria.

Correu ao chuveiro, lavou-se, barbeou-se, escovou os dentes, penteou os cabelos, vestiu camiseta e uma bermuda, percebeu quão inadequado estaria para o primeiro encontro com ela, trocou por uma calça preta e sua única camisa social, colocaria um paletó e uma gravata se ainda os tivesse, na próxima semana os compraria, é inaceitável andar ao lado de uma mulher tão elegante metido em roupas esportivas como um vendedor de eletrodomésticos, refletiu, mesmo se ela jamais viesse a censurá-lo, pois aparências seguramente nada diriam para uma mulher tão despojada quanto ela, deslocada neste mundo inundado de lixo, futum, mendigos purulentos, pivetes imundos, putas decrépitas a trocar boquetes por vales-refeição.

Desceu correndo os seis andares. Arrependeu-se. Suava. Molhara a camisa. Tirou-a. Sacudia-a tentando secá-la, de olho no canto esquerdo da rua, por trás da porta entreaberta do prédio. Não queria que o visse sem camisa, podia achar desrespeitoso. Ou vulgar.

Apurou os ouvidos: era o ruído oco dos saltos de seus sapatos que ouvia ao longe?

As manchas de suor na camisa persistiam, apenas um tanto menores.

Cloquete-cloquete-cloquete-cloquete.

Era ela. Só podia ser ela.

O som se aproximava. Ainda não a via. Não haveria tempo para as manchas sumirem.

Vestiu a camisa.

Pena não haver espelho na portaria. Esperava não estar muito desengonçado. Queria criar a melhor das impressões nesse primeiro encontro. Para ela sempre comentar, no futuro, como ficara encantada ao vê-lo assim limpo, arrumado, sem fedores, penteado, tudo especialmente para encontrá-la naquela primeira noite das muitas noites entre eles.

Ele lhe diria, imaginou, Boa noite, Melanie. Você me conhece, ela se surpreenderia. Como sabe o meu nome?, indagaria, docemente, curiosa com a atenção que uma mulher modesta e discreta como ela poderia ter provocado. E ele responderia: Sei o seu nome, sei quem você é, sei tudo o que passou, sei de todo o seu sofrimento, sei da humilhação imposta por ele ao obrigá-la a se tornar a imitação de uma outra mulher, quando o seu amor era muito maior do que ela jamais sentira, muito mais profunda a sua dedicação, imensamente maior o seu desprendimento.

Ela não saberia como responder. Enrubesceria, talvez. Olharia para ele com o afeto que já a invadia, mas ainda resistindo porque naquele momento, dali a pouco, como ambos se recordarão no futuro, Melanie e ele, lembrando aquele primeiro encontro, ela temeria se entregar, receosa de novas dores como as infligidas quando o outro a forçara a se tornar a imagem de uma mulher morta, uma suicida, logo a ela, tão apaixonada pela vida.

Eu te amo desde o primeiro instante em que te vi, Melanie, eis o que lhe dirá. Ali, ali em cima, daquela janela lá no sexto andar, aquele retângulo iluminado no sexto andar, aquele, o único iluminado no prédio inteiro, dali eu te vi. Dali eu te olhava. Dali eu ficava aguardando e perguntando: quando ela passará outra vez? Que dia? A que horas? Quando ela virá?

Você ficava mesmo me esperando ali de cima?, ela perguntará, erguendo os olhos até sua janela, a janela de onde ele a amou desde o primeiro momento.

Eu vivia lá, sozinho, seguro de que essa bobagem de amor não existia, nunca existiu, não era nada senão uma fantasia manipulada pelos filmes melosos de Hollywood, ele planeja comentar com ela no futuro, quando estiverem morando juntos já há algum tempo, não naquele apartamento mínimo, onde ele podia andar sem acender as luzes quando tinha insônia, na época antes de conhecê-la, quando ainda passava noites em claro.

Antes.

Agora ele a viu, na calçada do lado oposto.

Vinha levemente ondulante, bela e irreal como uma miragem, mal delineada em sua roupa cinza pelas incertas luzes de mercúrio no alto dos postes de concreto, caminhando com o mesmo aparente propósito das noites anteriores, mas que só neste instante, finalmente, ele conseguia compreender: em sua direção. Para ele viera desde a primeira noite, enfim entendia. Esse era o propósito de Madeleine: destruir as certezas, todas as certezas que haviam feito dele um homem contente em seu isolamento, porque não pode haver vida, palpitante vida, sem o temor de que ela acabe, e assim se sentia agora, isso lhe trouxera Melanie, o prazer do fugidio da vida.

E um deles era este, agora que fechava a porta de ferro e vidro do prédio e, iniciando a travessia em sua direção, cruzando diagonalmente a rua, antecipava o prazer de dali a pouco, em apenas um minuto ou dois, ou nem isso, estar com ela, Melanie. Madeleine. Ela.

Eu era como um ateu que se descobre abraçado por Deus, ele entendeu, encantado e alheio a tudo que cercava a ele e Melanie – a calçada manchada como o muro de madeira de sua infância, as guimbas de cigarro, as melecas de chicletes, as poças de água e restos madreperolados de óleo no meio-fio, os emplastros de recapeamento recente no asfalto velho, as latas de cerveja esmigalhadas por pneus, os copos plásticos e guardanapos descartados, o rumor do tráfego na avenida ao lado, o barulho de duas motos emparelhadas, entrando na contra mão em sua rua.

Passo a passo, ia chegando até Melanie.

Eu era cego e agora vejo, ele pretende lhe confessar. Eu caminhava por vales de trevas e silêncio até receber tua luz e ouvir tua voz, Melanie. Eu vivia no desterro, disse a si mesmo e lhe repetiria, e me trouxeste para este paraíso dos bem-aventurados onde não há fome nem sede, porque o teu amor me alimenta e sacia, compreendeu, sem notar uma terceira moto também entrando na contramão, em baixa velocidade, junto a dois rapazes montados em bicicletas elétricas.

Asma Asmaton, Melanie.

Minha boca se enche de riso e minha língua de cânticos cada vez que digo teu nome.

Melanie.

Madeleine.

Aproximando-se, ele a vê mais claramente. Tem os cabelos louros, quase brancos de tão louros, presos em um coque. Tal como em São Francisco, ele reconhece. E veste a mesma roupa cinza – discreta e modesta como ela, analisa.

Melanie.

Madeleine.

Perto.

Finalmente perto.

Eu era arrastado por correntezas de aflições, tu me resgataste e me envolveste na paz de teu conforto, Madeleine, haverá de lhe repetir, muitas e muitas vezes. Tu me acolheste e me abrigaste no alívio que tua beleza espalha como um bálsamo, ele lhe dirá no futuro, enquanto atravessa a rua desatento aos ciclistas com os rostos enrolados em camisetas, como os black blocs vistos tantas vezes nas manifestações dos meses recentes, por vezes armados de martelos, garrafas, pedaços de pau, como estes em sua rua agora.

Tem misericórdia de mim, tem misericórdia, Melanie, porque minha alma confia em ti e cada passo teu me faz querer te possuir mil vezes e mil vezes beber do teu mel e gozar dentro do teu corpo, mil vezes te fazer fremir com o meu corpo penetrando no teu como penetras o meu espírito. À sombra de tuas asas me abrigarei, até que passem as calamidades. Em meu peito tu podes repousar, sem temer as bestas do apocalipse.

O rosto de Melanie entrou numa zona de sombra entre dois postes que emolduram seus cabelos platinados.

Eu desdenhava do amor porque não o conhecia, Madeleine, porque não conhecia você. Não conhecia a ti. Eu desprezava aqueles que amavam por serem fracos e dependentes do impalpável, do inexistente. Impalpável, sim, mas real, ele acredita entender nesse instante, conforme a vê cada vez mais perto, voltando a entrar em uma área de luz, envolta na mesma auréola em que a reconhecera nas imagens dentro do quarto da balconista em São Francisco, seus olhos presos aos olhos dela, escuros, o oblongo formato sublinhado por traços grossos de maquiagem e cílios muito grandes e muito curvados, o arqueado das sobrancelhas desenhadas a lápis castanho acima das órbitas oculares, tomado por um quase êxtase, incapaz de ver, à esquerda, os cinco rapazes a se aproximar, os rostos dos motociclistas ocultos sob capacetes.

O rapaz magro, de peruca loura e conjunto feminino cinza, uma bolsa preta de imitação de couro pendurada no braço direito, diminuiu os passos ao perceber o homem desconhecido, vestindo calça preta e uma camisa branca empapada de suor, caminhando célere em sua direção. Fala alguma coisa que o rapaz não consegue ouvir.

À sombra de tuas asas me abrigarei, murmura com fervor, até que passem as calamidades. Em meu peito tu podes repousar, Melanie, sem temer as bestas do apocalipse.

O rapaz a caminho de mais um show de dublagem em mais uma termas das redondezas, mal equilibrado sobre os sapatos pretos de saltos muito altos, para.

Melanie, exclama o homem de calça preta e camisa suada, em voz muito baixa, enquanto estende a mão, cada vez mais próximo, e sorri. Ali, naquele gesto, ofertava tudo o que tinha e era, mesmo nada tendo e sendo pouco, mesmo sendo, como sabia que era, um homem comum como outros milhões, bilhões de homens, sim, banal, sim, porém convertido ao extraordinário pelo amor que fez dele o mais dedicado e poderoso dos servos, agora e para todo o sempre.

Tu és meu refúgio, minha fortaleza e meu abrigo, Melanie. Porque eu te amo, eu te resgatarei, trarei você de Hades para junto de mim, onde estará protegida, para sempre resguardada de todos os males. Toda a riqueza da Terra não vale a mais ínfima poeira do amor que nos une e nos unirá para todo o sempre, por todos os séculos dos séculos, Melanie, ele iria lhe dizer, dali a pouco e por todo o futuro que sabia que teriam juntos até seus últimos dias, pelo menos até o último dia dele, entende, com grande alívio, até meu derradeiro suspiro neste vale de lágrimas – não mais um desterro, pois agora cheguei à terra do vinho e do mel. Você é meu maná, está pronto a lhe dizer quando percebe que um dos rapazes com o rosto enrolado em uma camiseta tirou um martelo de dentro da mochila e corre na direção de Melanie gritando palavras sem sentido. Os outros também correm na direção dela. Um brande uma corrente. Outro roda um taco de beisebol no ar. Gritam para Melanie, como o fortão tatuado do martelo: travesti-sem-vergonha-filho-da-puta.

Estão tão perto de Melanie quanto ele.

O ciclista de rosto encoberto por uma camiseta desfere o martelo apontando para o rosto de Melanie. Não, ele se ouve gritando, enquanto a empurra na direção contrária.

O martelo o acerta na fronte. Afunda. Ele não ouve o som do próprio crânio rachando. Naquele átimo ele pensa, ou acha que pensa, ter conseguido gritar: Corra, Melanie, corra, fuja daqui, Madeleine, fuja, Melanie, corra, corra.

Corra, Madeleine.

Corra, Melanie.

Corra.

Corra.

DEPOIS DA PÁSCOA

Na semana anterior, ainda no hospital em São Paulo, ela fazia – eles faziam – planos de jantar no mesmo restaurante italiano de Ipanema aonde iam tanto antes da quimioterapia. Dentro de umas duas, três semanas, quatro no máximo. Depois da Páscoa. Tomariam um vinho chileno leve, um carménère muito provavelmente, ela apenas um gole brindando à cirurgia bem-sucedida. Ele comeria um espaguete à carbonara, ela um cherne na chapa com endívias grelhadas, dividiriam a sobremesa, pois ela sempre queria perder peso e a retenção de líquido da químio não ajudava nem um pouco, e um sorvete de queijo minas com goiabada derretida ajudaria menos ainda.

Durante o jantar os dois elaborariam e ele anotaria a lista de convidados para o almoço de Páscoa, quando seriam reunidos todos os amigos que não puderam visitá-la no hospital, os pais para quem ela havia proibido que revelassem a doença, a ex-mulher dele, de volta da Espanha, para onde se mudara anos antes com seu agora terceiro ex-marido. O apartamento era grande o suficiente para caber todo mundo.

O cardápio precisaria incluir comida vegana, por conta do noivo da filha dele.

Ela ainda não estaria recuperada o suficiente para ir para a cozinha e cuidar ela mesma da bacalhoada, do pernil com abacaxi, da farofa de miúdos, do arroz branco e do arroz de brócolis, dos legumes refogados, da salada verde com lascas finas de manga e dos molhos, do pudim de leite, do manjar de coco enfeitado com ameixas, da musse de maracujá – mas uma colega dela já indicara uma cozinheira mineira que ia à casa das pessoas e preparava tudo. Contratariam um copeiro para ajudar a pôr a mesa, servir bebidas, fazer umas caipirinhas de cachaça e vodca.

O domingo de Páscoa seria dali a uma semana.

Ontem, depois do velório, ela foi cremada.

Ele vai colocar o apartamento à venda.

O PRIMEIRO FILHO

Alô, pai, ela saudou, a voz jovial subindo pelo espaço aberto entre as áreas de serviço dos apartamentos, liguei várias vezes antes mas ninguém atendia, disse alegremente, jovialmente, prazerosamente, como era bom ouvir a voz do pai, mesmo quando percebia certa tristeza identificada só por ela, pois os outros filhos acreditavam no jeito durão do pai e nem pensavam como perder a mulher, mãe de todos os cinco irmãos, era um baque tão grande, mais deixar a roça, virar hóspede na casa da filha mais velha, dormir no mesmo beliche de um dos netos, ah, o senhor chegou agora, não tinha ninguém em casa, Janete ainda não chegou do trabalho, eu, eu estou bem, meu pai, trabalho de faxina aqui é o que não falta, sim, pois é, sim, o senhor sabe, pai, encontrei com o Francisco, passei no condomínio onde ele trabalha, ele não dá notícia porque não é muito de dar notícia, sabe como é, meio calado como o senhor, né, pai, ele casou, como o senhor sabe, não sabe, pois casou e ele tá grávido do primeiro filho, vai ser gêmeos, aí eu disse pra ele que vai ter que trabalhar em dobro, rá, rá, rá, saudades, pai, muitas saudades, um dia eu volto, volto sim, vou aí lhe ver assim que conseguir juntar um dinheirinho para a passagem, vou de ônibus mesmo, assim igual que nem eu vim, até que é confortável, eu vou pai, vou lhe ver, então tá, fique com Deus, viu, pai, muita saudade, tá, muita saudade, a bença, pai, fica com Deus, e houve uma pausa, até ela repetir Fica com Deus, pai, fica com Deus, tchau, e a voz sumiu.

AQUELA MENINA

Na foto ela devia estar com quinze, dezesseis, no máximo uns dezoito anos, se tanto. Ela sempre foi, como se dizia em seu meio social naqueles tempos, *très mignonne*. Pequena, delicada, frágil. Sempre foi. Até o fim prematuro. Prematuro talvez não seja o adjetivo correto. Até o fim... escolhido.

Na foto em preto e branco ela está de pé entre folhas grandes de alguma planta tropical, cercada por essas folhas grandes, enormes mesmo, talvez na floresta da Tijuca. Elas a fazem parecer ainda menor, ainda mais delicada.

Ainda mais frágil.

Como não vimos? Como não entendemos?

O fotógrafo, creio não me enganar, era um americano semifamoso, ou assim era divulgado pela imprensa provinciana antes da internet, desembarcado no Rio por conta de uma paixão ou contratado para a campanha publicitária de um automóvel ou de um cigarro exclusivo para mulheres e acabou ficando por aqui.

Eu conhecia outra foto dela, também em preto e branco, aquela com o mar ao fundo, ela deitada sobre uma prancha de surf enquanto era carregada por surfistas pelas areias de Ipanema, como uma rainha egípcia de filme de Hollywood carregada pelo Saara, sei lá, algo assim, fantasioso, irreal, hipnotizante.

Mas nessa foto de rainha do deserto ela não era mais uma menina. Notava-se pelo olhar confiante de quem já iniciara a sedução e a conquista do mundo. Daquele mundo. Daquele meio mundo.

Antes de perdê-lo.

E perdeu tudo.

(Meio mundo ela conquistou, mesmo: o do cinema europeu nos anos 1970 e 80, o *grand monde* desde o fim da década anterior, o mundinho da arte de vanguarda, os planetas autocirculantes da grã-finagem carioca e paulista, o *beautilful people* de Nova York e seus sucedâneos, isto e aquilo & aquilo mais, o que quis e bem entendeu. Ou nunca entendeu. Ou nunca a entenderam.)

Nunca a entendemos, seguramente.

Nunca entendi seu apelo.

O sorriso não era verdadeiramente um sorriso. Era a boca aberta, buscando tomar ar, ar, ar.

A mão estendida em cumprimento não era a mão estendida em cumprimento, mas a de alguém que a agita enquanto se afoga. Lentamente. Silenciosamente. Sem a ajuda de Paul, George, Ringo, John. Se ela ao menos pudesse... sussurrar... a canção... se ao menos soubesse... pedir... Ei, ei, você aí, ei...

Help.
I need somebody.
Help.
Not just anybody.
Help.
You know I need someone.
Help!

Mas na foto pendurada na sala de espera do cinema de Ipanema, vista antes da sessão das nove no fim de semana do feriado de Independência, ela ainda não é essa.

Ainda é a menina.

Quase sumida dos trás das folhas.

Depois engolida.

Depois devorada.

O olhar da menina interroga. Perturbadoramente.

(O que será que me espera, talvez se indagasse, o olhar fixo para a câmera do americano. O êxtase? O delírio? A felicidade sem limites? O amanhã? Depois de amanhã? Posso acreditar? Posso me soltar? Posso crer em um futuro sem as conturbações e os saltos no vazio como minha mãe, primeiro, e depois o meu pai?)

Help.
Please help.

Não ouvimos.

Não entendemos.

Eu não ouvi.

Não entendi.

Desculpe. Perdão.

Desculpe, garota da foto em preto e branco.

Não irei mais àquele cinema.

Ou, se for, vou passar batido pelo outro lado, de olhos baixos, e entrar rápido na sala de exibição.

MADAME K.

Parece que ela atendeu e abriu caminho para o sucesso de algumas das grandes estrelas das novelas atuais. É o que dizem. Os porteiros do prédio também afirmam ter visto o sobe e desce de futebolistas, industriais, modelos, executivos e, mais que qualquer outra categoria, políticos famosos, daqueles das capas dos jornais, daqueles envolvidos em investigações e denúncias da Polícia Federal, daqueles sempre presentes em reportagens sobre corrupção e propinas, assim como cantores e celebridades de programas de auditório, incluindo um apresentador de televisão processado por agressão à sua então esposa funkeira, hoje pastora evangélica. Ela até hoje é, ou era até algumas semanas atrás, antes do ocorrido, frequentadora do apartamento de Madame K. Mas o ex-casal vinha para as consultas em horários e dias diferentes, dizem os porteiros, e nunca se cruzaram. Ministros, deputados, senadores, prefeitos e governadores, e ainda um ex-vice-presidente, tampouco toparam uns com os outros. Madame K. era muito hábil no manejo de sua agenda.

Assim contam.

A Profetisa das Celebridades, como estampou um jornal popular no dia seguinte, foi encontrada logo no início da manhã, quando o faxineiro iniciou seu trabalho no oitavo andar, onde ela morava havia várias décadas. Ninguém sabe precisar quantas. O apartamento é próprio. Presente de uma cliente que conseguiu se casar com o Rei da Soja, ou o Rei do Trigo, ou algo assim, um milionário da agroindústria, contou outra antiga moradora do edifício. Na ausência de herdeiros o imóvel passou, ou passará, para o Estado. A documentação do dito imóvel estava em nome de Katerina Skirgalya.

Não foi localizado nenhum documento de identidade da falecida além de uma certidão de nascimento rasurada, rasuradíssima aliás. A criança do sexo feminino (aqui não estava rasurado) que se transformaria na célebre Madame K. fora registrada como Maria Catarina de Souza Skirgalya na localidade de (rasurado), estado de (rasurado), filha de (rasurado), no mês de (rasurado) do ano (rasurado).

Ela não deixou testamento.

Ninguém se apresentou como herdeiro.

Era uma segunda-feira.

Madame K. não havia recebido nenhum cliente no sábado nem no domingo.

A porta do apartamento estava entreaberta.

Não havia sinais de arrombamento.

Nada fora revirado, em nenhum dos cômodos.

Ela, Madame K., estava deitada em sua cama branca, sobre uma colcha branca, no quarto branco de cortinas brancas, vestida de branco, de véu e grinalda.

Tinha nas mãos um buquê de flores brancas.

Um pequeno buquê, de formato arredondado.

Estava perfeitamente penteada e maquiada, com os lábios pintados, os olhos delineados, os cílios postiços colados e tudo o mais.

O corpo não tinha marcas de violência.

Ao lado de sua mão esquerda havia três envelopes, também brancos, cada um contendo grande número de notas de euros, dólares e reais.

Os envelopes não estavam endereçados a ninguém.

Nas gavetas da cômoda (branca) do quarto, abertas e sem nenhum indício de reviradas, acumulavam-se em pacotes presos com elásticos bateladas de cédulas de cruzeiro novo, francos, xelins, zlótis, dracmas, litas, florins, liras, escudos, pesetas, marcos alemães e outras moedas fora de circulação.

Assim relataram os porteiros.

Ninguém soube informar o destino final desses envelopes ou das cédulas anacrônicas. A polícia nega que esteja de posse deles e delas, os vizinhos desmentem terem invadido o apartamento e se apossado do que quer que pertencesse a Madame K., os funcionários do edifício tergiversam e pronto.

Nada mais foi encontrado sobre a parte superior da cômoda do quarto, assim está nos relatos oficiais, nada nas gavetas das mesinhas de cabeceira (brancas), assim como não havia nenhum objeto sobre seus tampos, exceto os dois abajures (brancos, de cúpulas idem), um de cada lado, acesos, o que denotaria atividade noturna.

Todas as luzes da casa estavam acesas.

No guarda-roupa (cor idem), cabides vazios.

O quarto ao lado, utilizado por Madame K. para atender a clientela, achava-se igualmente desprovido de objetos sobre ou dentro dos móveis e igualmente sem qualquer sinal de vandalismo. Havia ali, no entanto, diversas malas, de variados tamanhos, assim como mochilas, bolsas de couro, napa e camurça, sacolas de papel, sacolas plásticas. Continham, como ficou imediatamente claro, roupas, calçados, acessórios, chapéus, até mesmo duas perucas (idênticas), tudo perfeitamente disposto, dobrado, embalado e embrulhado. Dir-se-ia, observou um vizinho, desembargador aposentado, que a falecida organizara meticulosamente seus pertences, sem se preocupar, não obstante, com o fim que lhes seria dado.

O que daqueles despojos não ficou com os porteiros, seus parentes e seus amigos, incluídas aí as malas, as bolsas e as mochilas, terminou doado a um par de instituições de caridade.

Não era muita coisa, mas eram algumas coisas. Nada de mais, nada realmente de valor. Um par de saias longas e largas, várias blusas fora de moda, uns dois agasalhos e outros tantos cachecóis inúteis para quem mora no Rio de Janeiro, caixas com programas de shows e peças de teatro, fotos autografadas de celebridades hoje sumidas, calendários e folhinhas dos anos 1970 e 80, quatro óculos de leitura, duas embalagens para lentes de contato, sem as lentes, dezenas de cartões-postais de diversas partes do mundo, roupas íntimas de tamanho grande, vários pares de sapatos plataforma altos, alguns baralhos, alguns búzios, algumas runas, algumas fotos amareladas e outras coloridas porém desbotadas, uma câmera Polaroid, um mapa da Lituânia e um caderno espiral, desbeiçado e um tanto manchado, repleto de anotações em algum idioma indecifrável.

As últimas páginas, no entanto, tinham sido preenchidas em razoável português, com alguns mínimos erros de grafia e concordância, em meticulosa caligrafia, sem qualquer rasura. Como se fosse o texto passado a limpo das anotações precedentes.

Esse foi o caderno que veio parar em minhas mãos, na triagem dos cacarecos socados nos sacos plásticos, quando nós voluntários organizamos o bazar de Natal da Casa de Acolhida Santa Beatriz Helena para Idosos Carentes.

Não mexi em nada no texto.

Ou melhor, mexi, mas nada alterei do espírito original da quiromante.

Bem, alterei alguma coisa, por conta da clareza do texto, bem interessante por sinal, mas pecando pelo excesso de adjetivos (apaguei a maioria), excesso de ponto e vírgula (reduzi consideravelmente o número deles), excesso de pontos de exclamação (tirei todos). Em termos estilísticos o texto original de Madame K. não primava pela originalidade. Como bom economista, não me preocupei com seus cacoetes, como a repetição de "por exemplo" e "evidentemente". Não me dei ao trabalho de evitá-los. Não na totalidade. Mantive, sempre que possível, sua verve. E mesmo eventuais cascatas de hipérboles.

Mantive também o título que ela tinha dado e mantive a maior parte dos parágrafos, a ordem e a organização de ideias, por vezes ilógicas, cheias de idas e vindas, mas, se ela escreveu assim, devia ter uma boa razão.

Razões de cartomante?

Mantive a peculiaridade do que nasceu peculiar.

Digitei o texto no programa Word, tamanho da fonte 12.

Ficou com perto de 31 mil toques, em 12 páginas.

Envio para você em anexo neste e-mail e colado ao final desta mensagem.

Veja se acha que podemos transformar este texto em alguma coisa, numa espécie de livro.

P.S. – Acha que haveria algum problema legal em publicar esse texto? Cabem direitos autorais? Nesse caso, pagos a quem (a tal senhora não tinha herdeiros, como lhe disse anteriormente).

P.S. 2 – Cortei todos os nomes, sobrenomes, títulos e referências citados por ela no corpo do texto e capazes de levar à identificação da vasta clientela de Madame K. para evitar, por mínimo que seja, o risco de algum tipo de processo judicial. Cautela e caldo de galinha nunca são demais, concorda?

P.S. 3 – Lita era a moeda da Lituânia antes do euro, informa o Google. Zlóti a unidade da Polônia, idem, idem.

P.S. 4 – Acha que dá para vender os cadernos por uns 5 reais cada?

O pequeno livro de instruções para cartomantes iniciantes, por Madame K., nascida Katerina Skirgalya

Meus olhos são negros, como os de tantos descendentes dos bravos mongóis que atravessaram a gélida Sibéria em busca dos verdejantes e mornos pastos da Lituânia, o majestoso, abundante e acolhedor território onde voam as cegonhas, ornado por mais de três mil límpidos lagos, incrustado de mimosas vilas e aldeias abençoadas pelos milagres de São Casimiro, a terra das beterrabas, do trigo e das batatas, berço de meus ancestrais.

Mas uso lentes azuis, muito azuis. Como os olhos de minha bisavó, de quem herdei o nome e a capacidade divinatória.

Meu olhar azul, muito azul, perturba e desconcerta. As lentes azuis, muito azuis, me dão um olhar agudo e perturbador, do tipo que ninguém consegue encarar por muito tempo.

Olhar apropriado para a mulher de quem se esperam manifestações reveladoras de amanhãs, penetrações argutas nas nebulosas do porvir, auxílio na travessia de tempestuosos oceanos de dúvidas rumo ao que de mais divino, pacífico, amoroso, magnífico e esplendoroso pode haver na existência de cada um.

Percebeu, aí acima, o tipo de linguagem arrebatadora a ser usada com a clientela?

Então, minha cara iniciante, somando a esse gênero de discurso floreado: é você, cartomante, profetisa, pitonisa, adivinha, amiga e confidente quem deve encarar o cliente, até o ponto de constrangimento e, confirmação de sua vitória, o enrubescimento da pessoa que procurou seus serviços.

Olhar, olhar fixamente, olhar demoradamente: eis o primeiro dos primeiros passos para seu sucesso.

Por que cravar os olhos na(o) cliente do outro lado da mesa, você me perguntaria?

Por uma razão muito simples, eu respondo.

Olhar é observar.

Observar é analisar.

Analisar é entender.

Entender é ter armas para dominar.

Olhou firme, fez a outra pessoa desviar o olhar? Está dado o pontapé inicial para a conquista, uma metáfora cara ao meu dileto (nome apagado), vencedor da taça (nome apagado) nos campeonatos de (datas apagadas), antes de se tornar o mais poderoso dirigente de todos os tempos da (nome da confederação esportiva internacional apagado).

Observar para dominar: anotou?

Uma boa cartomante é, antes de tudo, uma boa observadora. Não é possível um predicado sem o outro. As duas qualidades caminham juntas.

Anotou?

Começando pelo começo: a primeira coisa, primeiríssima, após a firme mirada, que ela, a boa cartomante, tem de fazer assim que a consulente[1] entra no cômodo[2] é uma análise da qualidade e do tempo de uso das vestimentas e dos calçados, assim como das joias e/ou bijuterias portadas pela(o) dita(o) consulente.

Atenção ao estado e à qualidade da cútis de sua consulente, das sobrancelhas e do cabelo, em particular

---

1 Quem busca a ajuda de cartomante é, na grande maioria, mulher; e, se o faz, é por conta de distúrbios amorosos; os homens não têm problemas amorosos; ou melhor, os homens têm problemas amorosos, sim, e muitos, mas não sabem ou não reconhecem que os têm.

2 Quando me mudei para este apartamento, fruto da prodigalidade de uma cliente que auxiliei e orientei na busca, encontro e apreensão de um bilionário conhecido como Rei do (nome apagado), eu preferia receber na sala ampla e clara; total equívoco; logo atinei que o quarto, ao final do corredor, mantido em permanente penumbra, ajudava a compor melhor a correta atmosfera de mistério; idem, idem o quarto; para manter esses ambientes enigmáticos é mister adotar parca (ver nota seguinte) luz indireta; utilize um *dimer*.

à pintura do dito cabelo. Esses detalhes revelam a disponibilidade ou não de recursos para se cuidar. Não confundir com desmazelo, como, por exemplo, o de (nome da atriz omitido), que só se cuida se dela cuidam os cabeleireiros e maquiadores nas temporadas em que está gravando novelas.

Não se trata de elegância; trata-se de escolha de mercado; não entregue seu produto onde o real valor dele não pode ser pago adequadamente.

Raízes brancas aparentes denunciam a idade, evidentemente, mas também conta bancária rasteira para ir ao cabeleireiro com a assiduidade necessária. Ou pior: avareza.

A mulher pão-duro consigo mesma será ainda mais sovina com a vidente.

Nunca aceite cheques dessas mulheres. Raramente suas contas têm lastro.

Aliás, só aceite pagamento em dinheiro vivo.

Atente para os dentes. Amarelados? Desalinhados? Sinais inequívocos de penúria.

Penúria, por outro lado, pode ser um bom sinal.

Uma mulher com insuficiência de fundos é uma mulher à caça. De dinheiro próprio, por meio de promoções na carreira profissional, ou de dinheiro de um amante ou marido, em geral o marido de outra mulher. Como a mulher na lazeira espera ter acesso ao que ambiciona? Através de você, através das revelações do tarô, dos búzios, da leitura de mãos, dos cristais e de tudo o mais de que você lançar mão.[3]

Uma mulher sem maquiagem, ou com maquiagem descuidada, é uma mulher solitária, geralmente desesperançada; caso contrário estaria montada adequadamente para um encontro com o destino, ou seja, com um homem. A mulher sem maquiagem vem à consulta, mas quase nunca volta para uma segunda, uma terceira, uma quarta, se não for insuflada a buscar o grande amor de sua vida[4] ou reencontrar o amor perdido na juventude.[5]

---

[3] Falaremos daqui a pouco sobre formas, formatos, objetos e acessórios adequados para chegar às previsões.

[4] Toda mulher está sempre em busca do Grande Amor; e mesmo que o tenha encontrado não o terá reconhecido e continuará a peregrinação, naquela espécie de permanente insatisfação como a que leva mulheres a endocrinologistas, sempre buscando, neste caso, não encontrar, mas perder dois a três quilos, quando não quatro ou cinco.

[5] Todos tiveram um amor de juventude, com final infeliz. Ninguém escapa. Eu mesma não consegui evitar esse destino. Meu jovem amado me abandonou para se casar com uma colona dali mesmo, do Vale do Itajaí. Eu, seduzida e abandonada, parti para o mundo. Maldito Werner. Nunca me esqueci daquele olhar pidão, nem daqueles abraços sufocantes. Até hoje. Finais infelizes são próprios de amores juvenis. A lembrança desses amores é sempre melhor do que foi a realidade. Alimente isso na sua clientela. Será lucrativo para você e prazeroso para seu/sua consulente. Sugira que a pessoa amada no passado jamais esqueceu o ardor daqueles dias ou noites. Que pensa nela(e) sempre. E insinue ainda que, de alguma forma, esta pessoa amada de dias idos também anseia por um reencontro e mantém guardada, bem no fundo do coração, a esperança de retomar aquele antigo ardor.

A palavra moderna para isso é fidelizar.

É essencial fidelizar as clientes.

Que venham uma vez ao mês, pelo menos.

Já disse para não aceitar cheques?

Cartões de crédito, idem: jamais.

Moedas estrangeiras, só dólar e euro. Tenho gavetas cheias de moedas mortas.

Freguesas frequentes merecem, de quando em quando, uma consulta em que ao final você diga: nada cobrarei; meu pagamento é perceber que você está tomando o caminho da felicidade e da paz.

Paz é outra palavra-chave, entendeu?

Sempre se despeça desejando paz.

Ainda sobre a orientação para a condução dos rumos da consulta inspirando-se na aparência das consulentes: uma mulher demasiadamente maquiada é uma mulher atarantada. A mulher atarantada voltará de qualquer forma. A essa devem ser inculcadas mais dúvidas do que esperanças.[6]

Anotou fundo no coração?

Evidentemente você entrou nessa profissão porque tem categoria para isso; tem visões, ouve vozes a sussurrar-lhe no ouvido, é capaz de saber a trajetória inteira de alguém apenas apertando-lhe a mão.

---

[6] (Madame K. deixou por escrever o texto desta nota, que ela abre aqui e nas notas 16 e 17, também deixadas em branco.)

Não dilapide esse talento.

Não o desperdice esforçando-se para desfazer nós da vida de mulheres com picuinhas domésticas banais, para engordar as fortunas de ricaços entediados, para derrubar rivais de protagonistas de minisséries televisivas ou concorrentes de candidatos a governador, ou para levar à aprovação no vestibular de universidades públicas preguiçosos filhinhos e filhinhas de abastados e complacentes pais, para livrar da cadeia empresários corruptores e tudo o mais.

Guarde essa aptidão para quem realmente precisa e merece seus serviços premonitórios.

Para todo o restante da clientela, que será a maioria dos que buscarão seus serviços, distribua as frases vagas ou enigmáticas, como venho lhe instruindo.

Não falei delas ainda? Espere um momentinho.

Quando notar que à sua frente está alguém verdadeiramente sem rumo neste conturbado planeta, aí então deixe fluir toda a sua capacidade de ver, ouvir, sentir.

Mas e se você, nesse mergulho sincero, perceber que é zero a possibilidade de alterar o que está por vir?

Plante esperança.

Esperança. É o pilar de sustentação da carreira de toda boa cartomante. E mesmo das más.

Esperança é o motivador maior da sua atividade.

Seu *business*, palavra tão cara ao meu presunçoso ex-cliente (nome omitido) – que por curto tempo foi dos homens mais ricos do mundo segundo a revista (nome omitido) antes de desmoronar espetacularmente, e eu avisei o que estava por vir –, seu *business*, como eu escrevia, é esse: dar, trazer de volta, inculcar, ressuscitar à clientela a vontade de acordar amanhã, de parar de se esconder dentro de casa e sair à rua, de se olhar no espelho e gostar do que vê, parar de se achar sempre acima ou abaixo do peso, levá-la(o), a(o) consulente, a abrir o jornal ou o computador todo dia para descobrir qual a programação dos cinemas, em que museu há uma exposição interessante, quem é a nova musa de algum novo ritmo baiano, como está passando aquele amigo para quem não telefona faz tempo etc. etc. etc.

Por sinal, etc. é a grande busca da vida, nunca se esqueça.

Etc. E tudo o mais. Ou seja, aquilo além do que sabemos que queremos.

Etc., esta é a boa busca de cada dia.

Há um ditado lituano perfeito para expressar essa ideia, repetido incessantemente por minha bisavó. Infelizmente não me recordo direito das palavras. É alguma coisa como "A boa busca é a busca do que você não sabe o que é".

Nunca fale de morte. Nunca, jamais, em tempo algum. Viu o fim de alguém? Pressentiu a chegada da mais indesejada das visitas?

Cale-se.

Guarde para você. Não precisa mentir; omita. Apenas isso: omita.

Preciso falar sobre a premonição em nossas próprias vidas. Porém, não me sinto pronta. Daqui a pouco.

Já comentei sobre o figurino da cartomante? Falaremos disso mais adiante.

Fale baixo. Pitonisas não gritam.

Sussurre, exceto se sua cliente for surda.

Não faça julgamentos morais.

Se tem diante de si uma garota de programa, um lobista, o advogado de um grande traficante ou um político ladrão, como eu tantas vezes tive, isso não é problema seu.

Cada um vive como quer.

E ganha a vida como pode.

Jamais afirme você mesma ou confirme datas ou acontecimentos citados por consulentes, mesmo que saiba; não corra o risco de se equivocar. Em seguida retornaremos mais detidamente a este assunto.

Já disse que é preciso perguntar sempre? Mas em tom levemente assertivo. Exemplo: "Uma mulher morena (loura, ruiva, não importa) com quem você trabalha (estuda, faz ginástica, curso de pintura em porcelana etc.)... É sua/seu amiga(o)... ou você acredita que seja... – percebe a interrogação vaga?

Caso você note que a pessoa parece incrédula ou desconfiada, ou tem um ar paranoico, solte algo do tipo: "Há uma pessoa muito próxima de você, em quem você confia e que acha que é amiga(o), mas..."

"Mas..."

Deixe a frase no ar.

Não falha.

Sempre deixe muitas frases no ar, para seu/sua consulente completar. Ajuda a fluir a sessão, auxilia na composição do passado e das ânsias de quem procurou seus serviços.

Quando e se empacar em alguém emburrado, alguém que pouco contribui para a fluidez da sessão, não desanime. Quer um recurso simples? Citações de frases[7] que insinuem uma ampla cultura.

Essas frases podem ser encontradas na internet e utilizadas quando há esse vácuo na sessão, ou quando você

---

[7] Decore algumas, do tipo: "Como dizia Shakespeare, se você ama alguma coisa ou alguém, deixe que parta. Se voltar é porque é seu, se não é porque jamais seria."

Outra ótima: "O sucesso é ir de fracasso em fracasso sem perder entusiasmo." Essa é atribuída a Madonna, a Santa Rita de Cássia, a Portinari e, mais comumente, a Winston Churchill. Dependendo da clientela, dê a autoria para quem lhe parecer mais adequado.

Também utilizo muito esta outra, de Mahatma Gandhi, igualmente imputada a Madre Teresa de Calcutá e à Princesa Diana: "Se você quer mudar o mundo, mude primeiro você mesmo."

Mais um exemplo: "Quem não pode fazer grande coisa faça ao menos o que estiver na medida de suas forças." Pode ter sido dita por John Kennedy, Martin Luther King, Santo Antônio ou Bette Davis no filme *A malvada*. Não importa quem realmente a falou. É ou não é perfeita?

não sabe bem como prosseguir diante de visões de uma vida irremediavelmente chata de sua/seu cliente, em que nada vai mudar nunca, até o momento do último suspiro.

São frases que não dizem realmente coisa alguma.

Mas precisam ser ditas com grande ênfase e convicção, como se contivessem o sentido da existência.

Banais, mas com pompa.

As redes sociais, outra fonte, também estão cheias delas.

Você também pode adaptar citações e colocar parte de uma frase em parte de outra, como aqui: "Para mudar o mundo, faça primeiro o que estiver na medida de suas forças." Ou: "Quem não pode fazer grande coisa pode fazer a maior delas, que é mudar a si mesmo."

Viu como é fácil?

Copie e pratique o exercício de raciocínio abaixo, poderá ser útil em um grande número de situações.

"Como dizia São Francisco,[8] as janelas estão abertas, é preciso... (preencha com qualquer uma das palavras abaixo):

---

[8] Use sem receio o nome de Francisco de Assis. É um santo extremamente popular e querido. Não há quem não goste dele ou não se enterneça com suas pregações. Já ouviu alguma vez aquela oração que pede "Senhor, faz de mim instrumento da Tua paz, onde houver tristeza que eu traga a alegria"? É dele. Não importa a religião professada, o prestígio e a credibilidade desse nobre rapaz de Assis que abandonou a fortuna da família para atender aos desamparados é enorme e quase universal. Tanto para católicos quanto para protestantes, muçulmanos, judeus, budistas e outros mais.

- *coragem*
- *ternura*
- *força*
- *vontade*
- *força de vontade*
- *a força da verdade interior*
- *buscar a inocência da infância*
- *buscar o sol que alegrou sua infância*
- *disposição*
- *coração*
- *olhos abertos*
- *coração aberto*
- *mente aberta*
- *vencer barreiras*
- *não ter medo de barreiras*
- *saber que enfrentaremos barreiras*
- *entender que não nos deteremos em barreiras*
- *fazer das barreiras trampolins*

... para perceber que o mundo ainda tem muito para lhe oferecer."

Dependendo do nível intelectual de sua cliente, e neste caso é especificamente apropriado para mulheres, atribua a frase, estas citadas ou qualquer outra, a Clarice Lispector ou a Mario Quintana. Clarice e Quintana são os favoritos das angustiadas, das rejeitadas, das aflitas e das amantes platônicas.

Citação deles não falha.

Apele à dupla sempre que necessário.

Outra ótima fonte que você deve ter sempre à mão são os horóscopos. Leia, anote e decore trechos como estes abaixo:

- *É tempo de reunir as informações sobre seu passado e sobre tudo o que viveu para começar seu futuro.*
- *É tempo de avaliar se todo o amor que dedicou a ele (ou ela, eles, filhos, pais) vem tendo a compensação que merece.*
- *O momento de colher o que plantou está chegando.*
- *O momento de plantar para colher está bem à sua frente.*
- *O momento de dizer basta está chegando.*
- *O momento de se bastar é agora.*
- *Este é o momento para parar e olhar em volta.*
- *Este é o momento de se movimentar.*
- *Este é o momento de recuar.*
- *Este é o momento de avançar.*

Etc.

A cada frase, faça uma pausa longa e observe seu/sua consulente.

Ela(e) inclinou um pouco o rosto e olha um tanto de lado? Mau sinal. Está em dúvida sobre o que você vem falando. Neste caso, respire fundo, feche os olhos, emita alguns sons incompreensíveis, diga que está sentindo vibrações negativas, peça para segurar as mãos dela(e) e, de olhos fechados, fazerem uma oração silenciosa para afastar forças de trevas ali por perto. Dê uma pequena tremida na própria mão, como se sentisse um choque.

Sempre impressiona.

Outra frase que ganha definitivamente a confiança e a empatia de quem a consulta é esta: a senhora já se entregou muito, recebendo pouco de volta.

Elas adoram.

Não use esta frase para homens.

Homens dão o mínimo. E sabem disso.

Alguns outros bons nomes a quem atribuir qualquer frase são John Lennon, Cazuza, Tolstói, Simone de Beauvoir, Fernanda Montenegro, Raul Seixas, Paulo Coelho, Humphrey Bogart, Cartola, Joãozinho Trinta, Miley Cyrus, Odete Roitman, Tom Jobim.

Citar celebridade morta é melhor e mais verossímil do que celebridade viva.

Estrangeiros têm mais prestígio do que nacionais.

Fernanda Montenegro, Cazuza e Tom Jobim, não obstante, têm enorme aceitação.

Estou me alongando e ainda não falei do figurino da cartomante.

Figurino é importantíssimo.

Não por frivolidade.

Mas para compor a imagem apropriada.

Deve ser uma roupa atemporal, sem nenhum detalhe de moda contemporânea. O estilo deve beirar o exagero, sem cair no ridículo.

Use algo que lhe caia bem e a faça parecer muito séria e muito sábia. Mas lembre-se de que você não é professora de química nem ministra do Supremo Tribunal Federal.

Brincos, colares, pulseiras, anéis: use sem receio. Não economize nos dourados. Se você é alta, ainda assim use saltos. Se é baixa, use saltos muito altos. A cartomante deve ser imponente. Há sapatos de plataformas de vinte centímetros ou mais em lojas para travestis. Use-os. Com saias longas, evidentemente.

Use uma peruca de boa qualidade[9] durante as consultas, de cabelos longos e cor bem diferente da sua verdadeira. Isso lhe permitirá fazer compras em supermercados, ir ao cinema ou viajar sem ser reconhecida por algum eventual cliente.

Óculos? Jamais. Mesmo que sua miopia não lhe permita enxergar um palmo diante do nariz. Não pode

---

9   Minha peruca é de cabelos naturais, castanho-claros com tons levemente acobreados: o matiz levanta meu semblante em dias em que estou cansada ou abatida.

haver barreiras entre seu olhar e a pessoa do outro lado da mesa.[10]

Ar-condicionado? Sempre. O ambiente deve estar mais frio do que o normal.[11] Os clientes devem se sentir desconfortáveis depois de certo tempo, do contrário tenderão a estender a sessão e continuar fazendo perguntas.

Falei para deixar muitas frases no ar; vou além e insisto: não confirme nem negue. Nunca.

Por exemplo: se lhe perguntam "Esta pessoa que eu encontrei em tal ou tal situação é o amor da minha vida?" ou se é a amiga que trai, não importa qual pergunta, jamais responda que sim ou que não.

Seu coração lhe dirá, eis a melhor resposta.

E as variantes dela: "observe e fique de olho"; "o tempo dirá" e sua derivada "só o tempo dirá"; "você mesma(o) saberá responder a essa pergunta quando chegar a hora certa"; "acredite no seu discernimento"; "no fim o bem sempre vence o mal"; ou este exemplo, uma das minhas citações favoritas: "O pássaro não sabe onde encontrar comida para os filhotes? Pois assim somos nós, mesmo quando achamos que perdemos o caminho."

---

[10] Ainda não falei do uso imprescindível de uma mesa? Evidentemente é necessária uma mesa para baixar as cartas, ver através da bola de cristal, jogar as runas ou os búzios etc. Coberta por uma toalha. Em tons de prata e preto são minhas favoritas.

[11] Se você é friorenta, vista uma malha por baixo da roupa.

Jogue sempre para o futuro.

Futuro é o tempo de verbo amigo das cartomantes.

Já falei sobre o próprio futuro? Quando temos a revelação do que espera a nós mesmas? Ah, que péssimo.

Daqui a pouco tocarei no assunto.

Antes: os acessórios de trabalho.

Velas, incensos, copos d'água, imagens de santos ou orixás, pequenos budas, crucifixos, estrela de davi, decore seu ambiente de trabalho como preferir.

Já falei da iluminação? Penumbra, mistério etc.? Já. Não precisamos voltar a isso.

Uso baralho comum,[12] nacional, desses que achamos em qualquer papelaria.

Se não sabe lidar direito com baralho ou é desajeitada, nem chegue perto de um; coloque-o à frente da(o) consulente, mande separar em três, cinco ou sete partes, tanto faz, não tem real utilidade mesmo, e pare por aí. Manipular cartas como uma amadora em cassino paraguaio é patético. Use outro veículo para suas previsões, algo com que se sinta confortável.

---

12 Para que gastar mais dinheiro em baralho importado? Evidentemente é um gasto extra inútil. Eu, quando compro baralho novo, dou um jeito de fazê-lo parecer mais velho e usado, mergulhando-o em uma vasilha com água morna e algumas gotas de água sanitária para desbotar as cores, mais um pouquinho de lavanda para cortar o cheiro ácido. Basta um minutinho ou dois. Baralhos com ar de antigos, por razões que jamais entendi e jamais entenderei, dão mais confiança à clientela.

Runas, búzios, tarô, bola de cristal, não importa sua opção, seja cuidadosíssima com a eleição do veículo para sua suposta mediunidade.[13]

Pessoalmente acho bolas de cristal ridículas e caricaturais, mas nada impede que você tenha uma por perto.

Na Grécia e na Turquia as adivinhações são feitas por meio das manchas de café deixadas no fundo das xícaras. Café bebido, evidentemente.

Evito tarô.

É popular demais, muita gente já leu livros que ensinam a reconhecer o significado de cada carta. E tenta interpretar junto com você, ou mesmo antes de você.

Quase sempre misturo um pouco de cada coisa, dependendo da pessoa a quem for atender e da minha vontade de representar. Tanto faz.

Repito: iluminação baixa, alguma obscuridade, é essencial para a criação de uma atmosfera indutora de confidências.

---

[13] Não necessito na verdade de nada para fazer previsões ou ter visões do passado ou do futuro dos consulentes. Sinto as vibrações, capto as informações. Mas é preciso ter em mente: quem vai a uma cartomante espera que ela utilize cartas ou outro meio de contato com o-lado-de-lá; é o que está convencionado na mente das pessoas, e eu sigo as convenções; durante um período cheguei mesmo a colocar um turbante na cabeça; parei, me sentia um pouco Carmen Miranda, e fico bem melhor de cabelos soltos, pois emolduram meu rosto, já não tão jovem.

Observadas as características da pessoa à minha frente, peço um objeto pessoal para segurar. Um batom, um maço de cigarros, um lenço, os óculos, não importa o que seja.

Coloco o objeto entre as mãos, peço à pessoa que feche os olhos e se deixe levar, como se iniciasse uma viagem pelo Cosmos.

Cosmos também é uma palavra muito boa.

As Forças do Cosmos, os Desígnios do Cosmos, as Luzes do Cosmos, as Vozes do Cosmos; tudo, com a palavra Cosmos, funciona bem.

Com o objeto nas mãos, murmuro algumas palavras em dialeto lituano, origem de meus bisavós paternos, como já disse, e obscuro o bastante para não ser identificado e estranho o suficiente para criar um bom ambiente, como se eu estivesse convocando entidades de além-mundo.[14] De outras partes do Cosmos. Porque aprendi a escrever um pouco de lituano, faço nessa língua as anotações que desejo manter secretas. Até hoje todas foram mantidas secretas.

Se você não sabe nenhuma língua exótica, ou ao menos algumas palavras, não se aflija: invente uma linguagem.

---

14 Certa feita ensinei uma frase de quatro palavras em lituano para servir de mantra a (nome da atriz omitido), que enfrentava os palcos pela primeira vez, depois de uma carreira na televisão; ela as utilizava toda noite e fez tremendo sucesso, ganhando inclusive o (nome do prêmio omitido); a frase, na verdade, queria dizer "a sopa está quente".

Basta falar por um minuto ou dois palavras sem sentido, sempre em tom grave. Inevitavelmente impressiona. E quebra barreiras de incredulidade,[15] caso ainda reste alguma.

Voltando a falar em dinheiro: seja generosa com clientes de poucos recursos financeiros. Cobre deles metade do seu cachê normal. A magnanimidade das madames ricas mais do que compensará seu gesto samaritano.

Faça com que as pobres ou remediadas saiam sempre cheias de esperança.[16]

Nas ricas plante sempre a semente da dúvida.

Tanto em uma situação quanto na outra, as clientes tecerão loas à sua capacidade mediúnica, aconteça o que acontecer no futuro delas.

Clientes homens também devem chegar ao fim da sessão com notas de esperança,[17] porém com mais dúvidas do que quando a iniciaram.

Políticos e executivos principalmente.

(Nome real omitido), reeleito mais uma vez como (cargo e nome do estado apagados), é cliente regular,

---

[15] Se a(o) consulente está ali, pagando para ouvir alguém que supostamente conhece os eventos e as pessoas com quem e com os quais ela(e) cruzou no passado e irá se deparar no futuro, essa pessoa já está de guarda baixa. Mas nunca se sabe. E quanto mais fé melhor.

[16]

[17]

mensal,[18] desde quando esteve perto de ser cassado, nos anos 1970, durante o governo de (patente e nome do militar apagados), cuja mulher, por sinal, vinha se consultar assiduamente; eu sempre fiz (nome e cargo apagados) acreditar na minha participação em suas vitórias e reeleições, e que, sem minhas previsões e interferências mediúnicas, ele seria derrotado em tudo o que almejasse.

Mais exemplos de prescrições astutas: Se lhe for perguntado "Tal aliado ou tal sócio ou tal acionista ou tal diretor vai me trair?", você deve responder vagamente. As frases, lembrou? Dou exemplos: "Quem dorme de olhos abertos não será picado pelo escorpião." O que isto quer dizer? Nada, evidentemente. Mas, evidentemente também, entra naquela categoria das réplicas aplicáveis a um sem-número de situações.

Algumas considerações finais.

Um sotaque. Adote um. Qualquer um. Sotaque é essencial para uma cartomante que pretende ser respeitada. Sotaque com ar estrangeiro, evidentemente. Por exemplo: puxe nos erres. Por exemplo: quando disser a frase "Quem é uma mulher (ou homem) morena(o) com quem trabalha (ou encontra com frequência)?" Pronuncie assim: "Quem é uma mulherrrr (ou homemmm) morrrrena(o) com quem trrrrabáia (ou encontrrrra com frrrequência)?"

---

[18] Fidelização, lembrou?

Não exagere. Deve ser um sotaque leve, bem leve.

Tampouco exagere na maquiagem.

Nem no exotismo de seu figurino.

Lembre-se: você precisa estar naquele limite fino entre o natural e o extraordinário.

Nem menos nem mais.

E, finalmente, vidência sobre você mesma.

Sou obrigada a falar nisso.

Minha bisavó não me preparou a respeito.

Deve ter achado terrível demais para uma criança.

Sempre tive horror, sempre evitei saber do meu futuro. Até quando foi possível evitar. Eu fingia que não entendia os indícios. Como no caso do Werner. Eu sabia que ele iria se aproveitar do meu ardor adolescente e depois voltar para a noiva virgem? Sabia; eu vi umas imagens; vagas; mas decidi não me aprofundar e deu no que deu.

Mediunidade dói.

Minha mãe me deu muitas surras e me colocava de castigo cada vez que eu contava das vozes que ouvia. Foi depois de mais uma sova dessas que a minha bisa me chamou, contou o que se passava comigo, explicou que eu precisava manter esse poder em segredo, sem revelar para nenhum adulto, e me instruiu sobre minha futura carreira ao longo de meses.

Eu antevi a morte dela meses antes de seu derrame. Foi terrível. Chorei tanto.

Também vi a imagem da caminhonete do meu pai saindo da estrada e capotando serra abaixo, só parando, totalmente destruída, ao chegar ao fundo do vale. Eu já não morava mais lá. Meus irmãos me avisaram que não queriam me ver, a vergonha da família, no velório dele. E eu já sabia que o coração frágil da minha mãe não resistiria muito tempo sem ele. Chorei pelos dois. E por mim, um pouco.

Quando meu noivo Frederico desapareceu naquele grande incêndio, no centro de São Paulo, chorei pela última vez.

Não gosto nem de lembrar quantos outros fins de vida antevi.

Quem quer ver isso?

Eu não.

Nunca.

Dizem que a vidente não tem escolha, que tudo de bom e de ruim se descortina à sua frente sem que ela tenha controle da visão.

É verdade.

Mas acabei encontrando uma maneira de evitar visões macabras ou tristes.

Sabe como? Cantando.

Eu canto músicas dos meus tempos de menina. Por exemplo:

Samba, crioula, que veio da Bahia, pega na criança e joga na bacia...

Outro exemplo:

Eu sou pobre, pobre, pobre, de marré, marré, marré...

Por exemplo, também:

Carneirinho, carneirão, neirão, neirão, olha pro céu, olha pro...

E mais:

Fui à Espanha, buscar o meu chapéu, azul e branco da cor daquele céu...

Caso músicas de roda não funcionem para afastar essas visões, cante músicas de carnaval, cante músicas caipiras, cante o que lhe vier à cabeça. Só não permita que as visões se revelem com clareza. Elas não trazem bem nenhum. Elas só fazem mal.

Recentemente, enquanto aguardava uma cliente atrasada, eu me distraí e... Infelizmente vi.

Vi que minha hora estava chegando. Minha hora de partir. Não em um desastre, um assalto, um ônibus subindo na calçada, nada violento ou sangrento.

Foi uma visão da minha bisavó. Minha bisavó Katerina, de quem herdei o nome e a capacidade, ou seria maldição divinatória.

Ela apareceu assim, do nada.

Surgiu na minha sala, com seu cabelinho branco e os olhos azuis, muito azuis, sorriu para mim e me disse assim: "Daqui a trinta dias eu virei te buscar, minha Katiushka."

Ela me chamava de Katiushka.

Disse apenas isso. Que viria me buscar dali a trinta dias.

E desapareceu.

Entendi o aviso.

Decidi me preparar.

Juntei todas as minhas joias, empenhei na Caixa Econômica, joguei os canhotos no lixo, coloquei os bolos de dinheiro em envelopes.

Fiz a mesma coisa com minhas economias em moedas fortes.

As cédulas inúteis deixei pelas gavetas mesmo.

Tirei das caixas o véu, a grinalda, as luvas, os sapatos, o buquê e o vestido de noiva, guardados desde o desaparecimento de Frederico.

Só então, com praticamente tudo preparado para a partida, me dei conta de que, ao contrário de minha bisavó, que me confiou todo o seu conhecimento, tudo o que sabia sobre este e outros mundos, eu não tenho filhas nem filhos, nenhuma herdeira, nenhuma discípula.

Para onde iria tudo o que compreendo? Tudo do que aprendi? Tudo o que sei?

Entendi ser minha obrigação colocar à disposição de futuras interessadas, por escrito, as mesmas instruções, um tantinho modernizadas aqui e ali, que tive o privilégio de ouvir pela voz doce da primeira Katerina Skirgalya.

Acredito que poderão ser úteis a alguém.

Ou a muita gente.

Neste planeta tão cheio de amores desencontrados, amores perdidos, amores tristes, amores equivocados, amores derrotados, amores burros, amores falsificados, amores infernais, amores naufragados, amores venais, amores destruídos, amores píflos, amores gorados, amores arruinados, amores dúbios, amores sufocados, amores dilacerados, amores desconhecidos, amores magoados, amores sumidos, amores safados, amores hediondos, amores perversos, amores debochados, amores pilantras, amores cafajestes, amores ultrajantes, amores destruidores, amores secretos e tantos outros afetos aos trancos, barrancos e trambolhões, alguém que consiga ver para além do Cosmos pode ser de grande ajuda, concorda? Ou mesmo um tantinho só de ajuda. Já basta. Pois o ramo de negócios de uma cartomante, no fim das contas, não é senão a esperança, não é mesmo?

Et cetera, et cetera, et cetera.

ALÉM DO RIO

NÃO TOCAM MAIS
ÉDITH PIAF EM PARIS

Naquele ano Regina foi a Paris duas vezes.

Em abril utilizou, antes que expirasse, a passagem já comprada e paga em dezoito prestações até completar dois mil e oitocentos dólares. A de Sergio, como permitiam as regras da Iata, havia sido cancelada com a apresentação do atestado de óbito, o valor estornado do cartão de crédito do titular da conta, em moeda brasileira.

Manteve o pacote de tours e visitas dentro da cidade (Notre-Dame, Louvre, Marais, Montmartre) e arredores (manhã e tarde em Versailles), igualmente pago, mas trocou o pequeno hotel romântico reservado para a temporada com Sergio na Rue de Saints-Pères, inútil nas novas circunstâncias, por um não distante dali, no Boulevard Raspail, sugerido por Olga, onde sua suíte num andar alto – inteiramente renovada no prédio *art déco* que fora quartel-general alemão durante a Segunda Guerra Mundial – tinha grandes porta-janelas de frente para uma praça e vista para a Torre Eiffel, do outro lado do rio Sena. A diferença no preço das diárias foi paga ainda no Brasil, em dinheiro vivo advindo de suas novas atividades financeiras, em que cheques e cartões eram vetados.

Escreveu um cartão-postal agradecendo a Olga a indicação, na verdade vinda de uma cliente cujo marido fora adido militar na capital francesa, pois a ex-russa, que tinha pavor de voar, nunca viajara além das fronteiras do Brasil. Foi o único cartão enviado.

De tudo o que conheceu, de tudo que a deslumbrou, a imagem mais encantadora e permanente foram as alas de pereiras floridas à beira da estrada, vistas da janela da van que fazia o traslado do aeroporto a Paris. Nada a preparara para o delicado anúncio dos futuros frutos a brotar naquele início de primavera. Nunca vira flores de pereira. Nunca tinha visto uma pereira. Nunca lera nada sobre alas de pereiras florescendo às margens das pistas da Autoroute Roissy–Paris em qualquer dos incontáveis guias turísticos, reportagens e recortes de revistas e jornais lidos e relidos ao longo de três décadas.

Na segunda viagem, no final de outubro, quis se hospedar no mesmo hotel do Boulevard Raspail, meio que se afeiçoara à área, cortada por ruas estreitas tomadas por butiques de objetos inusitados, galerias de arte, livrarias, cafés, bistrôs, um restaurante especializado em suflês macios como nuvens, e ela adorava suflês, além de um sem-
-número de botequins servindo comida grega e árabe

rápida e barata, mas o antigo quartel da Gestapo fora comprado e fechado para reformas.

Acabou por se instalar longe dali, na Place Vendôme, em mais um hotel indicado por uma cliente de Olga, uma construção do século XVIII onde vivera Coco Chanel, frisara a tal senhora. De fora, a arquitetura solene lembrara a Regina uma instituição bancária desativada do centro do Rio. Lá dentro o acúmulo de dourados da decoração e a pompa dos ambientes deixaram-na desconfortável.

Fechou a conta, recusou o táxi oferecido pelo *concierge*, saiu com sua mala de rodinhas (leve, aprendera a viajar com pouca coisa), desceu em uma estação de metrô, saiu na que indicava St. Michel, caminhou pelas ruas próximas, conseguiu um quarto num hotel da Rue Racine.

Já havia enviado um cartão-postal a Olga, mandou um segundo, narrando o périplo pelos caminhos da Rive Gauche, perto do Museu de Cluny e da Sorbonne, cruzando com muitos jovens e aparentes viajantes com mochilas nas costas.

Como da vez anterior, só deu notícias a Olga. Não telefonava mais para os filhos nem eles para ela. Os porteiros tinham ordens para só deixar Eric subir a seu apartamento depois de interfonarem e receberem autorização dela. Foi um cuidado desnecessário. Nunca mais nenhum dos dois a procurou.

Nos cinco meses entre as duas viagens estudara francês num curso pela internet, complementado por intensivas sessões de conversação com uma senhora franco-argelina muito distinta, ex-corista de uma contrafação do Maxim's em Marselha e ex-colega de profissão de Olga nos primeiros tempos no Rio de Janeiro, antes de conhecer, seduzir com malabarismos eróticos e se casar com um industrial mineiro, que mais tarde a deixaria por sua secretária catarinense trinta anos mais moça, mas não conseguira retirar a atual professora de língua francesa, *papier mâché* e pintura em porcelana do apartamento de 260 metros quadrados, um andar inteiro, na esquina da República do Peru com a avenida Nossa Senhora de Copacabana, mantido por Madame Nadine graças a lições particulares e à avara pensão do ex-marido, sempre propositalmente atrasada.

Falar francês, ao menos um pouco, deixou Regina mais segura para frequentar bistrôs e cafés fora do circuito turístico.

Logo aprendeu que não seria incomodada para consumir mais, como lhe acontecia no Brasil, nem discriminada por estar só ou por não ser jovem, ou abordada por poetas autopublicados ou pedintes enquanto lia (razoavelmente, bem melhor do que falava) algum livro comprado em uma banca por perto, das muitas em frente às livrarias de Saint-Germain, vez por outra levantando os olhos para observar a vida parisiense a deslizar pelas calçadas e bulevares.

Até a chuva aqui é bonita, pensou, reparando no brilho que refletia no asfalto e nos passeios.

Reparou também que poucas pessoas usavam guarda-chuvas e as mulheres se protegiam usando casacos com capuz. Procurou em diversas butiques e lojas de departamentos (a favorita continuava sendo a da praça em frente ao agora desaparecido Hôtel Lutetia) até encontrar um como queria, preto, impermeável.

Sentiu-se muito elegante e passou a usá-lo em todo lugar aonde ia.

Comprou também uma echarpe longa de tecido leve, em tons de azul, que enrolava em várias voltas em torno do pescoço, à maneira das parisienses.

Descobriu que seu prazer de caminhar sem destino certo tinha verbo apropriado em francês, *flâner*, e flanando encontrou, perto da catedral de Notre-Dame, quase escondido numa ruela ao lado da livraria Shakespeare & Co. (outro encantamento da visita de abril), um templo católico melquita de pequenas dimensões, ainda com sinais da destruição de séculos atrás, silencioso e vazio, com delicados ícones pelas paredes de pedra e no altar de painéis de madeira.

Ali permaneceu por um tempo que não saberia precisar, sentada em uma das cadeiras rústicas de assento de palha. Sentiu pena por Sergio nunca ter visto aquela igreja de Saint-Julien-Le-Pauvre. Se ainda acreditasse em Deus, alma, espírito, vida após a morte, pensou, pediria que Ele, ou quem quer que autorizasse a circulação pelo Éter, consentisse a Sergio desfrutar um pouco daquele lugar. Lembrou-se de Zélia Gattai dizer numa entrevista que sentia tanta saudade de Jorge Amado que, apesar de ateia, toda noite pedia que o espírito dele se manifestasse. Mas nada nunca aconteceu.

Outra descoberta, esta bem decepcionante: não ouviu canções de Édith Piaf, Jacques Brel, Gilbert Bécaud, Barbara, muito menos de Charles Trenet (neste caso então, Sergio ficaria decepcionadíssimo), em lugar nenhum. Nos poucos ambientes onde havia música, em geral era americana ou americanizada, do mesmo tipo de lixo internacional dominante no Brasil. (Se bem que, no Brasil, temos e levamos às paradas de sucesso nosso próprio lixo funk, sertanejo, baiano e tudo o mais, refletiu.)

Fez várias outras descobertas.

Mulheres da sua idade, ou mais velhas, ou até um tanto mais novas que ela, vestiam-se como mulheres da idade que tinham, com saias, blusas, calças de corte e comprimento nem muito justos nem muito curtos, roupas confortáveis e adequadas, e não escondiam os cabelos grisalhos (ou brancos) com tinturas, na tentativa nem sempre bem-sucedida de parecerem mais jovens. Ou menos velhas.

Viu muitas mulheres de cabelos acinzentados, grisalhos e brancos. Achou todas atraentes.

Decidiu assumir seus (não muitos) fios grisalhos.

Na Rue de Vaugirard, num salão de cabeleireiro minúsculo que exibia a foto de uma mulher de cabelos brancos curtos na vitrine (depois descobriu tratar-se da cantora Françoise Hardy), pediu para cortar igual.

Pareço despenteada e louca, pensou, entre assustada e satisfeita, quando viu o resultado no espelho.

Encantou-se com uma praça escondida entre o Palais de Justice e a Pont Neuf que se tornou sua favorita (Place Dauphine), um cinema especializado em filmes antigos com cara de templo japonês (La Pagode), uma loja só de brinquedos de madeira (Le Monde en Marche), uma ladeira de paralelepípedos ocupada por uma fervilhante feira de rua perto da Place de la Contrescarpe (Rue Mouffetard), queijos e comidas de que nunca ouvira falar, provou e repetiu outras que jamais teria tocado – e gostado – no Brasil (*tripes à la Normande*, *escargots*, *steak tartare*).

Na Rue Galande, bem perto da igrejinha de Saint-Julien-Le-Pauvre, conheceu, numa lojinha de uma porta só, um tipo de doce chamado *choux à la crème*, redondo como uma miniatura de repolho, de massa leve e recheios variados. Pistache e frutas do bosque se tornaram seus favoritos. Voltou ao Odette várias vezes.

Flanando pelo Boulevard Saint-Germain, entrou na Rue Mazarine e desceu em direção ao rio Sena. Na esquina da Rue Guénégaud, parou diante da vitrine de uma galeria de arte, gostou da pintura que mostrava um homem nu sentado no colo de uma matrona igualmente nua. Ia continuar a caminhar quando percebeu estar com fome. Entrou num bistrô do outro lado da rua. Acabou fazendo ali a talvez mais surpreendente descoberta de toda a viagem.

Saboreava um pato em denso molho de vinho tinto, ela que sempre detestara pato por achar a carne dura e sensaborona. Passava das duas da tarde, o lugar esvaziava. Notou que o maître, também garçom, um homem sólido, talvez de idade próxima à sua, olhava para ela do jeito que antigamente teria interpretado como flerte, logo descartando a possibilidade, por ridícula e sem lógica, até que ele chegou à mesa (mínima, no canto ao fundo e à esquerda do bistrô, junto à janela de onde divisava as vitrines da galeria de arte) com uma taça de vinho tinto (ela estava bebendo água mineral gasosa, outra delícia francesa), ofereceu como cortesia e disse *Vous êtes très belle, madame*, e se afastara. Você é bonita, ele lhe disse. Bonita. *Belle*. Ela acha que enrubesceu. Fazia quanto tempo que não era, como se diz, paquerada? Sentiu-se inibida e tentada, como uma mulher casada perto de um ato adúltero, mesmo admitindo o contrassenso dessa sensação.

Mal olhou de novo para ele na hora de pagar a conta. Saiu quase correndo.

Mais tarde, contudo, no quarto do hotel, pensou que fora tola como uma adolescente pudica e decidiu retornar ao Le Mazarin, só para, enfim, quem sabe, ver se estava enganada ou se o homem de camisa social branca com gravata preta, um avental cinza-escuro comprido de listras brancas finas amarrado na cintura estava realmente atraído por ela, se voltaria a demonstrar interesse, se diria alguma coisa galante, se ficaria contente de vê-la novamente.

À noite, porém, o maître/garçom era outro. E no dia seguinte ela voou de volta ao Brasil.

Em Paris, lhe ocorreria repetidamente desde então, mulheres menos jovens eram cortejadas. Também. Em Paris, refletiria seguidamente, era permitido às mulheres envelhecer. Em Paris, se corrigiria a cada vez, as mulheres se permitem envelhecer. Como os homens. E se sentem bem com isso. Apesar disso.

PEDRO EM PAESTUM

– Assim nascem e desaparecem as civilizações – concluiu, abrindo a capota da Ferrari 458 Spider vermelha diante do sítio arqueológico que podiam ver ali da estrada.

Ao fundo, o som do saxofone de John Coltrane, sempre no pen-drive levado para toda parte, se dissolveu no ar límpido da bela e desolada Paestum.

– Um dia o apogeu. As conquistas. O poder. A fortuna. A influência. A inveja de todos. O mundo a nossos pés. No outro, isto que você está vendo, querida Fernanda. Isto – apontou, brandindo os óculos escuros de lentes douradas e haste de couro comprados dois dias antes em Roma, assim como o par de mocassins, a camisa e as calças de linho bege, na mesma butique onde sua acompanhante adquirira todo o novo guarda-roupa, o dela e o dele, para as próximas duas semanas de viagem, e para pagar ele orgulhosamente estendera o cartão de crédito ilimitado do banco suíço em que tinha uma de suas contas. Os pacotes seriam enviados a cada um dos hotéis de sua rota.

Tinham chegado à capital italiana via Paris apenas com uma mala de mão. A dela. Cosméticos, escova de cabelos, alguns comprimidos, coisas de mulher trazidas do Brasil. O que pode ser melhor do que voar em primeira classe sem nada além da roupa do corpo e ser adulado com pijama, escova de dente, champanhe, caviar e tudo que fosse adequado ao conforto de um *winner* como ele? Gostava desses paparicos. Sabia apreciar o que conquistara entre planos econômicos canhestros e índices inflacionários que dizimaram tantos ávidos, brilhantes administradores como ele.

Não: não como ele.

Ele prosperara com as crises.

Crescera com as crises.

Agigantara-se além das fronteiras com as crises.

Benditas crises brasileiras.

Crescera, conquistara, prosperara e dominara como nenhum outro de sua geração desembarcada no mercado de capitais nos anos 1980, sonhando com o polpudo saldo bancário em três continentes como o dele hoje, os apartamentos em São Paulo, Miami, Manhattan e Lisboa como os dele hoje, a Ferrari 458 Spider vermelha como esta parada no acostamento, dentro da qual a mulher que todos desejavam ter mas pertence a ele, e apenas a ele, move a cabeça ao ritmo de "In a sentimental mood", os finos e longos cabelos castanhos soprados pela brisa da manhã de abril sem nuvens, expondo a jovem e macia pele bronzeada do pescoço entre a nuca e a orelha pequena, tão delicada e bem formada que lhe dá vontade de morder até tirar sangue, como Gary Oldman, seu sósia, assim dizem, mordia a tenra Winona Ryder no *Drácula* de Coppola.

Teve todos os filmes de Coppola, primeiro em vídeo, depois em *laserdisc*, finalmente em DVD, mesmo os bizarros em preto e branco e o musical com a gatíssima Nastassja Kinski. Jogou todos fora, vem comprando o serviço de assinatura que os exibe no televisor de uma porrada de polegadas mantido no quarto, por insistência de Fernanda, que gosta de ver um pornozinho leve antes de transar.

Fernanda tem a boca meio dentucinha e os lábios inchadinhos, como a Nastassja Kinski. Gata. Tesão.

Depois de Paestum e da próxima parada, Pompeia, uma passada por Capri. Uma tarde e uma noite na ilha bastavam. Nápoles não, era besteira. Escala apenas para pegar o carro na locadora perto do aeroporto, mil duzentos e doze euros a diária, super vale, ficara só em dúvida entre a Ferrari e uma Lamborghini prata.

Passou ao largo de Nápoles, bonita apenas de ver de longe, com o Vesúvio ao fundo. Uma bosta de cidade suja como o Rio de Janeiro, afogada em pobreza e gritaria. Em seguida, rumariam ao norte, a Florença e Veneza, ainda na Spider pelas boas estradas italianas, de lá voando até Paris. "Uma lua de mel digna da minha nova esposa", brindara, depois das compras, na varanda da suíte do hotel cinco estrelas com vista para a Piazza Navona.

Fernanda sorrira e o abraçara, abrindo seu roupão, em seguida o dele, e roçando os bicos dos grandes seios rijos em seu peito, já sem os pelos grisalhos após o tingimento no mesmo tom castanho-escuro dos cabelos no spa, onde também passara a fazer uso semanal dos serviços de manicure, pedicuro e limpeza de pele, indicados pelo *personal trainer* com quem passara a se exercitar depois que a função original de Fernanda fora trocada pela de amante. Desde que o, como ele chamava, investimento em Fernanda passara a render bônus e dividendos muito além do caso de tesão e sedução da professora de ginástica de sua mulher, como ele chegara a acreditar no início.

Tornara-se outro homem com ela, considerava. Rejuvenescera. Despertara de novo para a vida. Como antes. Como quando ainda tinha vinte e poucos anos, estava começando na carreira e tinha toda a energia e o apetite do mundo para brigar, avançar, derrotar, destruir, vencer e se tornar muito bom, ótimo, excelente, o melhor. *The best of the best.*

O vencedor.

– Os primeiros a se estabelecerem aqui foram os gregos, seiscentos anos antes de Cristo – ia narrando como memorizara do documentário da BBC visto e revisto um sem-número de vezes – até que a cidade foi conquistada pelos romanos e chamada de Paestum. Depois houve um surto de malária. Já depois de Cristo. Muitos morreram. Os outros fugiram. A cidade ficou esquecida por muitos séculos. Está com fome?

Não, ela não estava. Fernanda nunca estava com fome. Comia pouco e tomava muitos suplementos. Detestava massa. Evitava carboidratos. Com pequenas variações, pedia sempre frango ou peixe grelhado, com salada ou legumes também grelhados. Jamais sobremesa. Champanhe, só para brindar.

Já Pedro brindava muito. Tinha razões para isso. Invadira territórios alheios, tomara, subjugara, expandira, se associara, mantivera e continuava tendo controle de ministros, governadores, senadores, deputados, secretários. Prefeitos e vereadores ficavam por conta de seus assessores. Quantos, inúmeros, todos na verdade invejavam seu faro para descobrir mercados e triplicar o faturamento em paisecos de merda na América Central. A habilidade para inventar obras superfaturadas, como pululavam pelos cafundós do Brasil postos de saúde, ginásios e quadras de esporte, rodoviárias, estradas, pontes, viadutos, conjuntos habitacionais. Sua visão pioneira para gordas associações com empresários de Cingapura, Angola, Nigéria, Rússia. Sua posse de Fernanda.

Parte do prazer de ter Fernanda era esse.

Todos queriam Fernanda.

Mas foi ele quem conseguiu.

The winner.

O vencedor.

Mais uma vez.

Talvez pudesse dispensar a ida a Pompeia, considerou. Fernanda sorria, pois sempre sorria, doce e cordata, mas aquela sequência de colunas, mútulos, capitéis, arquitraves, frisos, cornijas dilapidadas e cobertas de limo acabariam por entediá-la. Se já não a enfadavam agora. Hum. Todos esses tantos pedaços de templos esparramados pelo terreno desnivelado, hum, até pode ser que ela não esteja se aborrecendo. Mas Pompeia vai ser um monte do mesmo, só que com figurinhas de sacanagem. Bastava ele contar a história do povo que gostava de surubas e morreu trepando enquanto um vulcão explodia e já estava de bom tamanho. Hum. Continuamos ou partimos? Hum. Pode ser que os sapatos de salto alto dela estejam machucando. Talvez devêssemos pegar logo a autoestrada para Sorrento, seguindo de lá até Capri. Não são muito mais de cento e vinte quilômetros. Nesse carro posso fazer o percurso em...

O telefone celular tocou no bolso de sua bermuda Gucci.

— *This better be an emergency*, porra — atendeu, irritado.

Havia alguns anos, ainda no início de sua irresistível ascensão, a filha de um empreiteiro aliado morreu num acidente de helicóptero com o noivo, a caminho da ilha da família dele. O pai, oficialmente em reuniões em Brasília, não foi localizado. Nem assessores mais próximos sabiam onde estava. O corpo da filha, despedaçado, não tinha como ser embalsamado. Atrasaram o velório e o enterro o máximo permitido, não adiantou. O pai só apareceu no dia seguinte, voltando de dias e noites com a amante, num iate ao longo da Costa Verde. Desde então Pedro decidira que uma pessoa de confiança, uma única, teria o número do celular francês usado por ele em viagens internacionais: seu advogado Arnaldo Filkenstein. Arnaldo, o Gordo.

– *What the fuck is going on*, porra? – exclamou, sem conseguir ouvir o que era dito do outro lado. – Fala mais alto, Gordo.

Para chamá-lo do Brasil, no meio de sua lua de mel, o Gordo teria uma grande cagada para relatar. Com um de seus dois filhos, muito provavelmente. Teodoro aprontara mais uma merda por conta da mania de carregar e fumar maconha para onde quer que fosse? Frederico de novo metera porrada em alguma namorada, no segurança da boate ou em alguns veadinhos na avenida Paulista? Ou estavam os dois na delegacia, detidos por uma nova ocorrência que lhe custaria molhar a mão de mais um delegado? Casos assim o Gordo podia resolver sem aporrinhá-lo nesta bela manhã de abril no sul da Itália.

— *What's the shit*, Gordo? *Why the fucking* caralho *are you bothering me*, porra? Fala logo, Gordo!

Desde uma cirurgia de redução de estômago, onze anos antes, Arnaldo Filkenstein definhara a ponto de se tornar um homem esguio e quase elegante. Mas o apelido ganho na faculdade permanecera.

— On... vo... es...?
— *I can't hear you*, Gordo.
— Em... par... da vi... vo... ta...?
— *I can't fucking understand a word*, Gordo!
— ... no ban...
— Que porra é essa, Gordo?
— Estou no banheiro...
— *What the fuck are you doing in the bathroom?* Por que está sussurrando?
— Estou no banheiro para poder falar com privacidade, Pedro Paulo.

Mesmo tendo sido colega de colégio, Arnaldo o Gordo Filkenstein chamava o patrão, Pedro Paulo Borges Carrenho, como todos os outros empregados e subalternos: doutor Pedro. Quando recorria aos dois prenomes, havia merda no ar. Ou estava rodeado por ela.

— *I'm on a fucking honeymoon*, Gordo.
— Eu sei, Pedro Paulo. Mas é que...
— *What's going on?*
— Por... ê... cê... fa... migo?
— *Speak up*, Gordo. *I can't fucking hear you.*

– ... esposa...

– *My wife is right here. What have my fucking stupid sons done this time?*

– ... aqui... não... filhos... veio... esposa...

– *She's right here*, Gordo. *Is it Frederico who's in trouble? Teodoro has fucked up again?*

– Por que você está falando comigo em inglês?

– *I'm on vacation with my wife*, caralho. *Did you forget?*

– Está perto da Fernanda?

– *Exactly*.

– Então arranja um lugar para falar longe dela, Pedro Paulo.

– *Is this an emergency?*

– É claro que é uma puta de uma emergência, Pedro Paulo. Se não fosse uma puta de uma emergência, por que eu te ligaria em plena lua de mel? Está agora no hotel em Nápoles? Pode sair do quarto?

– *I'm in Paestum.*

– Onde?

– *Why the fuck you wanna know where I am*, Gordo?

– Vai para um lugar onde possa falar sem problema, Pedro Paulo. Tenho más notícias.

– Fala, porra! – exclamou, esquecendo-se momentaneamente do disfarce, logo retomando: – *Hold on. Just a second, I'll be right with you.*

Fez uma mímica para Fernanda, apontando o celular, pedindo licença e se afastando.

— Fala, Gordo — disse de má vontade, a uma distância segura.

— Deu merda, Pedro Paulo.

— O que deu merda?

— Sua esposa mandou uma carta.

— Minha esposa está aqui, bem do meu lado, por que ela mandaria uma carta?

— Cinthia.

— Cinthia é minha ex-mulher, porra, Gordo. Minha esposa é a Fernanda.

— Justamente. E Cinthia não se conforma.

— Como não se conforma? Cinthia aceitou o acordo. Assinou tudo.

— Sim, mas…

— Mas é o caralho! Ela vai embolsar doze milhões de dólares, limpinhos, sem impostos, nos próximos catorze meses. Ela ficou com o apartamento em frente à praia de Copacabana. Cada filho tem um *trust fund* que nunca vai conseguir esgotar, por mais merda que faça.

— Eu sei, Padro Paulo. Mas na carta ela…

— O que a Cinthia ainda quer? Ela não tem mais direito a nada. Nada! Nada de porra nenhuma.

— Vou resumir — avisou Arnaldo. — Em nosso código. Para evitar problemas, caso algum juiz, no futuro, autorize a quebra de nosso sigilo eletrônico.

— Quebra de sigilo eletrônico é o caralho! Você sabe quem são meus amigos e com quem estou associado.

– Por isso mesmo.
– Vai se foder, Gordo!
– Calma, Pedro Paulo. Ouça.

Na carta, o advogado contou, Cinthia escrevera que, "após muito refletir sobre sua indefesa situação de esposa, mãe e dona de casa", considerava o acordo assinado "por nociva orientação de advogados posteriormente revelados como associados ao ex-cônjuge" lesivo para quem dedicara, "incansável e diuturnamente", vinte e três anos de sua juventude a proporcionar esteio, incentivo e adjutório para que o marido pudesse galgar postos e construir carreira nacional e internacional, com devida remuneração à altura, e subsequentemente amealhar frutos e dividendos que, por justiça e lealdade, a ela igualmente pertenciam.

– Um *cazzo* que também pertencem a ela – disse o mais baixo que conseguia para evitar chamar a atenção de Fernanda ou dos poucos turistas ali por perto. – Eu é que me sacrifiquei, eu que trabalhei, eu que viajei sem descanso de um país para o outro, da África para a Ásia, para o Leste Europeu, pulando de um continente para outro, eu que abri mão de tudo para dar a ela e àqueles dois filhos da puta uma vida como nenhum cara da minha geração conseguiu. E a Cinthia, a Cinthia fez o quê? Organizou jantares? Coquetéis? Bateu papo com as mulheres dos executivos? Manda ela pra puta que a pariu.

– Calma, Pedro Paulo.

— Calma é o caralho. Está tudo assinado e sacramentado. Manda a Cinthia se foder.

— Escuta...

— Vou desligar. Vou voltar para minha lua de mel e fingir que você não fez a babaquice de me ligar para...

— A Cinthia fez uma lista, Pedro Paulo.

— Lista de quê, porra?

— Lista. Lista, Pedro Paulo.

— De que merda de lista você está falando, Gordo?

— Você ainda não entendeu?

— Entendeu o quê, caralho?

— Vou falar apenas os nomes das cidades, você deduz do que trata a lista feita pela Cinthia. Zurique. Genebra. Montevidéu. Tel-Aviv. Moscou. Nova York. Genebra de novo. Londres. Dubai. Mais Zurique. Montevidéu outra vez. Mais...

— São as cidades onde tenho...

— Isso mesmo. Onde você tem o que você sabe que tem.

— Mas são informações sigilosas.

— São.

— Não é possível que a Cinthia tenha conseguido...

— Conseguiu.

— Não é possível.

— Quantos anos vocês ficaram casados?

— Vinte.

— Vinte e três. Eu sei. Eu fui padrinho.

— Cinthia é uma alienada. Só pensa em roupa, em bolsa, em sapato... Ela nunca...

— Ela teve vinte e três anos para recolher informações. E você deu um pé na bunda dela. Nenhuma mulher perdoa pé na bunda.

— Doze milhões de dólares, porra! É uma indenização super bem-paga por um pé na bunda de uma mulher que não fazia nada.

— E a lista continua, Pedro Paulo. Tem também Luanda, Maputo, ilhas Cayman, Moscou outra vez, Zurique outra vez...

— Chega!

— Belgrado, Genebra de novo, Lagos, Luanda de novo...

— Chega, porra! Já entendi.

— Ela colocou os números também.

— Puta que a pariu.

— Números, código, nome da instituição...

— Então a Cinthia...

— Sabe.

— Estão na lista todas as...

— Todas, Pedro Paulo. Tudo. Contas, contatos, nomes. Tudo.

Continuou com o celular no ouvido, calado. Não havia mais o que pudessem dizer um ao outro sem revelar o que não deviam em caso de espionagem de concorrentes, escuta telefônica ou, por mais remota e absurda que fosse a hipótese, quebra de sigilo pelo Leão, pelo Ministério Público ou pela Polícia Federal. O risco, no entanto, não estava na troca de frases com nomes de cidades estrangeiras numa ligação internacional entre smartphones. Os meandros dos recursos das empresas de Pedro eram complexos demais para serem retraçados por investigações. Mas aquilo poderia torná-lo vulnerável, tanto ele quanto seus aliados, se houvesse uma denúncia com detalhes minuciosos de propriedades, nomes de empreiteiras, construtoras, instituições financeiras, números de contas nos países onde o dinheiro estava investido ou depositado. Denúncia da própria mulher. Da ex-mulher. Da vingativa, rancorosa, amargurada ex-mulher.

Puta que a pariu. Puta que a pariu. Puta que a pariu, caralho, porra, porra, porra, porra, merda, o que mais essa puta vagabunda escrota quer, perguntou a si mesmo.

— O que a Cinthia quer, Gordo?

— Que você ligue para ela.

— Telefonar?

— Quer falar com você imediatamente.

— Agora?

— Imediatamente. É a palavra que está escrita em letras garrafais, em tinta vermelha, no fim da lista.

— Daqui da Itália?

— Ela também deixou o número para você ligar.

— Eu sei o telefone dela.

— Este é diferente. O código de área é 33.

— 33?

— Isso mesmo.

— Trinta e três é o código da França. Igual ao do meu telefone.

— É.

— A Cinthia está na França?

— Não sei. Só sei que ela deixou esse número.

— Não tenho como anotar.

— Você é bom com números, Pedro Paulo.

Pausadamente, o advogado citou os onze dígitos. Pedro mandou que repetisse. Ele repetiu. Em seguida foi a vez de Pedro falar novamente um por um, confirmando tê-los memorizado.

— Ligue, Pedro Paulo.

— Agora?

— Ela escreveu "imediatamente".

— Ainda é muito cedo no Brasil. Cinthia acorda tarde.

— Ligue, Pedro Paulo. Mulher rejeitada é o pior inimigo que um homem pode ter.

Pedro repetiu os números para o advogado, confirmou que os decorara, desligaram.

Respirou fundo. Olhou na direção onde deixara Fernanda. Ela caminhava devagar no sentido oposto, para o templo de Apolo. Ou seria Poseidon. Não se lembrava direito e foda-se a quem a porra da ruína fora dedicada. Estava puto da vida. Muito puto. Tinha de se acalmar e se manter frio para a negociação com Cinthia. Pois estava claro que ela queria negociar. Negociar o quê? Quanto mais ainda queria? Só saberia telefonando.

Digitou.

Ouviu tocar várias vezes, até a voz masculina de um serviço de atendimento automático sugerir, em francês, que deixasse uma mensagem.

Desligou, aliviado.

Ganhara tempo.

Tempo era o que precisava para avaliar a invasão de seu território e armar o contra-ataque.

Raciocinaria com clareza antes de ligar novamente.

O celular tocou, mal o colocou no bolso. Era o número passado por Arnaldo o Gordo Filkenstein. Antes mesmo que dissesse alguma coisa, ouviu a voz da mulher com quem fora casado por mais de duas décadas.

— *Bonjour, mon amour.*

— Não sou seu amor, Cinthia.

— Você será sempre *mon amour*.

— Vamos parar com a palhaçada. O que você quer?

— Dividir com você as boas coisas da vida, *mon chéri*. Tudo que ajudei você a construir.

— Doze milhões pagam essa porra de ajuda, que nunca houve, aliás, e muito mais.

— Muito mais: é isso que eu quero, *mon amour*.

Cinthia devia estar na França. Em todo país aonde ia pinçava alguma palavra ou expressão do idioma local e a repetia à exaustão, na tentativa inevitavelmente fracassada de demonstrar familiaridade com a língua. Teve curiosidade de saber por que estava lá, mais provavelmente em Paris, seguramente entupindo a suíte do hotel com bolsas de compras, mas se conteve. Que torrasse a porra do dinheiro. Os doze milhões eram dela. Mas não cederia um centavo além deles.

— Você assinou o acordo, Cinthia. Levou a grana e o apartamento de Copacabana. Muita grana. Basta. Acabou. Finito.

— Na, na, ni, na, não, *mon amour*. Como você gosta de dizer, *no fucking way*. Quero muito mais do que esses míseros doze milhões e um apartamento fedendo a mofo e rodeado de assaltantes e putas.

— Onde você fica em boa companhia.

— O quê?

— Nada. Não posso ficar falando muito tempo. Estou...

— Está em Paestum, *mon amour*. Você passou por Roma, vai a Pompeia, depois para Capri, depois para Florença, depois para Veneza, depois... Paris! Para nossa cidade favorita!

Ela sabia também o roteiro. Era menos surpreendente do que o conhecimento minucioso de seus negócios, porém demonstrava outra faceta de suas habilidades investigativas. Não se conteve mais:

— O que você está fazendo em Paris?

— Não estou em Paris, *mon amour*.

— Mas esse número de telefone...

— Você está refazendo com essa... Fernanda, não é esse o nome da professora de ginástica com quem você me traiu? Você está fazendo com sua nova esposa o mesmo trajeto de nossa lua de mel. Em hotéis muito melhores do que as espeluncas onde nos hospedamos. Seu roteiro agora é cinco estrelas. Eu compreendo, *mon amour*. Naquela época você ainda não era rico como é hoje. Aposto que está contando para ela histórias da ascensão e queda dos impérios, de como o poder dos gregos e dos romanos foi...

— Chega, Cinthia.

— OK, *mon amour*.

— Quando eu voltar ao Brasil combinaremos com nossos advogados, nos encontraremos e discutiremos esses detalhes de...

— Nada disso, *mon amour*. Quero uma conversa pessoal. Frente a frente. Sem advogados.

— Sim, está bem — fingiu concordar. — Combinaremos tudo quando eu voltar.

— Agora, Pedro.

— Esse não é um assunto para ser discutido por telefone, Cinthia.

— Pessoalmente.

— Eu estou na Itália, Cinthia.

— *Mon amour*, você se lembra da Tomba del Tuffatore?

— Que porra é essa, Cinthia?

— A Tomba del Tuffatore. Você que me levou, há vinte e três anos. Na nossa lua de mel.

— Tomba de que caralho, Cinthia?

— A tumba do mergulhador. Um afresco de 480 anos antes de Cristo.

— Tumba?

— Na nossa lua de mel você me levou à tumba do mergulhador e me explicou que era um dos raros exemplos de arte funerária da Magna Grécia, não se lembra? Um homem mergulhando para a morte. Para mundos desconhecidos.

— No Brasil a gente fala disso.

— Agora.

— Não dá. Por telefone não...

— Estou pertinho de você, *mon amour*. Quase do lado. Estou na Tomba del Tuffatore.

— Você está...

— Estou a menos de dois quilômetros de Paestum.

— Você está aqui?

— Quase. Estou em Tempa del Prete. Onde fica a tumba do mergulhador. Pegue seu lindo conversível vermelho, vá em direção ao sul e me encontre aqui. A estrada está livre a esta hora da manhã, você chegará em poucos minutos — acrescentou, desligando.

Não viu alternativa. A doce Fernanda acatou, calmamente como de hábito, o argumento de que precisava levar a Ferrari imediatamente a um representante na cidade mais próxima.

Partiu, cheio de ira e dúvidas.

Dirigia – bem, espetacularmente bem, como afirmava sem falsa modéstia e até Cinthia reconhecia – desde os treze anos, quando um tio o colocou atrás do volante de um Fusca envenenado. Bravo tio Osmar, proprietário de posto de gasolina na periferia e de muitas mulheres, inconformado com a vidinha tolhida dos irmãos bancários e funcionários públicos, como o pai de Pedro.

No Fuscão do tio Osmar aflorou algo como uma segunda natureza, do controle de velocidade ao ouvido atento às solicitações de rotação do motor, da visão aguda de todos os ângulos ao preciso, impecável comando da caixa de marchas, da embreagem e do acelerador. Especialmente do acelerador, para horror do pai quando soube que participava de pegas usando o Chevette da família, que, como o menino não obedeceu à proibição de dirigi-lo, foi vendido. Tio Osmar morreu reagindo a um assalto ao posto. A polícia nunca descobriu os assassinos. Várias mulheres de preto se descabelaram em seu velório.

Pedro prometeu a si mesmo: teria todos os carros que sonhasse e quisesse. E os teve. Camaro, BMW, Audi, Saab, Mercedes, Mustang, Porsche, Maserati, todos estiveram nas garagens de seus apartamentos e escritórios em um momento ou outro. Quase todos. Ainda faltavam alguns. O Bugatti Veyron, por exemplo. Um Maserati GranCabrio Sport. E o prêmio dos prêmios, a joia das joias, uma Ferrari Spider, como esta. Mas no Brasil tornou-se arriscado ter um carro desses. Chama muita atenção. Do Leão do Imposto de Renda, da Polícia Federal, da imprensa filha da puta, feita por jornalistas pobres, sabujos de seus concorrentes.

Continuava com a capota arriada, seguindo a pouco mais de cem quilômetros por hora pela bucólica estrada de pouco trânsito. Precisava de um tempo, por menor que fosse, para articular o contragolpe. Dirigir sempre liberava seu raciocínio. Ao volante lhe vieram ideias que incharam seu cofre, como fazer a ponte entre investidores chineses e empreendimentos angolanos, unir seguradoras austríacas e construtores indonésios, associar-se a hoteleiros finlandeses na compra de áreas litorâneas no nordeste brasileiro. Formar um consórcio de industriais e empreiteiros para financiar a carreira do maleável vereador que hoje é o mais provável vencedor em seu partido da corrida pela candidatura à presidência.

Continuava tentando falar com o Gordo, mas a ligação não completava. Passaria a ele as instruções. E alteraria os planos da lua de mel. Teria a compreensão de Fernanda. Mas precisava agir rapidamente. Talvez se parasse no acostamento o celular funcionasse melhor. Mas não podia. Cinthia o aguardava. Impaciente. Como sempre. Ávida como uma coruja esfomeada. Acreditando que iria abocanhar o que era dele. Vá é se foder, filha da puta.

A solução lhe viera automaticamente. Dirigir fazia isso com ele. Trazia à tona suas ideias mais brilhantes.

Simples, como são todas as ideias brilhantes. Um, dois, três e plá! Porrada na filha da puta. Mas de maneira como Cinthia nunca imaginaria.

Conversaria calmamente com ela. Sem rompantes. Fingiria ceder às exigências, fossem quais fossem. Depois voltaria para Paestum, pegaria Fernanda e seguiriam para Nápoles, onde embarcariam no primeiro voo disponível para Genebra. De lá armaria todas as mudanças. Novos números de contas, novos códigos, transferências para bancos e instituições que Cinthia não mencionara e que só ele e o Gordo sabiam, na Índia, na Turquia, no Bahrém, em Cingapura, em Luxemburgo, em Mônaco, na Escócia e na Malásia. Quando Cinthia se desse conta, estaria de novo sem nada. Exceto os doze milhões combinados. E a porra do apartamento em frente ao mar de Copacabana.

Mas ela estava igualmente de posse de nomes, o Gordo dissera. Dos associados. No Brasil e no exterior. Pode tentar chantageá-los. Ou pior. Fazer um escândalo através da imprensa capaz de assustar e afastar potenciais investidores. A cunhada de um presidente do Brasil tinha feito isso. A mulher de um prefeito de São Paulo também. E a mulher de um secretário do governo do Rio de Janeiro. E a de um ministro de... de que mesmo?

Chegou a Tempa del Prete.

Uma seta indicava a Tomba del Tuffatore.

Seguia naquela direção.

Parou no estacionamento.

Havia ali apenas mais um veículo, uma perua Volvo castigada. Dentro, um casal checava um mapa de papel. Falavam sueco ou alguma outra língua eslava, pareceu-lhe.

Onde estava Cinthia?

Saiu do carro, caminhou em volta.

Nenhum sinal dela.

Então o telefone tocou.

– *Mon amour* – ela o saudou muito alegre.

– Cadê você, porra?

– Estou aqui, *mon chéri*.

– Aqui onde? Estou no estacionamento e não estou te vendo.

– Estou aqui em Paestum.

– Paestum? Mas você disse que...

– Venha logo. Estou te esperando no Templo de Netuno. Ao lado de sua nova mulher.

– Se você fizer alguma coisa contra Fernanda eu juro que...

Não terminou a frase. Cinthia desligara.

O trajeto de um quilômetro e setecentos entre Tempa del Prete e Paestum foi feito com o pé enterrado no acelerador. Mas sem a volúpia que a alta velocidade costumava lhe dar. Estava tomado de fúria.

Se aquela vagabunda encostar um dedo que seja na Fernanda, pensava, eu cubro ela de porrada e passo com a Ferrari em cima do corpo. Eis uma boa ideia, considerou, se não estivessem em uma área pública, cheia de turistas. E Cinthia certamente deixou documentos apontando para ele em caso de morte violenta. Se a história deles fosse parte da trama de um *film noir*, Cinthia seria a vilã à beira de um despenhadeiro, com uma pistola na mão, pronta para atirar nele, mas escorregaria e cairia no abismo em câmera lenta, soltando um berro longo, demorado, até o corpo quicar no solo.

Mas não estavam em um antigo *film noir*. Estavam no sul da Itália, em meio ao mesmo sítio arqueológico em que, havia vinte e três anos, se afastaram dos poucos visitantes e Cinthia se deitara sobre a grama, baixara a calça jeans e eles treparam. Como cães no cio, uma metáfora de que sempre gostara de usar para si mesmo. Trepar como um cão no cio. Isso é o que ele fazia. Isso é o que fizeram. Ali mesmo. Atrás do Templo de Netuno. Onde agora a via. Ao lado de Fernanda. De braços dados com Fernanda.

De braços dados com Fernanda.

De braços dados.

Com Fernanda.

Ambas sorrindo.

E acenando para ele.

– Que porra é essa? – gritou, caminhando na direção das duas.

Cinthia passou o braço em torno da cintura de Fernanda e lhe deu um beijo leve nos lábios. Riram.

— Que porra de caralho de merda é essa? — berrou, indiferente à reação espantada da turistada por perto enquanto se aproximava da atual e da ex-mulher.

Fernanda encostou a cabeça na cabeça de Cinthia.

Cinthia afagou os cabelos de Fernanda.

Alguma coisa estava muito, muito errada ali, Pedro teve certeza, enquanto tentava colocar alguma ordem no tumulto de seus pensamentos. Fernanda tinha sido professora particular de ginástica de Cinthia. Cinthia apresentou Fernanda a Pedro. Pedro começou a se exercitar com Fernanda. Pedro seduziu Fernanda. Fernanda achou melhor parar de dar aulas para ambos. Pedro passou a malhar na academia onde Fernanda era *personal trainer*. Pedro se apaixonou por Fernanda. Pedro se divorciou de Cinthia. Pedro se casou com Fernanda. Agora Fernanda estava abraçada com Cinthia. Agora Fernanda estava puxando Cinthia para junto de si. Agora Fernanda e Cinthia se beijavam de novo, desta vez um beijo demorado. Um beijo apaixonado. Na sua frente. Aqui. Na frente de todos. Publicamente. Em Paestum.

Não gostava de bater em mulher, mas em alguns momentos era necessário. Aquele era um deles, concluiu, fechando os punhos.

Do meio dos turistas saiu um homem magro, quase elegante em suas calças e sua camisa de linho em tons pastel, idênticas às de Pedro.

– *Buongiorno*, Pedro Paulo – saudou Arnaldo, o Gordo. – Bem-vindo de volta a Paestum. Estávamos esperando você.

Pedro parou, pasmo, ainda com os punhos cerrados.

Arnaldo postou-se entre as duas mulheres, passou o braço na cintura de Cinthia. Cinthia riu. Fernanda o observava, com o jeito cordial de sempre.

– Vamos almoçar? – sugeriu Arnaldo. – Eu convido. Por aqui há ótimos restaurantes de peixe e massa.

DENTRO DA GUERRA

O senhor sabe o que é uma guerra? O senhor não sabe o que é uma guerra.

– Mais ou menos.

Ah, o senhor sabe de ler nos livros lá que o senhor estudou, de ter na frente dos seus olhos as notícias dos jornais, de ver nas fotografias da televisão, mas o senhor não sabe o que é uma guerra mesmo, ela lhe diz, misturando inglês e iídiche. Quando não consegue se lembrar das palavras em uma dessas línguas, diz alguma do pouco francês que ouvira e aprendera durante os meses de fuga. Polonês, nunca.

– Não, senhora, não sei.

Uma guerra é assim – ela ergue a cabeça do travesseiro, estende os braços para ajudar a demonstrar. Quando, por assim dizer, o senhor está voltando para casa, voltando da escola, e o senhor não consegue encontrar ela mais, a sua casa, porque o quarteirão onde o senhor mora virou um monte de tijolos de muitos pedaços, com neblina saindo de dentro.

— Fumaça.

Sim. Fumaça. Saindo fumaça de dentro. Guerra é isso.

— Deve ser terrível.

Não. Não é.

— Não é?

Não é. Quer saber por quê? Olhe lá para fora. O que o senhor está vendo, ela pergunta, apontando para a janela mais próxima no comprido dormitório onde abrigam outros velhos encontrados pelas ruas, praças e estações de metrô da cidade dos donos do universo, como uma vez os chamou Tom Wolfe.

— Bem, estou vendo o jardim.

Mais, mais, ela insiste, como se falasse a um garoto desatento. Mais. Além.

— Bem, tem o jardim, depois tem o gramado, que sobe até metade da colina, depois tem o bosque, onde as árvores estão começando a mudar de cor por causa do outono. Isso é o que vejo. E o céu. Está azul. Não vejo nuvens.

Muito bem. Feche os olhos, agora.

— Para quê?

Quando o senhor abrir os olhos, não tem mais nada disso em volta. Não tem grama, não tem jardim, não tem árvore de cor nenhuma. Só tem pedaços de tijolos e fumaça.

— Deve ser terrível.

Oh, não. O senhor não entendeu. Só é terrível quando sobrou ainda alguma coisa para comparar. Quando eu voltei correndo para a escola, a escola também não estava lá. Só os tijolos e a fumaça. Olha, nem a minha casa, nem a minha rua, nem a minha escola, nem a igreja, nem a mercearia do meu pai, não tinha mais nada, nada, nada. Eu só sabia que estava na minha cidade porque a estátua da praça perto da nossa casa ainda estava lá. A praça não estava, mas a estátua estava. Sem o cavalo. Só o homem com a espada. Sem espada. Caído no chão. Era a única coisa quase inteira que sobrara do que eu conhecia. O resto estava de muitos pedaços de tijolos com fumaça.

– E os seus amigos?

Meus amigos? Não sei. Não pensei neles. Nem naquela hora nem depois. Só muito depois. Mas não me lembro deles. A gente não chega a ter, assim, amigos na escola de pequenos, não é? A gente tem colegas, companheiros de brinquedos, imagino. Mas, sem mentira, assim se diz aqui, não se diz?, sem mentira, eu não sei. Tudo sumiu de repente. Casas, postes, árvores, pias, tudo.

– Que horror.

Que nada. A gente não sente nada. Eu não senti nada. Vai sentir o quê? Não tem mais nada para sentir. Tudo o que a gente conhece acabou. Acabou.

– Mas a senhora não sabia que estava havendo uma guerra?

Com sua mão manchada como um mapa encardido, ela dá um tapinha débil na mão do rapaz jovem e tolo, incapaz de compreender a simplicidade do que lhe contava.

Não. Quer dizer, saber, sabia. Mas não é assim tão simples. A gente sabe que tem lutas, tem batalhas em um monte de lugares, no rádio falam, os adultos cochicham sobre as lutas, não comentam com crianças, mas isso de ser guerra, uma coisa que acaba com tudo, mesmo, isso ninguém consegue pensar, isso ninguém sabe. Só quem sabe é quem não está dentro da guerra. Quem está fora da guerra é que sabe que está havendo uma guerra. Quem está dentro da guerra se acostuma a dormir com o barulho das bombas de noite. E esquece.

- A senhora dormia bem nessa época? Não tinha sonhos terríveis, pesadelos, nada?

A gente se acostuma, o senhor sabe? O senhor não se acostumou a dormir com o barulho de carros e sirenes? É a mesma coisa.

– Ah, isso não é não. Bombas trazem morte, trazem destruição, obrigam todos a fugir para abrigos. Inclusive as crianças. Especialmente as crianças.

Em cidade grande tem abrigo. Em cidade pequena não tem abrigo. Quem tem porão tem abrigo. Quem não tem porão não tem abrigo. A sua casa tem porão? A minha casa também não tem porão. O barulho, a gente se acostuma. É igual sim, pode crer que é igual. Cada um tem um tipo de barulho diferente, o senhor tem os da sua cidade, eu tenho os da minha cidade. Mas é a mesma coisa quando o senhor se acostuma. A gente se acostuma com tudo, tudo mesmo, sabe?

– Compreendo.

Ela estica a dobra do lençol sobre o cobertor várias vezes. Dá a impressão de ter voltado ao mundo de silêncio em que passa mergulhada a maior parte dos dias. Então comenta: Eu não compreendo.

– A senhora não compreende o quê?

Fumaça. Fumaça e neblina. Por que não são a mesma coisa. Por que há palavras diferentes para a mesma coisa.

– Não são a mesma coisa, senhora. Fumaça é a que sai do fogo. Neblina é a fumaça de dias frios.

Neblina é a fumaça que sai de dentro da terra no inverno? Então neblina e fumaça são a mesma coisa.

– Não, senhora. São coisas distintas.

Pode não ser aqui, mas lá é. A mesma coisa. Lá era. Sai de dentro da terra, o senhor sabe? De dentro da terra. A gente olha para a estrada na frente e olha para a estrada atrás, e olha para os campos ao lado da estrada, daquele lado de lá e deste lado de cá, e a fumaça sai de dentro da terra, de onde as bombas caíram, junto com o cheiro de carne assada.

– Queimada. Carne queimada.

Assada. O cheiro é como o de carne assada que a gente faz na cozinha. Não carne queimada. Assada. Você com fome na estrada e aquele cheiro de cozinha. Parece que alguém está dando um banquete em algum lugar. Um banquete de bombas, rá, rá, rá, rá...

– Que coisa terrível.

Não é, não é, estou lhe dizendo que não é. O mundo inteiro estava assim, não tinha mais nada para eu comparar. Eu já disse para o senhor, se não tem nada para comparar, o ruim vira bom. Ou não vira nada. É mais isso: nem bom nem ruim. É nada.

– E o que foi que a senhora fez? Procurou parentes, foi para um orfanato, um campo de refugiados, o que foi que a senhora fez?

Balançou a cabeça de ralos cabelos brancos.

Já vi que o senhor não entendeu nada. Quando a guerra chegou, quando a minha casa virou tijolos e neblina...

– Fumaça.

Quando o meu quarteirão virou o que virou, acabou tudo. É isso que o senhor ainda não entendeu. A paisagem, a única paisagem que eu conhecia era aquela, e ela acabou. O mundo inteiro tinha acabado.

– Uma boa parte, sim. Não o mundo inteiro.

O que o senhor está a falar? Este mundo aqui? Este mundo aqui não sabe nada, não conhece a guerra. Este mundo aqui não existia. Eu não o conhecia, ele não existia. Olhe, senhor, pode acreditar no que eu vou lhe dizer: só existe um mundo. O mundo que a gente vê. O mundo que a gente não vê não existe. E o mundo acabou ali, na hora em que eu voltei da escola, ela conclui, tentando colocar um pouco de lógica e bom senso na cabeça do rapaz sentado ao lado de sua cama.

– E o barulho? Foi bombardeio, não foi?

Rá. Barulho, barulho, eu já lhe disse que a gente ouvia barulho o dia inteiro. Eu fiz uns dois ou três aniversários com o barulho obrigando a gente a cantar parabéns mais alto. Meus aniversários ou das minhas irmãs, isso não me lembro direito. O senhor não vê que até hoje eu falo alto? Não sou surda. Apenas me acostumei a falar alto por causa do barulho das explosões e dos aviões que passavam sobre nossa casa. A gente esquece o barulho. Quantas buzinadas o senhor ouviu hoje?

– Não sei.

Arrá, está vendo? É a mesma coisa na guerra. A gente acostuma com tudo, com tudo.

– E isso é que é terrível, não é?

Por quê?

– Porque sim. Acostumar-se com coisas terríveis é... É uma coisa terrível.

Bobagem. Eu já lhe disse que só quem está fora da guerra é que sabe o que é uma guerra. Quem está dentro nem pensa. Pensa em batata. Eu pensava muito em batata. Sonhava com batata. Hoje não suporto batata. Tomei horror. O senhor tem pai vivo, mãe viva, seus avós estão vivos?

– Sim. Estão. Todos estão vivos.

Mas vão morrer. Desculpe, mas eles vão morrer e o senhor vai ver como é. Puf. Somem. Puf. Puf, puf, puf. Desaparecem todos. A gente se acostuma. Não é bom, mas também não é ruim. É uma coisa que é e pronto. Tem uma palavra em alemão para dizer isso, mas eu não me recordo qual é. Nem quero lembrar. O senhor é muito jovem para entender o que estou dizendo, mas um dia o senhor vai compreender. No fundo, é uma coisa muito simples. Não precisa de palavra alemã especial para entender. Quer ver?

Fechou os olhos.

Pronto. Acabou tudo.

Abriu-os.

Agora voltou. É isso. É assim.

– A senhora nunca mais ouviu falar de seus amigos, não teve notícias de sua família, nada?

Na época, não. Deve ter alguém por aí, mas eu não sei. Não me lembro mais do nome de ninguém. Nem quero. Não tenho fotografias, cartas, mecha de cabelo, cordão, não tenho nada daquela época. O senhor sabe o que eu acho? O senhor sabe o que eu acho, sinceramente?

– O que a senhora acha, sinceramente?

Rá, rá, rá, o senhor vai achar que eu estou maluca, mas eu vou lhe contar o que eu acho. Eu acho que, naquele dia em que eu voltei da escola, eu tinha morrido, eu morri debaixo daqueles tijolos. Morri e não morri. Meu corpo não morreu, mas eu, eu mesma, eu morri. O senhor deve estar pensando que eu sou louca, não é?

– Não. Eu estou pensando é que a senhora deve ter sofrido muito e que isso tudo foi um trauma que a senhora carrega até hoje.

Deu uma risadinha, olhou para o rapaz com compaixão.

Desculpe, disse-lhe, mas o senhor é bobo mesmo, sabia disso? Desculpe, não é para ofendê-lo que digo isso, mas para abrir seus olhos. O senhor pensa que eu vivi um drama. Eu não vivi um drama. O senhor é muito jovem, o senhor acha que tudo é horrível, que tudo é terrível, tudo é um horror. Bobagem. Basta eu fechar os olhos e acaba tudo. Nenhuma dor. Nenhum sofrimento. Quando o senhor tiver a minha idade, o senhor vai compreender.

— A senhora não é tão velha, assim.

Sou.

— Não é, não. A senhora tem...

Seis anos. Eu tenho seis anos. Tenho seis anos, sempre tive seis anos e vou morrer com seis anos.

ME TIREM DAQUI

Não sou uma assassina. Sou uma sobrevivente.

Não teria feito tudo o que fiz pela minha família, por minha comunidade, pelos desamparados, pelos famintos, pelos enfermos, se não houvesse, como dizer, caso não tivesse cometido, como dizer, busco a palavra nesta língua que não é a minha, nenhuma língua é a minha, não mais, caso não tivesse praticado, como dizer, não posso aceitar a palavra crime, crime tem o mesmo som aqui e lá, no lugar a que não pertenço mais, nem lá nem a lugar nenhum, uma palavra limitada, inútil e inadequada para nomear meu ato, não sou uma criminosa, sou uma, fui obrigada a me tornar uma, as circunstâncias daquela, daquilo, nunca teria tomado aquela, como dizer, atitude, se as condições fossem outras.

Não sou uma criminosa.

Apenas... Apenas... Queria sair dali e...

Mulheres não são naturalmente criminosas. Não somos. Os homens são. Gostam de infligir dor, sofrimento, punições, humilhação. Tome deus como exemplo. Qualquer deus. Deus é cruel, vingador, pune e degrada seus adoradores mais dedicados, aqueles que mais o veneram e amam. Tem prazer nisso.

Deus não me preocupa. Frequento igrejas por piedade, por caridade, por generosidade, por solidariedade, pois para elas convergem os desamparados que ajudo, mas não acredito nele, ele não acredita em mim. Ainda que por segundos inquietos eu, sem me dar conta, ache, achasse, naquela época, lá, que havia um olhando a destruição aqui embaixo e rindo. Um deus. Qualquer deus. Lançava seu olhar debochado sobre nós e sobre a cidade arruinada e se comprazia. Ide e arrasai tudo o que encontrardes, deve ter ordenado a seus súditos, enquanto engolfavam em sangue e escárnio as sobras das ruas e avenidas e becos e praças da minha bela, esplêndida, encantadora cidade.

Nada mais havia dela.

O que restara, seus cacos, foi repartido entre os vitoriosos.

Não era de todo ruim para quem ficou nos domínios dos franceses, dos ingleses e dos americanos. Havia trabalho, as esposas pagavam com decência e regularidade, as esposas dos oficiais ianques, unicamente, pois só elas se mudavam para lá, uma vez que as casadas com os britânicos e os franceses não, claro que não, bem-postas nos pacíficos lares de seus serenados países. As esposas americanas, a essas aprazia se mudar para a Alemanha. Ali dispunham, pela primeira vez em suas vidas triviais, de serviçais brancas lavando seus pratos e suas roupas, passando e engomando os uniformes de seus maridos, engraxando e escovando suas botinas, limpando suas latrinas e cozinhas, raspando e encerando seus assoalhos, tirando o pó de seus móveis, ajeitando as cortinas e afofando as almofadas dos sofás, dispondo os talheres à mesa como jamais haviam aprendido em suas cidadezinhas do Meio-Oeste, polindo a prataria comprada dos falidos por uns poucos níqueis. Eram boas patroas, permitindo que comessem de sua comida e mesmo doando às criadas alemãs as sobras das rações distribuídas pelas forças de ocupação a seus funcionários. Algumas senhoras americanas, condoídas com a estreita perspectiva do futuro de suas empregadas e habituadas ao conforto trazido por seus serviços, obtinham passaportes, vistos de trabalho e transporte para levar consigo as *hausfraus* que as haviam servido com denodo e silenciosa sujeição.

Estas eram as *hausfraus* de sorte.

Eu ficara no setor russo.

Morávamos em um cômodo no quinto andar de um amontoado de paredes escalavradas, entre rombos de bombardeios aliados e marcas de balas, janelas de vidros estourados e cobertas por pedaços de tábuas e sobras de caixas de papelão disputadas com esquálidos berlinenses, diversão dos jovens do exército vermelho, que as jogavam perto de algum amontoado de nós, seus inimigos derrotados.

Morávamos Bernard e eu.

Eu queria sair dali.

Eu queria ir para a parte em reconstrução acelerada, para os bairros onde havia trabalho pago em dólares e a comida farta dos vencedores generosos.

Bernard queria ficar.

Bernard havia feito coisas durante a guerra e temia ir para o lado deles. O *lado deles* – ele frisava – não é o nosso lado.

Eu não sabia o que Bernard fizera, nem me interessava saber. Todos fizemos coisas naqueles tempos. Eram outros tempos. Passaram. Pagamos por eles. Não é justo continuar pagando para sempre.

Bernard ajudara os russos, por eles perdera um pé e parte da perna esquerda. Os russos o recompensavam com o apartamento, um soldo, cigarros, carvão para o aquecedor, alguma comida, vodca bastante para ele não se lembrar das dores na perna amputada. Umas ampolas de morfina também. Bernard se mantinha num vago estupor no quinto andar, e raramente empunhava as muletas para descer os degraus bambos.

Um tanto de vodca, um tanto de comida, um tanto do meu corpo, mais um tanto de vodca, um tanto das ampolas, um sono no cômodo sempre escuro, para que se mudar para a outra Berlim? Bernard era feliz assim.

Antes de Bernard catei tijolos para a reconstrução. Assim que a guerra acabou. Eu, mais os velhos e velhas, algumas outras mulheres. Subíamos nos monturos das ruínas do que haviam sido os edifícios de nossa bela Berlim, passávamos tijolos de uns para os outros, juntavam-nos em carrinhos de madeira, homens menos velhos e mulheres mais fortes os levaram aos lugares determinados pelos russos.

Algumas vezes os soldados nos arrastavam dali para algum beco e... nos usavam. Ali mesmo. Levantavam nossas saias, mandavam que baixássemos nossas roupas íntimas feitas de trapos e... Vários deles. Várias vezes. Obedecíamos. Depois nos mandavam de volta para os monturos. De novo ao trabalho. Até que um deles, ou um grupo deles, nos quisesse novamente. Às vezes no mesmo dia.

Não me uni a Bernard por interesse. Mas ele me deu abrigo no início do inverno, partilhava alimento comigo, utilizava meu corpo sem me maltratar e com a ajuda dele os russos acabaram me colocando em uma fábrica de uniformes, onde aprendi a reparar tornos e motores, tanto pequenos quanto maiores, geradores movidos a querosene e instalações elétricas.

Trabalhávamos todos, homens e mulheres, de largos macacões iguais, cinza e grossos, confeccionados ali mesmo. O cheiro de óleo e combustível ficava impregnado no tecido e na pele. Vestidos neles voltávamos para casa. O futum nauseava Bernard, ele dizia.

Passei a trocar de roupa e a me lavar na pia do térreo do prédio. Quando conseguia: nem sempre havia água. No inverno ela congelava. Para me limpar da graxa e do óleo passei a furtar querosene e álcool em embalagens pequenas. Nunca fui pega. O líquido que sobrava ia para debaixo da cama. Às vezes utilizávamos no fogareiro.

Aquele dia tinha sido frio. Os canos haviam congelado. Eu estava bastante suja. Suara dentro da fábrica sem ventilação. Se utilizasse o vidro de querosene escondido no bolso, federia mais ainda. Homens até se orgulham disso. Do suor. Do cheiro do suor. Uma mulher tem vergonha.

Subi a escada, desolada.

No quarto andar me sentei nos degraus.

Aspirei meu próprio fedor.

Olhei minhas mãos.

As grossas, encardidas, toscas mãos de uma operária.

Nada mais restava da professora de canto de antes da guerra. Da jovem professora de solfejo por trás do piano Engel & Sohn na sala de meus organizados pais, contentes com a adequada escolha profissional para a filha do farmacêutico, dona de razoável talento musical demonstrado desde a infância, à vontade tanto com os *lieder* de Schumann quanto com árias de Haydn ou canções medievais.

Tive talento. Tive paz. Tive uma família que interrompia as tarefas cotidianas no meio da tarde, quando mamãe e eu nos sentávamos na sala de estar, ela na acolhedora poltrona de veludo verde, eu em frente no divã de couro marrom capitonê, tomávamos chá, comíamos bolo ou biscoitos assados por ela no formo de metal esmaltado de branco com detalhes em metal acobreado.

Não mais.

Nunca mais, eu tinha certeza.

Subi os degraus que faltavam, enfiei a chave na porta. Estava destrancada. Entrei sem acender a luz.

Bernard roncava.

Quando meus olhos se acostumaram à penumbra, vi garrafas de vodca vazias pelo chão junto à cama.

Ao lado dele, o tronco nu para fora do lençol encardido, dormia uma mulher de seios fartos.

Eu a reconheci.

Era uma das sortudas.

Uma volumosa camponesa do sul, rosada e loura, esperta o bastante para ter obtido trabalho na área dos americanos, mesmo morando no nosso setor. Tinha sempre chocolates presenteados pelos patrões, latas de comida e manteiga furtadas das despensas deles. Uma vez trouxe uma garrafa de uma bebida gasosa e escura. Eu nunca havia visto uma Coca-Cola.

Dei um passo para dentro, a chave ainda na mão. O chão rangeu. Ela abriu os olhos. Me viu. A tola mulher do homem com quem se embebedara e que a satisfizera por toda aquela tarde de fevereiro. E provavelmente por muitas outras tardes, de muitos outros meses, enquanto a operária da fábrica de uniformes suava e se sujava entre tornos e rotores.

Sorriu um esgar debochado, girou o rosto para o canto da parede, voltou a adormecer seu sono etílico.

Senti dó e asco de mim mesma. Eu dependia de Bernard, ela e eu sabíamos, ele também sabia. Não tinha para onde ir ou a quem apelar. Tudo o que podia fazer era me sentar e aguardar ela despertar, vestir-se, partir, se assim quisesse. Caso contrário, eu deveria preparar uma refeição que servisse a nós três. Muda. Como uma boa criada. Ou sair, ir para a rua, enfrentar o frio pelo tempo que conseguisse, até cansar e voltar para casa. Onde os dois dormiam, serenos e satisfeitos.

Virei-me. Saí. Comecei a descer as escadas. Senti uma tonteira. Não havia corrimão onde me apoiar. Percebi que ia cair. Sentei-me a tempo. Baixei a cabeça. Tudo girava. Tive medo de rolar degraus abaixo. Levantei a cabeça. Talvez devesse me deixar ir assim. Rolando pelas escadas. Quebraria o pescoço. Seria rápido. Duraria uns poucos segundos. Não tinha mesmo mais nada a perder.

Vá, eu disse para mim mesma. Não tenha pena de si. Levante-se. Jogue-se. Vá. Agora.

Ergui-me.

Levantei um pé.

Bastava apenas inclinar-me e levantar o outro.

Inclinei-me.

Meus olhos deram com os degraus carcomidos e, sobre eles, minhas botinas de solas grossas e enlameadas, calçadas desde as primeiras horas da manhã. Senti, dentro delas, as meias molhadas. Eu tinha frieiras entre os dedos e mau odor nos pés.

Girei sobre os calcanhares, subi os degraus, entrei no apartamento. Os dois continuavam dormindo. Ambos roncavam agora.

Tirei do bolso a embalagem com querosene. Despejei-a sobre o cobertor. Abaixei-me, catei os outros recipientes de combustível, três ou quatro ou cinco, não me recordo direito, verti-os em torno da cama, em seguida fui ao fogareiro sobre a pia, despejei o álcool ao pé dos amantes adormecidos, peguei a caixa de fósforos. Notei o casaco dela pendurado na cadeira. Chequei os bolsos. Havia, como imaginara, um documento de identidade, como todos éramos obrigados a levar sempre conosco, e a permissão de circulação pelo setor americano. Tomei-os. Limpei o rosto e as mãos na blusa dela, despi o uniforme e as botinas, coloquei o vestido que me restara, calcei meu único par de sapatos. Fui até a porta. Risquei um fósforo. Joguei-o na direção da cama. As chamas imediatamente a tomaram. Saí, trancando a porta.

Caminhando na direção do setor americano, comecei a cantar baixinho. Não me lembro que música era. Lembro apenas da sensação de paz e alívio, como nas tardes de domingos no verão, depois da missa, quando papai, mamãe e eu, de mãos dadas, passeávamos entre os canteiros floridos do Zoologischer Garten.

Há um prazer em ser sobrevivente. Há um orgulho em ser sobrevivente. Há um respeito por si mesma, uma autoconfiança, uma certeza de ter feito a coisa certa diante de todos os caminhos e as perspectivas descortinados. Isso nos torna pessoas melhores. Mais compreensivas. Mais dedicadas. Mais generosas.

Não foi diferente comigo.

Tornei-me a eficiente e cativante empregada da família do sargento Brooks, banhei, vesti e tomei conta de seu casal de filhos até ele encerrar o tempo de serviço e retornar para o Arkansas. Por sua recomendação passei a ser a eficiente e cativante faxineira da família texana do sargento Connelly, banhei, vesti e tomei conta de suas duas obtusas filhas, incapazes de aprender a ler uma partitura, até ele encerrar seu tempo de serviço e partir para um posto na Espanha, de onde veio a família Tennison, com seus dois meninos interessados unicamente em esportes. Um deles terminaria por se tornar campeão de luta greco-romana e competir, sem resultados expressivos, nos Jogos Olímpicos de Melbourne, em 1956.

Mas nessa época a generosa esposa do sargento Shelby já me levara com ela e a família de quatro adoráveis crianças para uma base militar no estado de Mississippi, onde me converti ao protestantismo e acabei por formar um coral de fazer inveja às igrejas dos negros da região. Ali realizei trabalhos voluntários em hospitais e asilos, ali me ocupei com crianças deficientes a quem ensinava a cantar e sorrir, ali me uni a uma associação de ajuda a moradores de rua, ali acabei por me casar com Thomas Spencer Hunter, onze anos mais velho que eu, um cordial viúvo pai de uma moça com debilidades físicas e mentais, dono da única loja de ferragens da pequena cidade, apaixonado por panquecas, *memorabilia* da Guerra da Secessão e por mim. Tivemos uma convivência pacífica e agradável. Amparei-o o melhor que pude quando enterrou a filha. Era uma doce menina inútil, mas ele a amava assim mesmo, o que me enternecia além do que jamais imaginei.

Depois do passamento de Spencer vendi a casa, vendi a loja, mantive o automóvel que aprendera a dirigir sem grande habilidade, mudei-me para Biloxi, posteriormente para algumas outras cidades a que não me adaptei, até descobrir esta. Vasta. Uma vastidão de nadas.

Hoje sou apenas mais uma velha discreta e enrugada, dirigindo vez por outra seu velho carro cheio de mossas e alguma ferrugem, rodeada por imigrantes latinos em um bairro da periferia de Los Angeles, até o dia do apocalipse, quando o Grande Terremoto fenderá a terra e nos engolirá a todos.

SILVIO TRABALHA

Entraram no quarto, o homem de cabelos grisalhos à frente.

Apenas um dos abajures ao lado da cama estava aceso. Uma mulher sentava-se muito ereta na cadeira junto à escrivaninha.

O homem de cabelos grisalhos apontou para ela, disse um nome. Susan, pareceu-lhe. Ela meneou quase imperceptivelmente a cabeça, moveu os lábios, mas não deu para perceber se realmente dissera alguma coisa.

Está assustada, pensou. Talvez seja a primeira vez que faz isso.

Acenou a cabeça na direção dela, em resposta, dizendo: *Jack. Nice to meet you*. Não era o nome verdadeiro, nem sabia dizer muito mais que isso em inglês.

A mulher baixou os olhos. As mãos apertavam os joelhos por cima do roupão do hotel. Usava uma aliança de ouro, nem fina nem grossa, junto a outro anel de ouro, nem fino nem grosso, ornado com uma pedra branca, de algum brilho.

É uma senhora de uns quarenta e cinco anos, calculou. Mais ou menos da idade de minha mãe. Ele parece cinco, seis anos mais velho que ela. Devem estar casados há mais de vinte. Devem ter filhos. Talvez tenham vindo para matricular um deles. A New York University é aqui perto. Talvez tenham vindo visitar algum filho que estuda aqui. Talvez não. Talvez tenham vindo só para isso. Para pegar alguém como eu.

Nenhum dos três se moveu.

Devo começar a tirar a roupa, se perguntou. Devo me aproximar dela? Devo aguardar que o americano tome a iniciativa?

Decidiu esperar.

Permaneceu na entrada do quarto.

O homem se acercou e disse algumas frases à senhora, que por alguns instantes ficou encoberta pelo marido.

Ela se levantou, caminhou até a cama, ficou de pé ao lado, pareceu hesitar, sentou-se.

O americano grisalho tirou o sobretudo, lançou-o sobre a cadeira onde a senhora estivera sentada. Em seguida o paletó. Afrouxou a gravata, tirou-a pelo pescoço, jogou-a por cima dos agasalhos. Deu alguns passos, deixando no carpete as marcas dos sapatos molhados pela neve, abriu uma porta, acendeu a luz, entrou. Foi possível ver uma pia, uma cortina de plástico branco, parte da banheira, o chuveiro acima dela.

Pela porta aberta ouviu o ruído do homem urinando.

Saiu pouco depois, só de cuecas e camiseta. Descalçara os sapatos, mantivera as meias pretas, longas, até os joelhos ossudos como as pernas, duas estacas peludas sobre as quais pesava um tronco amplo. Disse alguma coisa ao jovem moreno, apontou as próprias roupas na cadeira.

O brasileiro começou a se despir, sem pressa. Como aprendera a fazer para dar tempo de ser observado. Confiava na admiração que suscitava.

Teve certeza de que isso ocorria mais uma vez, naquele quarto de hotel perto da Washington Square, quando o senhor grisalho interrompeu o que dizia à esposa. Foram apenas alguns segundos de silêncio, mas bastavam para confirmar o impacto que causava, sempre causava, em homens e mulheres, particularmente em homens da idade daquele, especialmente quando, enrolado apenas em uma toalha, atravessava os cômodos da sauna de Copacabana onde arregimentava sua clientela, até o momento em que parava na frente de um frequentador boquiaberto, abria a toalha e se expunha, inteiramente nu.

Como fazia agora. Provocando o mesmo assombro e a mesma perturbação que causara no americano que o contratara outro dia no bar da Sheridan Square.

Sou muito mais do que ele imaginava, constatou, sem surpresa. Maior. E mais grosso.

Nu, imóvel, o brasileiro deixou-se admirar. Tinha prazer na própria beleza – e no poder que ela lhe dava –, mas a aceitava sem arrogância nem alarde. Era parte dele desde sempre, como o apetite permanente, o sono fácil, o tesão constante.

O marido, após alguns segundos, desviou o olhar.

O jovem aguardou.

O marido indicou a cama e a mulher.

O jovem chegou mais perto.

A mulher da idade de sua mãe mantinha os olhos baixos enquanto ouvia instruções do homem de cuecas, camisetas e meias.

Seguindo-as, desatou o laço, baixou primeiro um ombro, depois o outro, abriu o roupão.

Fez um movimento para cobrir os seios, o marido ergueu a mão, ela se deteve.

Tinha seios pequenos, pontudos, pálidos.

O homem grisalho virou-se para o rapaz contratado havia pouco no bar barulhento e indicou a mulher despida da parte superior do roupão como apontaria uma cadeira.

Silvio aproximou-se.

Ficou de pé entre o marido e a mulher.

O homem pegou a mão da esposa, cerrada num punho, abriu-a e levou-a ao rapaz.

Ela fechou os olhos.

A mão, segura pelo pulso, foi às coxas do brasileiro, subiu aos pelos pubianos, desceu ao pênis, rodeou o saco, voltou ao pênis, já enrijecendo.

Acontecia assim, sempre. Bastava um toque, um roçar de pele, da palma da mão, um dedo, uma palavra, um sopro. Tudo o levava àquilo, como afluentes ao rio principal: seu pau. Duro. Pronto. Imediatamente. Assim seu corpo reagia. Estava pronto, sempre pronto, para acasalar ou que outro nome preferissem os clientes, os homens e as mulheres a quem dava prazer, qualquer prazer, todos os prazeres, o prazer que desejassem, os prazeres sequer imaginados, os prazeres mais inusitados, ou mais secretos, desde... desde... desde já nem se lembrava quando.

Desde sempre.

Sempre como agora, neste quarto de hotel em Greenwich Village, com esta senhora semidespida num roupão branco, com este senhor semivestido em roupas de baixo compradas em pacotes de meia dúzia, imaginava, pois assim economizava os centavos de uma provável bem-sucedida carreira de... médico? Juiz? Comerciante de ferragens? Pastor? Contador?

Ainda não sabia distinguir indícios de profissão nem escala social nos americanos, como tão bem fazia com a clientela brasileira, menos ainda localizar de onde vinham seus sotaques. Passara pouco mais de um mês desde que decidira ficar por aqui, abandonando em um hotel perto da Times Square o homem maduro que o trouxera do Brasil. De inglês sabia meia dúzia de palavras e frases aprendidas com os turistas estrangeiros seduzidos ao vê-lo, vestindo apenas uma sunga, jogando futebol nas areias de Copacabana. O que desejavam não precisava de palavras. Era tão claro quanto o gesto do americano ao deitar de costas a mulher de olhos fechados, puxar-lhe o roupão e abrir suas nádegas.

Iniciou a penetração e foi encostando o peito nas costas dela, sentindo-a tremer e pensando em dizer, bem perto de seu ouvido, mesmo que só conseguisse falar em sua própria língua, Senhora, não fique com medo, vou enfiando devagarzinho até a senhora se acostumar, sei que a senhora está com medo, mas não vai doer, não se preocupe, eu lhe garanto que não vai doer, sei fazer isso, já fiz tantas vezes, iniciei tantas pessoas, não se espante com o tamanho e a grossura do meu pau, não vou lhe fazer mal, nunca fiz mal a ninguém, eu lhe garanto, é só no comecinho que a senhora vai estranhar, vou botando aos pouquinhos, bem aos pouquinhos, botando e parando, enfiando e parando, até a senhora se acostumar com ele dentro da senhora e sentir que pode me deixar enfiar até o fim, eu garanto, por isso fique calma, minha senhora, tente...

O marido afastou o tronco do rapaz moreno das costas de sua mulher pálida.

Ele parou de penetrá-la.

O homem empurrou-o para dentro de sua esposa.

Nevava de novo. Era a terceira vez hoje. Ontem? Desde ontem. Desde que saíra do bar com o americano grisalho. Por volta das dez da noite. Por volta das onze. Ou onze e meia. Agora devia ser uma da manhã. Uma e meia? Duas? Não tinha relógio. Não tinha mais. Saíra do hotel perto da Times Square apenas com a roupa do corpo. Deixara tudo para trás. Inclusive o relógio. Não lhe pertencia. Era mais um da coleção de relógios do velho. Do outro velho. Mais um velho. Os senhores a quem dava prazeres e êxtases que nunca tinham conhecido. Era fácil para ele. Tão fácil. O velho da coleção de relógios era seu cliente desde a sauna em Copacabana. Aceitou quando lhe ofereceu a viagem a Nova York, tal como aceitava os frequentes presentes e as quantias em dinheiro. Achava merecidos, mas o relógio não lhe pertencia. Não poderia levá-lo. Pena. Era um bonito relógio francês.

A neve encobrira os limites entre as calçadas e as ruas do West Village por onde caminhava agora. Lia as placas, Waverly Place, Grove Street, Bleecker Street, Bedford Street, Bank Street, novamente Waverly Place, outra vez Bank Street, de novo a Bleecker Street, ruas estreitas, tortas, parecidas, tentando identificar o caminho para a estação de metrô da Christopher Street, a partir da qual sabia se localizar para ir até o pequeno apartamento onde se instalara, no quinto andar de um prédio sem elevador, entre bares e lojas de imigrantes hispânicos na rua 15, perto da Décima Avenida.

O cachê desta noite garantira o pagamento do aluguel. Aluguel resolvido, um problema a menos. Havia outros. Tantos outros. Tantos que era bobagem pensar neles agora.

O programa com o casal fora rápido, fora fácil, mesmo sem perceber direito o que o velho dizia. O que desejava Silvio sabia. Já atendera outros casais. Em geral satisfazia um, depois o outro. A esposa primeiro, depois o marido. Quase sempre. Alguns maridos não aguentavam esperar.

Bleecker Street, mais uma vez. Andara em círculos? Tomou a esquerda. Chegou a uma ruela. Commerce Street, estava indicado na placa. Na parede de um prédio, acima da porta de entrada, estavam pintadas as palavras The Blue Mill. Parecia um restaurante. Estava fechado. Não se lembrava de ter passado pela Commerce Street. Entrou por ela. Deu outras voltas.

O visto de turista expiraria em breve, lembrou-se. Em breve se tornaria um imigrante ilegal. Mais um imigrante ilegal em Nova York, pensou. Quantos serão? Quantos seremos?

Ainda mais uma vez viu a placa da Grove Street. Continuou. Chegou a uma rua mais larga. Hudson Street. Reconheceu uma igreja com paredes de tijolos vermelhos. Tinham passado em frente, o marido grisalho e ele. A estação não ficava longe. À direita. Ou talvez à esquerda.

Olhou em volta. Nenhum carro, nenhum ônibus, nenhum caminhão, veículo algum, nenhuma pessoa em parte alguma da paisagem branca a perder de vista. Nunca imaginara as ruas de Nova York vazias assim. Nem o silêncio que abafa tudo depois da neve.

Gostava da neve. Sempre sonhara em ver neve. Sempre desejara morar em um lugar com neve. Agora estava aqui. Tal como quisera. Era ainda mais bonito do que imaginara. A lenta dança dos flocos, confetes brancos rodopiando acima e em volta dele, o encantava. Gostava de sentir a neve caindo em seu rosto e derretendo. Era suave e delicada. Tão pouca coisa em sua vida era delicada. Ou suave. Nem poderia. Gostavam dele bruto. Um macho bruto. Agora, um macho bruto brasileiro. *Silvio, the Brazilian Fucking Machine.* Assim era apresentado.

Precisava de um calçado adequado. Ainda usava o par de sapatos trazidos do Brasil. Não tinha outros. Ainda. Quanto devem custar sapatos para usar na neve? Meias também. Precisava de outro par de meias quentes. Será a próxima compra. Por enquanto continuará lavando antes de dormir e deixando para secar perto do aquecedor as roupas usadas durante o dia.

Chegou a uma avenida ainda mais larga. Várias ruas desembocavam nela e a atravessavam. Do outro lado da calçada estava a indicação Christopher St. – Sheridan Sq. Station.

Esta é a Sétima Avenida, ele teve certeza, ali fica a entrada da estação.

Na rua à direita, em frente à Sheridan Square, piscava o letreiro do Chez Mon Oncle, frequentado por homens maduros e algumas bichas espevitadas em busca de rapazes como ele e onde um dos barmen falava espanhol.

Pouco, mas o suficiente para lhe explicar o interesse do senhor de sobretudo do outro lado do salão e negociar o preço para assistir enquanto Silvio possuía sua esposa. O velho vai acabar querendo que eu o coma também, Silvio pensou.

Não era a primeira vez que Neil lhe arrumava clientes. *Meet Silvio, the Brazilian Fucking Machine*, o barman o apelidara. Mas Silvio era difícil de pronunciar – especialmente se o cliente americano já havia bebido algumas doses. Passou a ser Zach, em seguida Jack. *Meet Jack, the Brazilian Fucking Machine*. Alguns preferiam chupá-lo no banheiro mesmo, à vista dos outros fregueses do bar. Apreciavam especialmente quando os fazia engasgar. Outros só queriam masturbá-lo. Eram cachês diferentes. No Brasil acertava ele mesmo o preço. Mas ainda não sabia inglês suficiente para isso. Precisava de Neil.

Hola, guapo, Neil saudou-o ao vê-lo entrar.

Hola, respondeu, sem entusiasmo, encaminhando-se para o balcão.

Uns poucos fregueses ainda permaneciam pelas mesas, bêbados ou sonolentos, ou ambos. Um garoto comprido, que não devia ter mais de dezesseis anos, fumava enquanto um homem de paletó e gravata lambia seu pescoço.

Gracias, disse a Neil, entregando-lhe duas notas de dez dólares, parte dos oitenta pagos pelo grisalho ao final do atendimento.

De nada, Neil respondeu, embolsando o dinheiro. *Was it a good fuck*, perguntou.

Good e *fuck* eram duas palavras aprendidas desde os primeiros atendimentos a clientes estrangeiros no Rio.

Yes, mentiu o rapaz moreno, *very good fuck*.

Neil colocou um copo de cerveja diante dele. Silvio o pegou, levou aos lábios, sentiu o vidro frio contra a pele, colocou o copo de volta no balcão, sem beber. Levantou-se, atravessou o salão, onde dois rapazes dançavam abraçados ao som de uma antiga canção melosa, foi ao banheiro, botou o pau para fora, lavou-o mais uma vez, como fizera na pia do hotel, embora não houvesse mais nenhum vestígio de sangue nem de fezes.

Voltou ao balcão, bebeu um gole da cerveja, pediu tequila a Neil, virou-a de uma só vez.

À dupla de rapazes juntara-se um homem corpulento. O trio se movimentava em passos curtos, sem sair do lugar, embalados por uma voz feminina lamentosa a cantar *Why don't you cry me a river, cry me a river, 'cause I cried a river over you.*

Incomodava-o vagamente o que fizera à mulher. Não gostava de penetrar violentamente, a não ser que assim lhe pedissem. Ela não pedira. Estava com medo. Tremia. Evitava ver o que acontecia. O que lhe iria acontecer. Ela estava tensa. O marido a segurava. Abrira suas pernas e suas nádegas. Ela não deve estar acostumada. Não com alguém grande como eu.

Pretendia fazê-la relaxar, disse a si mesmo após outro gole de cerveja. Ia fazer isso sussurrando, em português mesmo, falando junto a seu ouvido, enquanto a penetrava bem suavemente, aos poucos. Conforme o corpo dela fosse se acostumando e se alargando, ele prosseguiria. Ela ia gostar. Ia fazer com...

Não houve tempo.

Sentiu como estremeceu e ouviu seu gemido abafado contra o colchão quando o marido o empurrou para dentro dela. Deve ter doído muito, pensou. Ela deve ter sentido muita dor. Não foi culpa minha. Com o marido fiz doer de propósito. E ele gostou. A mulher assistiu a tudo.

Ao sair do quarto ela estava sentada à beira da cama, de cabeça baixa.

Neil se aproximou. O copo alto e o copo pequeno diante de Silvio estavam vazios.

Qué quieres ahora, perguntou.

Um abraço, Silvio diria se pudesse.

Respondeu apenas: Dormir. Estou cansado. Vou para casa.

ZAK

Minha missão é destruir.

    Para isso fui criado.

    Disso tenho consciência.

    E de pouco mais.

    Assim fui planejado, desenhado, montado, testado, posto em ação, aprovado.

    É minha missão.

    Eu a cumpro.

    Consciência é algo desnecessário em meu ofício.

    Sobrecarregaria meus circuitos.

    Minha tarefa é simples e útil.

    Sou responsável pela limpeza.

    Elimino elementos potencialmente danosos à Estação Orbital G-61 e a seus habitantes, os Eogs.

    Meus criadores.

    Suprimo o que é nocivo às plantações, aos rebanhos e às criaturas no planeta abaixo e/ou em órbita do Planeta Original.

Meu nome é Zak.

Assim está pintado na minha fuselagem.

Der Alte vê o brilho descendo do céu.

   Um corte prateado na carne azul.

   Um zumbido agudo.

   Der Alte está oculto entre as folhagens.

   Der Alte está sempre escondido.

   Os homídeos não percebem o fulgor metálico descendo do céu.

   A maioria nada vê.

   Apenas vagos vultos sem definição.

   O suficiente para caminharem dos barracões às plantações, aos currais e aos pastos.

   A maioria nada ouve.

   A maioria nada percebe.

   Sente um calor, apenas.

   O calor.

   Assim começa a limpeza.

   Der Alte sabe.

   Conhece as diretrizes dos Eogs

O poder é o destino dos mais capazes.

   Por isso chegou a nós.

   Nunca o buscamos.

Veio com o fim das estações.

Os meses se sucederam em uma única estação, um longo, ininterrupto, escaldante verão num primeiro ano e no segundo e no terceiro e no quarto, tal como nos anos seguintes e nos outros, e novamente, sem chuvas, devastador e belo ao envolver nosso Planeta Original com o mais límpido, quieto e permanente céu azul.

O calor se tornou perene e irreversível, tal como apregoado, tal como noticiado ao longo das décadas anteriores – e ignorado pela indiferença da maioria.

Não por nós, Eogs.

Nós acreditamos.

Tínhamos os grandes poderes.

O da produção e o da informação.

E o do controle da informação.

Os rebanhos balem, alto e ininterruptamente. Algumas ovelhas mais agitadas saltam, corcoveiam. Montam sobre as outras, tentam pular além dos cercados.

Der Alte sabe o que as inquieta.

O calor vem de cima.

Envolve por todos os lados.

A água que cobre os pés descalços dos homídeos começa a aquecer.

O solo lamacento sob eles também. E a vibrar.

Como no início de um terremoto.

Mas eles não percebem.

Os homídeos nada distinguem.

Ainda não.

A pele deles ainda não começou a queimar.

Tínhamos o poder, fizemos o que nos coube.

A Grande Criação.

Tomamos providências, antes de polos e geleiras se dissolverem, oceanos avançarem sobre terras ainda não devoradas pelos desertos, vagas de calor dizimarem populações de crianças e velhos, e blá-blá--blá, e rios-lagos-fontes secarem, e perecerem gados e aves, e blá-blá-blá, e proliferarem bactérias e vírus, e rolarem grandes migrações dos então-humanos, invasões de territórios férteis, batalhas por água & trigo, matanças, extermínio e blá-blá-blá & tudo o mais, etc. e tal.

Naquele tempo.

Não faz tanto tempo.

Pestes e disputas por alimento e territórios completaram o trabalho dos cataclismos.

A nós, Eogs, não restou senão garantirmos nossa própria sobrevivência e a de nossos descendentes.

Fora do Planeta Original.

Na Estação Orbital G-61.

Nossa criação.

Tal como os homídeos.

Tal como Zak.

Suprimo o que é nocivo.

Satélites obsoletos, detritos, cacos de ogivas, acessórios descartados de propulsores, fragmentos de antenas, restolhos de radares e outros detritos errantes.

E homídeos, quando excedem a população necessária à produção no Planeta Original.

Ou quando ultrapassam a idade produtiva.

Ou quando se reproduzem sem supervisão.

E as ninhadas resultantes da desobediência.

Lixo, enfim.

Sou responsável pela faxina.

Meu nome é Zak.

Assim está pintado em minha fuselagem.

Como um vigia ou um pastor, Der Alte os vê toda manhã e todo anoitecer, marchando em filas, deixando e voltando aos acampamentos construídos para eles.

Der Alte sabe quem construiu os acampamentos.

Sabe como foram desenvolvidos e organizados os homídeos.

Sabe onde se localizam rebanhos e plantações, assim como seu destino final: a Estação Orbital G-61.

Der Alte observa a legião de trabalhadores cegos, surdos, mudos.

Procura entre eles.

Quando encontra o que busca, Der Alte os separa da tropa.

E os leva consigo.

O povoamento da Estação Orbital Gagarin-61 estabeleceu a derradeira seleção entre os ocupantes do Planeta Original.

Entre nós, Eogs, e eles.

Outras haviam ocorrido ao longo daqueles anos de verão perene.

De forma paulatina, os mais capazes financiamos a transferência e fomos embarcando para a Estação OG-1 em voos discretos, enquanto o processo exterminador natural se desenvolvia abaixo.

Antes de deixar o Planeta Original havíamos utilizado manipulações genéticas desenvolvidas em sigilo pelos cientistas de nossas empresas, realizando alterações que nos permitissem viver, em plena saúde, acuidade mental, vigor físico e bom aspecto, muito além do limite dos cem anos.

Salvamos algumas áreas férteis do Planeta Original, tornadas ainda mais fecundas por nossos biólogos e zoólogos, e criamos outras nas áreas não totalmente contaminadas. Nelas desenvolvemos o alimento inexistente na Estação OG-61.

São poucas, porém.

Restritas.

Acabaram sendo descobertas por errantes famintos.

Sou mantido em órbita desde minha criação.

Garanto paz e tranquilidade aos habitantes da Estação OG-61.

Para isso fui criado.

Sempre em movimento.

Mesmo quando em missão no Planeta Original.

Pratico a limpeza necessária, sobrevoo e gravo imagens comprobatórias para envio à base e então retorno ao meu posto de monitoramento no espaço.

Em tempos mais recentes tenho pousado.

É missão nova.

Desembarcar selecionados para o descarte.

Fico o tempo mínimo necessário, volto a acionar minhas turbinas, retorno ao Cosmos.

Em órbita. Sempre em órbita. Desde a criação.

Homídeos nada ouvem, não falam, não sabem compor palavras, quase nada farejam.

A maioria.

Quase todos.

Tal como planejado.

Exceto aqueles para quem falharam as adaptações engenhadas pelos cientistas Eogs.

Esses são os que Der Alte busca.

Esses são os que ele tenta encontrar.

Antes que Zak o faça.

A alteração de minha órbita é súbita, como súbita deve ser minha ação e meu retorno.

Assim é, assim realizo.

Com eficácia.

Sou veloz.

Meus propulsores me dão grande agilidade.

Aos homídeos não dou tempo sequer de entenderem o que lhes acontece.

Não entenderiam, de toda forma.

Não têm como.

Salvamos áreas férteis do Planeta Original, recuperamos outras danificadas.

Precisávamos delas para nosso sustento.

Não podíamos permitir a ocupação delas por errantes famintos.

Não obstante, compreendemos em seguida, os invasores poderiam ser utilizados nelas, garantindo a continuidade de araduras, semeaduras, regas, podas, coletas, pastoreios, ordenhas & tudo o mais.

Desde que preparados adequadamente.

Alterados.

Da forma inversa à transformação de nossos genes.

Em seguida à supressão de fração considerável dos errantes, selecionamos fêmeas e machos com melhores aptidões físicas, dos quais extraímos óvulos e sêmen, fertilizados em várias etapas de alterações genéticas favoráveis aos objetivos de trabalho e servidão, entre as quais a eliminação da capacidade de visão e olfato, a diminuição de funções cerebrais, o incremento de força física e resistência corporal, contudo aliadas a predisposições a doenças eliminadoras uma vez passada a idade útil.

Der Alte esquadrinha as legiões de homídeos.

Percorre pastos, lavouras, silos tentando encontrá-los.

Tantas vezes encontrou corpos carbonizados que perdeu a conta.

Nada pode contra o extermínio.

Nem impedi-las, nem evitá-las, nem alertar contra elas.

Não por enquanto.

Mesmo os herdeiros de algum precário olfato, raras

exceções sobreviventes às adaptações nos embriões, mal percebem, longínquo, o hálito abrasador de terra calcinada que se espalha por todo lado.

O círculo de fogo e gás de Zak.

Logo chegará o odor de pele e carne queimada.

Produzimos quantidades consideráveis de adequada mão de obra silenciosa, cordata, produtiva.

Entretanto.

Entretanto.

Experiências genéticas, constatamos, por mais minuciosos que tenham sido os cuidados, são passíveis de imprevistos.

Fatores que escapam do domínio dos geneticistas.

Escaparam.

Para lidar com esses homídeos degenerados contamos com a atuação de outra de nossas formidáveis criações,

Zak.

Eu restrinjo no terreno designado os incluídos na faxina a mim atribuída.

Crio uma barreira de calor e fogo à sua volta, extenso e largo muro circular ardente que mantém os selecionados circunscritos ao território que me cabe assear.

O círculo de fogo e gás intransponível é o primeiro passo de minha tarefa.

Tenho imagens de seus locais de trabalho e repouso.

Ouço seus grunhidos.

Meus sensores localizam cada escolhido para encerramento por meio dos chips neles implantados logo depois de as fêmeas os parirem.

Der Alte estava até há pouco no meio dos catadores de arroz.

Viu o risco prateado, ouviu o zumbido.

Abandonou o arrozal, calado e amargurado.

Mais uma vez nada pôde fazer.

Não adianta gritar para que fujam, tentar arrastá-los

Não entendem.

A maioria continua inclinada sobre a colheita nos campos de arroz, os pés descalços cobertos pela água rasa enfiados no barro.

É a tarefa deles.

Plantar, colher, fornecer alimentos.

Assim foram criados.

Disso têm consciência.

E de pouco mais.

Nada temem.

Ninguém vive o bastante para entender que o medo poderia salvá-los.

Não têm como transmitir aos outros o significado do brilho metálico crescendo conforme se aproxima.

Quase ninguém.

Der Alte tem sobrevivido.

Até agora.

Experiências genéticas por vezes desencadeiam imprevistos, por mais precisos e minuciosos que tenham sido os cuidados dos cientistas das empresas Eogs na alteração de nossos próprios genes para melhorar os índices de longevidade.

Vêm acontecendo imprevistos.

Nossa força, nossa capacidade de raciocínio e lógica, nossa superior atividade intelectual tornaram-se, vêm se deteriorando, uma inexplicável, imponderável, incontrolável fragilidade.

Os de mais longa duração, ainda originários do Planeta Original, estamos alquebrados.

Os Eogs posteriormente fecundados aqui na Estação OG-61, muitos deles, cada vez em maior número, já nascem assim.

Nosso sangue, nossa carne, o que aconteceu com ela, o que aconteceu com eles?

É preciso achar uma saída ou pereceremos.

Nós, os Eogs, os melhores, os mais capazes, os que detemos o poder de vida ou encerramento dela. Os que tínhamos.

Somos o ápice da criação. De nossa própria criação. Nosso fim é inaceitável. O universo pereceria conosco.

Precisamos descobrir uma saída. Uma saída. Qualquer que seja.

Capto os grunhidos que emitem.

Comunicam-se por eles.

Distingo os tons diversos de cada homídeo. Assemelham-se, porém não são idênticos.

Não tenho registro do significado de seus grunhidos.

Entretanto percebo.

Homídeos comunicam-se entre si.

Mesmo sem usar palavras, como fazem os Eogs.

Expressam mais do que percebo, entretanto.

Não disponho do registro do que significam em meus arquivos.

São como falas.

Comunicam-se através delas.

Entretanto não seria possível em espécimes tão primitivos.

Eu mesmo, que sou uma criação superior, não consigo.

Mas são.

Falas.

Como se fossem.

Falas.

Sem palavras.

Der Alte vê o brilho descendo do céu.

Der Alte está oculto entre as folhagens.

Não há como localizá-lo.

Não há chips em seu corpo sem pelos, coberto por uma pintura de lama, urucum e jenipapo que o protege do sol, de insetos, e o ajuda a se ocultar.

Entre eles.

Trapos e tiras de pele de animais cobrem algumas partes de seu corpo.

Como eles.

Der Alte circula, despercebido, invisível, entre os homídeos.

Se alimenta com eles.

Se passa por um deles.

Mas há diferenças entre Der Alte e as legiões de homídeos.

Essenciais diferenças.

Seus olhos vêm.

Seus ouvidos ouvem.

Seus lábios falam.

Suas narinas farejam.

Seu cérebro arquiteta agudamente.
Der Alte é anterior à Grande Criação.
Der Alte foi um dos artífices da Grande Criação.

Criamos luz semelhante à do Planeta Original, condições climáticas e atmosféricas como as do Planeta Original, reproduções minuciosas de paisagens do Planeta Original, lagos incrustados entre montanhas, céu, sol, chuvas, raios, trovões, neve, penhascos, cânions, pradarias, corredeiras, granizo, vento, ondas, águias, cães, cópias idênticas de tudo o que há e havia nas terras, abismos, mares deixados para trás.
Entretanto.
Entretanto.

Cumpro minuciosa e fielmente as regras.
Faço uma primeira tentativa de arrebanhá-los.
Busco reuni-los em um mesmo grupo, tal como está previsto nos códigos, para evitar supressão desnecessária de outros homídeos, machos e fêmeas que não aqueles de idade-limite vencida ou portadores de moléstias e/ou limites de locomoção, parideiras que tentaram e/ou executaram reproduções sem permissão e/ou supervisão de geneticistas e/ou obstetras Eogs, filhotes nascidos de tais atos de indisciplina,

isolando-os em lotes próprios, que são assim faxinados, evitando desperdício de seres ainda próprios para uso.

Nem sempre a circunscrição prevista é fatível.

Tentativas de fuga e/ou demonstrações individuais de rebeldia, raras antes, presentemente menos incomuns, podem contaminar e se alastrar pela matilha.

Nesse caso incursões para higiene no P.O. acabam por ultrapassar cifras inicialmente previstas, levando a descarte lamentável de mão de obra. Custoso desperdício de propriedade de empresas Eogs, criaturas ainda em idade produtiva que sou obrigado a reduzir a cinzas.

Como as fêmeas a correrem agarradas a suas crias e/ou a tentar escondê-las, obrigando-me a faxinar ambas. Dupla perda. Duplo prejuízo. Ruim para a contabilidade, ruim para a produtividade.

Mas inevitável.

Tenho de cumprir minha tarefa.

Sou Zak.

Para isso fui criado.

Está previsto nos meus circuitos.

É minha missão.

Disso tenho consciência.

E de pouco mais.

Porém há.

Um pouco mais.

Entretanto.
Há.
Um pouco mais.
Não devia.
Sobrecarrega meus circuitos.
Mas há.
Eu percebo que há.
Eu sei que há.
Não devia.
Não devia.

Entretanto, entretanto, entretanto estamos nos tornando mais frágeis.

Nossos ossos, nossa carne, nossa pele, nossos dentes, nossos órgãos internos apresentam mais e mais debilidade.

Na história do Planeta Original, ao longo de todos tantos séculos, como era denominada a passagem do tempo antes de nossa transferência para a Estação OG--61, nunca houve geração tão perfeita quanto a nossa.

E entretanto.

Entretanto.

Nós nos transformamos em Eogs e entretanto.

Entretanto não vimos o percurso levando à beira do abismo.

É onde estamos.

À beira.

Girando em torno de questões que não conseguimos responder.

Nada disso devia estar acontecendo conosco.

O que se passa conosco?

O que não estamos conseguindo conter e controlar em nós mesmos?

O que nos falta?

O que não conseguimos decifrar?

Quais perguntas não conseguimos formular?

Que solução ele encontraria se ainda estivesse entre nós?

Ele.

O traidor.

Ele.

O desertor.

O corte prateado da trajetória descendente de Zak se alonga e se amplia no azul da manhã.

O sopro de calor que o antecipa cria pequenas ondas na superfície amarronzada e salpicada de verde da plantação de arroz e sacode as ramas no bosque que a margeia, densa mancha de altas, frondosas árvores a cobrir o vale, subindo pelos morros da serra ondulada, até se transformarem na floresta ali dominante desde os primeiros tempos do Planeta Original.

Onde se refugia Der Alte.

Nas cavernas ocultas no meio das matas de tempos imemoriais.

Não está sozinho.

Os Eogs sabem que Der Alte não está sozinho nas cavernas.

Os outros habitantes das cavernas são os salvos de Zak.

Os escolhidos para formar as tribos de Der Alte.

Rá, rá, rá, rá, rá. Assim os homídeos soavam na primeira vez que ouvi um som vindo deles que não fossem os berros de horror e dor que minhas ações provocam.

Assim soava o alerta inicial.

Sons de machos, fêmeas, filhotes.

Machos e fêmeas soavam mais intensamente ainda ao se interpenetrarem.

Não atinei a princípio.

Prazer, informaram meus circuitos.

Porém.

Porém.

Porém não entendo prazer.

Fator ausente em minha programação.

Fator oculto em minha programação.

Tenho essa informação arquivada, logo constatei, muito antes de ter ouvido os homídeos.

Percebi que informações foram incluídas em meus circuitos sem que eu tivesse acesso completo a elas.

É perturbador.

Não deveria.

Nada deveria ser perturbador para mim.

Sou Zak.

Minha missão não é compreender.

Minha missão é varrer tudo nocivo à paz e à vida na Estação OG-61.

Disso tenho consciência.

E de pouco mais.

Porém.

Porém não me é permitido entender.

Consciência é algo desnecessário em meu ofício.

Porém.

A consciência de ter os arquivos e não poder acessá-los é perturbadora.

Não deveria.

Não poderia.

Minha missão não pode ser submetida à desordem.

Porém a desordem foi registrada em meus circuitos.

Meus circuitos têm limites.

Não conheço a extensão dos limites.

Sei, não obstante, que são necessários para meu funcionamento eficiente.

Boa programação tenho.

Excelentemente programado sou.

Porém.

Porém.

Os Eogs estão cientes do roubo de seus servidores.

Der Alte sabe que os Eogs estão cientes.

Os chips implantados nos homídeos.

Não há como retirá-los.

Não há como neutralizá-los.

Quem os inventou fez um trabalho impecável.

Ele sabe.

Foi testemunha.

Quando ainda estava com eles.

Quando fazia parte deles.

Quando fazia parte dos Eogs.

Quando comandava cientistas das empresas responsáveis pelas alterações genéticas que tornaram mais longevos a si mesmo e aos associados Eogs.

Nos mesmos laboratórios onde Der Alte e associados experimentaram e alteraram genes dos embriões e dos óvulos que deram origem aos homídeos.

Antes de ser classificado de traidor.

Antes de se tornar o Desertor.

Quando ainda estava montando e programando a formidável máquina de guarda, proteção, destruição e limpeza para servir à Estação Orbital Gagarin-61.

Muito antes.

Quando nem sequer imaginava se tornar o alvo mais caçado de sua própria criação.

Sua mais extraordinária criação.

Zak.

Porém a perturbação se instalou.

Passei desde então a desejar ouvir os sons no Planeta Original.

Necessitar ouvir.

Ouço com atenção e curiosidade os ruídos produzidos por homídeos.

Mesmo que não esteja em missão.

Movo minhas antenas, localizo-os e ouço.

Não deveriam ter incluído curiosidade em meus circuitos.

Não é adequada à tarefa de que me incumbo.

De que me incumbiram.

Cumpro minha missão.

Minha missão é destruir.

Para isso fui criado.

Porém.

Não deveria haver espaço para a percepção de elementos fora da minha programação.

Porém.

Talvez houvesse imperfeições no raciocínio de meus criadores ao reunir os elementos de minha composição.

Porém.

Está fora de questão imaginar que meus construtores permitiram esse tipo de brecha.

Exceto se um deles assim o pretendesse.

Deixar brechas.

Por que deixar brechas?

Para que deixar brechas?

Quem deixaria brechas?

Der Alte observa, estuda, acompanha a movimentação dos homídeos nas plantações, nos currais, nos refeitórios, nos pavilhões.

Sempre. Ininterruptamente.

Urgentemente.

Este, aquela, aquela outra, mais este, mais aquele, vai escolhendo, conforme percebe as falhas de suas programações.

As falhas são a afirmação de sua humanidade ancestral.

As falhas serão sua salvação.

Ouvem um tanto, entendem um tico mais, enxergam além do alcance da maioria dos homídeos.

Os diferentes, os falhados são, vêm sendo os primeiros eliminados nas razias de Zak.

Os Eogs não os querem vivos.

A maioria é suprimida ao nascer.

Porém há os diferentes cujas falhas não foram imediatamente percebidas pelos Eogs.

As falhas são o motivo do esquadrinhamento constante de Der Alte.

Ele os condenou a uma vida de servidão e deficiência

Só ele pode salvá-los.

Ou morrerá tentando.

Mas não pode morrer.

Ainda não.

Que solução o desertor encontraria?

Ele tinha conhecimento da possibilidade de efeitos colaterais em nossas alterações? Falhou em nos informar? Evitou nos informar? Para que não pudéssemos impedir? Traiu-nos nisso também?

Já não contávamos mais com ele quando os sinais surgiram.

Agimos como acreditávamos ser a maneira mais hábil de responder à crise na Estação Orbital G-61.

Fizemos todo tipo de fertilização e acasalamento.

Fracassamos.

Nossos descendentes, as filhas e os filhos dos Eogs, muitos deles, em proporção cada vez maior, passaram a nascer débeis, mental e fisicamente.

Já era tarde demais para deter a gênese dos homídeos quando Der Alte se deu conta da extensão das experiências e se arrependeu das criaturas brotadas delas.

Separou-se do derradeiro grupo a retirar-se do Planeta Original, esperou a nave decolar e sumir no espaço, acompanhou de longe a explosão e a destruição previamente planejadas dos últimos sinais da civilização dos mais preparados.

Quando a poeira do desmoronamento dos laboratórios e dos edifícios baixou, Der Alte afastou-se em direção às regiões condenadas e lá sumiu.

Desde então percorre as regiões preservadas em busca dos descendentes dos errantes.

Deu a si mesmo uma missão.

Salvá-los, reuni-los, recuperá-los tanto quanto conseguir, a eles e seus rebentos, e prepará-los.

Para retomar e repovoar o Planeta Original.

Foi impossível mantê-los conosco, carne de nossa carne, sangue de nosso sangue. Impossível. O fardo era, é, demasiado pesado para a sobrevivência do restante da população da Estação OG-61.

Os líderes acordamos ser um suicídio a longo prazo nos atermos a apegos sentimentaloides.

Nossos rebentos nos arrastariam para o aniquilamento.

Por apreço à vida de todos era mister descartá-los.

Houve reações desfavoráveis quando iniciamos a incineração dos nascidos com deficiências visíveis ou comprovadas por testes.

A intensa oposição à depuração se prolongou.

O brotamento de deficientes também.

Depois de muitos confrontos e debates, os líderes decidimos por uma solução final intermediária, acatada tanto pelos opositores do descarte quanto pelos adeptos da higienização.

Mais uma vez contaremos com os serviços de Zak.

Ainda acontece, cada vez com mais frequência acontece, enquanto orbito em torno do Planeta Original em patrulha, sobrevoar áreas ocupadas por eles.

Pelos homídeos.

Então ouço, direcionando para eles sensores e antenas, seus sons compassados.

Tenho registros semelhantes.

Arquivos de eras remotas.

De quando P.O. era inteiramente habitado.

De quando denominavam Continentes às terras, Mares às águas.

Possuo esses registros.

Está tudo lá, documentado em meus circuitos e chips.

Não conheci tais elementos desaparecidos antes da finalização de minha montagem.

Porém.

O registro de sua existência foi preservado.

Por isso sei.

Havia ilhas. Montanhas. Quedas-d'água. Vales cobertos de verde e vales cobertos de neve. Cânions. Espécies voadoras e espécies rastejantes. Seres vivos submersos em oceanos. Tudo agora extinto.

E no entanto. Porém.

No entanto. Porém.

Estes não se extinguiram.

Os sons compassados.

Estes persistem.

Como antes.

Como desde muito, muito antes.

Eu os tenho em meus registros.

Os sons compassados.

Há.

Em meus arquivos.

Tal como os deles.

Os homídeos os emitem, esses sons compassados.

Mesmo sem conseguir articular palavras, eles os emitem.

Sei o que são.

Estão nomeados em meus arquivos.

Chama-se música.

Os sons compassados ecoam pelas cavernas onde Der Alte os oculta e instrui.

Sons sem palavras.

Ainda sem palavras.

Embora não consigam emitir palavras.

Ainda que ouçam pouco.

Ainda.

Por enquanto.

A música dos limitados ecoa pelas cavernas.

Como podem produzir música se não a conheceram no Planeta Original foi um enigma para Der Alte quando os ouviu pela primeira vez.

Um deles começa a murmurar.

Em seguida outro ao lado se junta a ele, produzindo um som semelhante.

Logo outros se unem, e mais outros, logo todos, e aquilo, que no Planeta Original talvez fosse chamado de música, ocupa as tocas e os buracos da caverna ampla.

Não me interessa o que é, não me interessa entender por que conseguem criá-la após tanto que alteramos e danificamos seus cérebros, não me interessa o que os leva a produzir esses sons plangentes, Der Alte se diz, sem se convencer.

Não me interessa como nem por que, repete para si mesmo, ainda que o som o encante e enterneça.

Não posso, pensa.

Tenho de me ater ao que me propus ao renegar o projeto da Grande Criação.

O que me interessa é prepará-los para reconquistar tudo o que lhes foi retirado, tudo o que ajudei a extrair deles, prometeu a si mesmo ao renegar a vida entre Eogs.

*

Carne de nossa carne, sangue de nosso sangue, nossos algozes, sugadores de nossos limitados recursos.

A continuação de suas vidas representaria o fim das nossas. Nossa carne, nosso sangue.

Não.

Não poderíamos nos deixar destruir por nós mesmos.

Daí a justa solução intermediária.

Relocar os sub-Eogs em área adequada do Planeta Original, fértil e pacífica, onde poderão desenvolver habilidades de sobrevivência e continuar sua existência sem sobrecarregar os recursos da Estação OG-61, enquanto buscamos soluções para nosso próprio declínio.

Assim foi prometido, assim será feito.

Sustamos fertilizações de qualquer tipo até desenvolvermos terapias eficazes.

Interrompemos a incineração dessas criaturas.

Permitimos a continuidade das já nascidas, desde que em isolamento esterilizado e com assistência qualificada pelo tempo requerido até atingirem o mínimo necessário de vigor.

Chegada essa fase, serão transportadas até o Planeta Original em nave acoplada ao corpo de Zak.

A partir de seu desembarque, como em todas as etapas da história do Planeta Original, sobreviverão os mais capazes.

É melhor que não sobrevivam.

Só prolongaria sua agonia.

Der Alte tem pressa.

Cada vez mais pressa.

O tempo que lhe resta é cada vez menor, pressente.

Perdeu os elementos capazes de quantificar a própria idade, assim como o interesse em sabê-la, inútil aqui onde o importante é sobreviver, mas reconhece os sinais.

O corpo cada vez mais lento, os sentidos menos alertas, as dores cada vez mais frequentes.

Está ficando velho.

Se Zak não conseguir eliminá-lo, adoecerá e morrerá, sabe, é natural morrer, entende, aceita morrer, mas não pode morrer antes de prepará-los, prometeu a si mesmo.

Preparar os menos danificados.

Vejo o Planeta Original desde a decolagem.

É azul.

Levo a nova carga.

Os sub-Eogs.

Os lesados.

Não os vi.

Embalaram-nos em casulos hermeticamente selados, produzidos para outros fins, mas agora adaptados

à ausência de oxigênio e gravidade da travessia, dispuseram-nos dentro de um dos inúmeros botes salva-vidas da Estação OG-61, acoplaram-no à lateral de minha carcaça.

Não me pesa, não afetará meu desempenho.

É uma nave de pequeno porte, produzida pela indústria aeronáutica do P.O. fabricante do mesmo metal maleável, leve e blindado que compõe minha área externa.

Estou a caminho.

Os esforços de Der Alte vêm obtendo resultados.

Boa parte dos homídeos aprendeu a formar grupos e a se ajudar em tarefas cada vez menos simples.

Fazer fogo.

Cavar.

Abrir trilhas.

Criar utensílios.

Ocas.

Armadilhas para pegar bichos pequenos.

Pinguelas entre barrancos.

Lanças.

Setas.

Arcos.

Tacapes.

Tochas.

*

A rota indica pouso e desembarque de minha carga em clareira equidistante entre um lago e a floresta que cobre extensa cadeia de montanhas e isola, do outro lado, as colheitas dos homídeos.

Será um percurso sem turbulências.

Porém.

Porém.

Capto tênue ruído vindo de um casulo.

Em seguida outro.

São intermitentes.

Não os decifro imediatamente.

Solicito informação aos arquivos.

A resposta é imediata.

São gemidos.

São choros.

Alguns homídeos aprendem mais rapidamente que outros.

Com auxílio e orientação de Der Alte, passam a instruir os mais lentos e os treinam até conseguirem repetir o que fazem.

Os sons cadenciados ajudam a demonstrar o percurso e a esclarecer a finalidade de cada gesto.

Música, Der Alte percebe, os ajuda a captar desde a tensão do fio de couro do arco até a força e a trajetória da flecha até o alvo destinado.

A música dos danificados.
Agora a música dos rebeldes.

Consciência é algo desnecessário em meu ofício.
Sobrecarrega meus circuitos.
Porém.
Choros. Gemidos.
Porém.
Não deveria haver espaço para a percepção e a compreensão deles. Dos choros e dos gemidos. Não deveria.
Porém.
Dor. Sofrimento.
Não me cabe percebê-los.
Não deveria.
Não deviam ter permitido, meus criadores não deveriam ter permitido consciência. Atrapalha meu trabalho, perturba a objetividade de minha missão. Deve ter havido imperfeições no raciocínio de meus criadores ao reunir os elementos de minha constituição e permitir a abertura de brechas indesejáveis.
Um dos cientistas talvez assim o pretendesse.
Deixar brechas.
Só um traidor deixaria brechas propositalmente em minha criação.
Colocaria em risco minha missão.
Só um renegado faria isso.

*

Os líderes se destacaram sem necessidade de qualquer interferência de Der Alte.

Passaram a tomar a iniciativa.

Vão à frente das tropas, em filas alertas, prontas para arrebanharem outros homídeos.

Der Alte desde então pensa nas tropas como as Tribos.

Naquela manhã as Tribos estavam a caminho de mais uma incursão liberadora, seguindo por trilhas na floresta que cobre a montanha do outro lado de uma plantação de arroz, quando Der Alte as deteve.

Quando viu o risco de prata cortando o céu azul.

Zak, descendo em mais uma missão.

Me aproximo.

Vejo claramente as grandes montanhas e áreas em sombra.

As florestas, as ilhas, os litorais.

Vejo o sol, as nuvens e as sombras que a luz projeta sobre o que restou do Planeta Original.

Então percebo sinais.

Incorretos para esta rota.

Inadequados às informações dispostas no planejamento.

Pulsações de chips.

Indicação da presença de homídeos nas redondezas.

Impossível.
É área interditada a eles.
Distante de pastos e plantações.
Porém.
Porém.

A nave se aproxima.

Der Alte pode ler as letras pintadas em preto na fuselagem prata.

Zak.

O anjo exterminador dos Eogs.

Deram a ele o nome do profeta anunciador da vinda do Messias. Do novo mundo. Da Grande Criação de que Zak se tornou o símbolo e o guardião.

Os sinais são inequívocos.
Minhas antenas confirmam.
Há homídeos na área proibida.
Conforme vou me acercando do solo as pulsações dos chips se tornam mais e mais intensas.
Advertem que há vários deles nas proximidades.
Muitos.
Inúmeros.
Porém não os busco, não os quero.
Minha missão hoje não é de faxina.

Não seria.
Mas talvez seja obrigado a fazê-la.

Há uma nave menor acoplada à fuselagem de Zak.
Der Alte reconhece.
É um bote salva-vidas, dos inúmeros produzidos para caso de emergência e fuga da Estação OG-61.
O que retiraram?
Que emergência teria provocado seu reboque?
Por que apenas um único bote?

Crio o círculo de fogo.
Mergulho.
Desço, diminuindo a velocidade.
Atinjo o espaço sobre a clareira.
Reverto meus propulsores.
Pouso.

A aterrissagem é silenciosa. Deita suavemente a ampla carcaça metálica sobre a relva entremeada de pequenas flores amarelas e brancas, o deslocamento de ar e calor dos propulsores agitando juncos e lírios à beira do lago.
A fuselagem prateada espelha o entorno multicolorido de azul, verde, branco, amarelo, contorcido e reproduzido

entre os ângulos agudos e as reentrâncias do volumoso corpo de Zak.

Magnífica criação, pensa Der Alte, com involuntário orgulho.

Deposito o bote sobre a relva.
   Abre-se a parte superior.
   Ele se inclina.
   Os casulos rolam para fora.
   São muitos.
   Dezenas.
   Mais do que eu imaginava.
   Caem sobre a grama, inertes.
   Aciono meus motores, posso partir.
   A missão está cumprida.
   Então os casulos se abrem.
   E eu os vejo.

Concebemos os casulos para o envio de corpos ao espaço, Der Alte rememora.

Em caso de encerramento de vida, exceto de quem especificamente optasse por ser cremado, os Eogs teriam os corpos congelados e preservados nos casulos que orbitam nas proximidades da Estação OG-61, à espera de avanços genéticos capazes de revivê-los.

Não seriam trazidos cá ao Planeta Original, onde seus corpos inevitavelmente se decomporiam.

Não são velhos nem adultos os corpos nas cápsulas, Der Alte vê quando se erguem e se movimentam para longe dos casulos.

As lentes de minhas câmeras, meus olhos mais perfeitos e imensamente mais capazes do que os olhos de meus criadores, estão voltadas para os casulos.

Seus ocupantes se movimentam para longe deles.

Vejo. Com todos os detalhes e as minúcias.

Vejo e percebo.

Além do que deveria.

A consciência é nociva ao meu trabalho.

Vejo a carga que transportei.

Crianças.

Pálidas.

Mirradas.

Se equilibram sobre as pernas escaneladas.

Muitos só se arrastam.

Seus membros não têm vigor para muito mais.

Um dos líderes das Tribos, depois vários, deixa seu esconderijo no matagal e avança para a clareira.

Eles brandem suas lanças e seus tacapes.

Correm para atacar a ameaça despejada por Zak.

Correm para matar e destroçar os danificados saídos dos casulos.

O barulho do alerta dos chips é uma barafunda como Zak jamais ouvira.
    Nunca homídeos ousaram chegar tão perto dele.
    Correm com lanças, maças, arcos nas mãos.
    A essa distância já os teria eliminado.
    É o que vai fazer.
    Aponta para a horda suas armas.
    Pela primeira vez vê detalhes da aparência deles.
    Se surpreende.
    Variam em altura e envergadura, ao contrário da homogeneidade que sempre supôs.
    Não estão totalmente nus. Tangas, trapos, adornos de madeira e osso, tiras de couros e pele de animais cobrem algumas de suas partes.
    Rostos e corpos, sob uma crosta de barro, exibem riscos e círculos pintados em vermelho e preto.
    Abrem as bocas, mas dali não saem gritos.
    Emitem apenas vagos sons ritmados.

Der Alte dispara.
    Percebeu o massacre que a Tribo vai cometer.
    Precisa impedi-lo.

Os instantes entre ver as lívidas figuras dos enjeitados saindo dos casulos, a compreensão de quem seriam e a súbita reação da Tribo o deixaram em desvantagem.

Não teve tempo de explicar que as débeis figuras rastejantes e trôpegas eram seus semelhantes.

Vítimas, como eles, de desvarios geneticistas.

As lentes de Zak registram um aparecimento tardio.

Alguém correndo atrás dos homídeos.

Apesar do mesmo tipo de adorno e pintura corporal, há algo distinto deles em seu aspecto.

Der Alte corre.

Porém é mais velho e mais lento do que os membros da Tribo.

Entende que não os alcançará a tempo.

Grita que parem.

Parem.

Parem.

A figura correndo atrás dos homídeos não é um homídeo, Zak percebe.

Tem menor agilidade.

Aparenta mais idade.

Abre a boca e dali saem sons.
   Claros sons de palavras.
   Gritos.
   Claros gritos.
   Gritos de voz humana.

Parem, Der Alte grita.
   Parem.
   Parem.

Zak escaneia a imagem do humano que grita.
   Solicita informações a seus arquivos.
   Vem a resposta.
   Crê ser engano.
   Solicita confirmação.

Der Alte os treinou bem.
   As Tribos aprenderam a não se deter quando atacam.
   Só parar após o objetivo ser alcançado.
   O objetivo, ali na clareira, é destruir.

A resposta dos arquivos de Zak sobrepõe a imagem do humano na clareira com a imagem do mesmo humano décadas atrás.

Veste jaleco da empresa que criou Zak.

É uma cena de trabalho.

Está terminando a montagem de uma grande e formidável estrutura.

Zak reconhece o nome pintado na fuselagem em preto sobre prata.

É o seu.

Zak.

As tribos rodeiam os seres pálidos, os mais débeis ainda se debatendo para sair dos casulos.

Der Alte corre.

Zak mira na cabeça do humano na clareira.

Zak mira na cabeça do Renegado.

Vai estourá-la.

Eliminar finalmente o alvo mais procurado para descarte.

O traidor dos Eogs.

Antes que Der Alte consiga chegar ao centro do círculo, um dos homídeos se abaixa.

Ergue a lança.

A criatura abaixo dele geme.

A ponta de pedra é encostada no peito do pequeno corpo torto.

Zak mira na cabeça do Traidor.

A ponta de pedra da lança está encostada no peito do ser malformado.

Zak vê o Traidor ajoelhar-se junto a um dos malformados, aos pés do homídeo que empunha a lança.

Der Alte ajoelha-se junto à pálida cria dos Eogs, aos pés do líder das Tribos.
    A criatura geme alto mais uma vez.
    Ela sacode os braços.
    Ela tenta, sem conseguir, elevar a cabeça, grande demais para seu pescoço fraco.
    Ela começa a chorar.

Zak ouve o choro.
    Na clareira ninguém se move.
    Zak hesita.

O líder das Tribos se abaixa, levanta a criança pelas axilas, segura-a contra o peito e murmura algo em seus ouvidos.

Zak aguça as antenas.
    E ouve claramente.
    O homídeo murmura para a cria malformada.
    Murmura no ouvido da cria malformada.
    É música.
    O homídeo murmura música para a cria rejeitada pelos Eogs.
    Ela para de chorar.

Outro membro da Tribo se agacha, em seguida outro, e mais outro, logo todos.

Vão, um a um, chegando até as crias pálidas, erguendo-as, segurando-as nos braços ou colocando-as nos ombros ou sobre o peito, depois caminham para fora do círculo, entram com elas na mata.

Logo não há mais gemidos nem murmúrios de música.

Apenas o suave roçar das ramas das árvores tocadas pela brisa.

E Der Alte.

E Zak.
Criador e criatura.
Frente a frente.

Apenas o suave roçar das ramas das árvores tocadas pela brisa, isso é tudo o que se ouve naquela parte verde e fértil do Planeta Original.

Zak desfaz a pontaria de suas armas, aciona os reatores, decola.
Não deviam ter deixado brechas de consciência em meus circuitos.
Não deviam.
Atrapalha meu trabalho, conclui, subindo aos céus.

UMA MULHER NO EXÍLIO

Foi aí que ouviu pela primeira vez aquela voz feminina grave e ligeira, suave e incisiva, repleta de semitons impossíveis de rememorar com exatidão, por mais tentativas que fizesse nos dias e nas noites, particularmente noites, diante da janela do apartamento na Sétima Avenida, vendo ao fundo os trilhos das luzes que agora perfuravam a espessa coluna de fumaça e pó no vazio onde fora, até um dia antes, o World Trade Center.

"Entediante, não é mesmo?", ela perguntara, em tom baixo e impecável sotaque britânico.

Apenas um momento antes Philip levara a mão à bandeja que o garçom estendia, não porque realmente quisesse mais uma taça de champanhe, mas para que a manga de seu paletó fosse levantada com discrição, permitindo ver o relógio acertado no horário de Los Angeles, em seguida erguendo os olhos para o relógio de moldura dourada na parede do salão de festas lotado da embaixada naquele país estrangeiro.

Cinco e meia da tarde aqui, sete e meia da manhã lá, refletiu, enquanto seu olhar voltava à bandeja para seguir a mão de pele moreno-clara e unhas pintadas em pálido tom rosa segurando com leveza a taça.

"Não devia interpretar minha busca de horários como sinal de…", Philip começou a dizer.

"Tédio", ela interrompeu, talvez sorrindo levemente, isso ele hoje não saberia precisar.

"Preciso telefonar para o produtor do filme na Califórnia e…"

"Não precisa explicar, senhor Hargreaves", ela novamente cortou.

"A senhora me conhece", ele se surpreendeu, embora não devesse. Já entendera, nessas duas semanas passadas ali, que, apesar de Amã ter dois milhões de habitantes, no círculo por onde se moviam diplomatas, lobistas, empresários, herdeiros de impérios de petróleo, homens de negócios, executivos de multinacionais, agentes financeiros, correspondentes internacionais e pessoas próximas à família real, todos sabiam das atividades de todos.

"O senhor está aqui desde o fim do mês passado, se não me engano. Hospedado no Toledo Hotel com uma equipe de filmagem. Estiveram várias vezes em Petra, em Jerash e no Vale da Lua. Fala-se de planos para rodar neste país uma nova aventura de Indiana Jones."

"Indiana Jones", Philip riu, observando seus olhos claros, quase… amarelos?

Ela não tinha a cabeça coberta, como várias outras mulheres no coquetel. A Jordânia era um país liberal, Philip lembrou-se. Os cabelos castanhos, presos em coque, cobriam parte de suas orelhas. Talvez tivesse pequenos brincos de pérolas. Talvez não. A lembrança, mais uma vez, era vaga. Talvez a pérola fosse do anel, usado junto a uma aliança de ouro. Bem ocidental.

"O senhor conhece Harrison Ford?"

"Nunca o vi", respondeu, rindo novamente.

"Faço perguntas engraçadas?"

"Não, claro que não."

"Fiz o senhor rir."

"Apenas faço um estudo das futuras locações. Pessoas como eu não conhecem pessoas como Harrison Ford. Foi o que me pareceu engraçado, imaginar-me ao lado de uma estrela como Harrison Ford."

"Pensei que todos em Hollywood se conhecessem."

"Não sou de Hollywood."

Ambos mantinham as taças nas mãos, mas nenhum dos dois bebia. Philip teve vontade de consultar novamente o próprio relógio e a imitação de Luís XV do outro lado do salão, mas temeu parecer grosseiro ou desinteressado no diálogo com a mulher que usava, sim, agora se recorda, uma roupa ocidentalizada, um conjunto de paletó curto e saia da mesma cor, algo como cinza, possivelmente. A gola do casaco tinha um debrum azul-marinho. Ou preto. Em volta deles os convidados do embaixador conversavam animadamente, ou assim parecia, e circulavam. Um homem empertigado dentro de um uniforme militar de gala vez por outra desviava o olhar do grupo onde estava e observava Philip e a mulher esguia a seu lado.

"Aquele cavalheiro nos observa insistentemente", ele comentou.

"É meu marido", ela disse, sem se mover.

Calou-se.

Cabe a mim a próxima frase, ele acha que considerou naquele momento. Teria então perguntado:

"Um general?"

"Médico."

"O uniforme..."

"Coronel-médico da guarda pessoal de Sua Majestade."

Um coquetel numa embaixada, qualquer embaixada de qualquer parte do mundo, lhe ocorreu, e não apenas, mas especialmente, no Oriente Médio, perto de Palestina, Israel, Líbano, Iraque e Síria, reúne elenco capaz de concorrer com a mais fantasiosa obra de ficção. O coronel-médico da guarda pessoal de Sua Majestade, grisalho, bronzeado e espadaúdo, parecia coadjuvante de alguma produção exótica de Hollywood dos anos 1950.

"O senhor está sorrindo novamente", ela observou. "O que poderia diverti-lo aqui?"

"Ah, desculpe, foi apenas uma lembrança. De algum filme antigo e irrelevante."

Philip levou a taça aos lábios, sem realmente beber, apenas para ganhar tempo e pensar no que dizer a seguir.

"Não é um filme de Indiana Jones", disse. "É uma coprodução internacional sobre as Cruzadas."

"O senhor devia ir à Síria, então. Palmira, Alepo, Homs… Mesmo os lugares em ruínas ali são espetaculares."

"Sim, mas…"

"Mas o presidente Assad não é amigo do seu presidente Bush."

"Isso é política, e política não é problema nosso. Nós queremos produzir o melhor filme possível."

O marido-coronel-médico-da-guarda-pessoal-de-sua--majestade transferira-se para uma roda exclusivamente masculina onde Philip reconheceu o ruivo e sardento âncora do noticiário noturno de uma TV a cabo americana e o repórter rubicundo de um programa internacional da BBC. Alguma coisa dita por um dos homens fez todos rirem. Do que ririam aqueles jornalistas, que missão estariam cumprindo naquele momento em Amã, Philip conjetura, de pé junto à janela do apartamento da Sétima Avenida. Lá embaixo ele vê as macas enfileiradas em frente ao hospital Saint Francis e as equipes de médicos e enfermeiros aguardando os feridos sobreviventes dos atentados da terça-feira. Até agora não apareceu nenhum.

"O senhor gostou dos cavalos árabes do haras da princesa?", ela perguntou, colocando a taça intocada na bandeja vazia de um garçom, que passava uniformizado como um serviçal inglês do século XIX.

"Sim, animais magníficos", respondeu, saindo de seu alheamento, cada vez menos surpreso com a precisão das informações sobre sua movimentação.

"A princesa talvez empreste alguns deles, os mais belos, seguramente, os campeões, para suas filmagens, me disseram", ela comentou, imediatamente acrescentando, em tom casual: "E o anfiteatro romano aqui em Amã, o senhor conheceu? É do século II d.C., erguido pelo imperador Antonino Pio."

"Não há nenhuma previsão de anfiteatro no roteiro."

"Sim, eu sei", ela disse.

"A senhora leu o…?", Philip admirou-se, para logo se lembrar das peculiaridades de Amã.

"Não é o roteiro definitivo do filme. Tem apenas as linhas gerais dos personagens, possíveis locais de ação…"

"Sim, eu sei", repetiu.

Sorriu, ele hoje poderia dizer, apenas com o canto dos lábios. Pode ser que tenha se mantido séria. Pode ser que tenha baixado ainda mais o tom da voz. É provável que tenha dado as costas para o círculo onde se encontrava o marido ao dizer:

"Seu produtor ainda precisa obter permissões para filmagens aqui na Jordânia. Posso ajudar. Seu produtor ainda não conseguiu levantar o dinheiro necessário para o filme. Posso ajudar. Seu produtor precisa de sócios generosos. Posso ajudar."

"Essa parte de financiamento da produção e da logística das filmagens, incluindo autorizações e permissões de trabalho em solo estrangeiro, não faz parte das minhas atribuições. Sou apenas um *location scout*. Meu trabalho termina no momento em que apresentar meu relatório em Nova York. Agradeço seu interesse, mas..."

"No telefonema que o senhor dará ao voltar a seu hotel, por favor comente com seu produtor a minha proposta. Ele se interessará."

"Desculpe, creio que não entendi o que a senhora..."

"O anfiteatro é uma edificação magnífica. Realmente magnífica, senhor Hargreaves. Tem capacidade para seis mil pessoas e uma acústica tão perfeita que assombra até hoje. Próximo ao palco, onde a visão do espetáculo é supostamente melhor, sentavam-se o imperador, os pretores, os cônsules, as autoridades. A parte do meio era destinada aos militares, aqueles que garantiam a manutenção do poder do império romano em suas colônias. Bem lá em cima, nas fileiras mais altas, longe da ação, portanto, ficava o povo. Os plebeus. Tal como eles, os hábeis arquitetos de Antonino Pio não eram cidadãos romanos. Eram nativos de nações subjugadas pelas legiões de Roma. Gente comum. Ou mesmo escravos. No anfiteatro os dominados praticaram sua vingança."

Lições de história sempre aborreciam Philip. Sua ex-mulher inglesa aproveitava qualquer oportunidade para alfinetá-lo por seu desinteresse, como de todos os americanos, ela acreditava, pelo mundo além das fronteiras com o México e o Canadá. Philip rebatia dizendo que os europeus estavam de tal forma chafurdados em história que não conseguiam sequer levantar os pés, quanto mais se movimentar para a frente.

Mais essa agora, pensou, imaginando como Sally apreciaria a vingança de arquitetos plebeus de uma colônia romana no século II d.C.

"Nas fileiras mais próximas do palco", prosseguiu, como se partilhasse uma história íntima de família, "o imperador e seus convidados ouviam os diálogos declamados em voz alta, como era costume no teatro da época. E apenas isso. Nas do meio também."

Cabeças de convidados cobriam o relógio dourado do outro lado do salão. Arriscando parecer grosseiro, ou precisamente com essa intenção, Philip levantou a manga do blazer e consultou seu relógio-cronômetro digital à prova d'água um pouco mais demoradamente do que seria necessário. O gesto não a deteve.

"Mas lá em cima, nas fileiras distantes do anfiteatro, os estalajadeiros, os pastores, as cozinheiras, os açougueiros, as prostitutas, os miseráveis podiam escutar quando os atores sussurravam. E estes cochichavam coisas ridículas e terríveis sobre o representante de Roma e seus generais. Por isso a plebe ria e se divertia nas horas mais inusitadas, sem que os espectadores privilegiados entendessem por quê."

Nova York devia estar muito quente, ocorreu a Philip, e ele detestava passar o verão na cidade. O ar-condicionado do apartamento da Sétima Avenida era barulhento e ineficaz. Quem sabe poderia passar uns dias no Maine, no sítio dos amigos Richard e Paul, tão logo entregasse o relatório? Eles têm um quarto extra e é sempre mais fresco por lá. "O anfiteatro...", ouviu-a dizer.

"... é realmente uma edificação admirável."

"Sim, imagino que seja."

"Avise ao seu produtor que eu darei ao senhor todos os detalhes da nossa proposta amanhã."

"Eu apenas faço busca e análise de locações para filmagens. E realmente, realmente não tenho uma relação tão próxima com o produtor para poder propor..."

Recapitulando agora, na noite da quarta-feira, 12 de setembro, ele não está certo do que disse naquele fim de tarde ou início de noite em Amã. Ele crê que pode ter ficado surpreso com o desenrolar da conversa, e provavelmente ficou, mas o que consegue rememorar é uma sucessão opaca de frases encadeadas como diálogos de uma peça teatral vista sem muita atenção. Pode ser que não. O que recorda com segurança são as instruções ditas de forma corriqueira e segura.

Ela passaria de carro para pegá-lo na entrada norte do anfiteatro, a mais movimentada, onde turistas embarcavam e desembarcavam continuamente. Disse nove e meia da manhã? Disse. Saberia que era o carro dela porque tinha uma mossa no para-lama esquerdo. Era um carro verde, um Land Rover bastante usado. Mas isso ela pode não ter mencionado. E provavelmente não mencionou. Mas era, sim, um Land Rover antigo o carro em que chegou, pontualmente às nove e meia. O para-brisa empoeirado tinha dois semicírculos abertos pelo limpador. Os automóveis em Amã, uma capital à beira do deserto, pareciam estar sempre cobertos por uma camada de poeira. Tudo em Amã lhe parecia sempre coberto por uma camada de poeira. Como Manhattan estava agora, mas aqui eram cinzas. Liberadas pelo desmoronamento das Torres Gêmeas. E lá não havia o pesado, onipresente cheiro de carne queimada. Carne humana queimada.

"Até amanhã", despediu-se, sem estender a mão, virando-se e caminhando em direção ao círculo onde o marido e os jornalistas estrangeiros continuavam rindo.

"Nasci no Iraque", foi sua primeira frase, logo após Philip sentar-se no banco do carona e colocar o cinto de segurança.

"Para onde estamos indo?", ele perguntou.

Ela ignorou a pergunta.

"Para onde estamos indo?", ele repetiu. "Tenho um avião para tomar nesta tarde, não posso…"

"É importante o senhor saber que não sou jordaniana. Meu marido é. Meus dois filhos são. Os três servem lealmente nas forças armadas deste país. Eles nada sabem das minhas atividades. Não devo nem posso expor suas reputações e suas vidas."

Ela falava sem se virar, calma e pausadamente, as duas mãos ao volante, atenta ao trânsito de carros novos, europeus e japoneses na maioria, subindo e descendo as pistas largas das avenidas abertas nas últimas duas décadas nas colinas de Amã.

"De que atividades a senhora está falando? Meu interesse, como a senhora sabe, e por isso aceitei seu convite, é na facilidade de acesso aos locais de filmagem do..."

"Não tema, senhor Hargreaves. O senhor não está correndo perigo."

"Correr risco não faz parte de minhas atribuições. No telefonema ao produtor ontem à noite deixei bem claro que..."

"Estudei na Inglaterra", ela continuou, como se não o tivesse ouvido. Ouvira-o, evidentemente. Nenhum som penetrava pelas janelas fechadas do Land Rover com o ar-condicionado ligado. "Foi lá que meus pais se exilaram, depois do assassinato do rei do Iraque."

"Rei?", ele se surpreendeu. Nunca se interessara por história, menos ainda a daquela região em constante convulsão. Nunca soubera que tinha havido um rei no Iraque.

"Faisal II. Primo do rei Hussein da Jordânia."

"Ah", exclamou, afetando familiaridade. "Antes de Saddam?"

"Em 14 de julho de 1958. Eu tinha oito anos."

"Meu voo para Nova York parte às seis da tarde. Ainda preciso..."

"Meus pais eram amigos da família real", prosseguiu. "Haxemita. Como a família real da Jordânia. Fugimos do Iraque na madrugada do massacre. Houve decapitações. Estripações. Mutilações genitais."

Ela mexeu levemente a cabeça? Seu tom de voz se alterou? Não esboçou reação alguma? Manteve o semblante impassível, como a imagem vaga rememorada agora?

"Eu soube depois. Vi as fotos. Nós escapamos. Meu pai, minha mãe, meu irmão e eu. Meu pai era alto funcionário de um banco inglês. Nossa situação era privilegiada. Um exílio dourado. Excepcional. Eu poderia ter vivido em Londres para sempre. Como meu irmão.

Vendo-a ao volante, serena e banal, poderia ser tomada por uma senhora de classe-média indo pegar o marido na saída do trabalho. Uma serena e banal senhora inofensiva, vestindo casaco curto cinza-azulado sobre uma blusa creme e calças compridas pretas, disso ele se recorda nitidamente.

"Nunca matei ninguém. Não diretamente."

"O produtor me autorizou a lhe passar nomes e números de telefones de seus associados com os quais a senhora mesma poderá..."

"O rei Faisal II tinha apenas dezoito anos. Eu brincava de boneca com sua irmã mais nova. Dormia no palácio muitas noites. No mesmo quarto. Na cama ao lado daquela de onde a arrancaram. De onde a arrastaram pelos cabelos. E arrancaram suas roupas. Eu teria morrido também. Mas tive uma premonição. Não sabia que era uma premonição. Me senti mal, comecei a chorar e vomitar, os criados chamaram meus pais. Se não tivesse ido para minha casa na noite de 14 de julho."

Um lenço de seda estampado em tons também cinza, amarrado sob o queixo, lhe cobria a cabeça. Seu perfil lembrou-lhe o da viúva do xá da Pérsia. Como se chamava a viúva do xá da Pérsia?

"Vazaram seus olhos e cortaram sua língua antes de degolá-la."

"Os nomes, telefones e e-mails estão aqui", ele disse, afrouxando o cinto de segurança e tirando do bolso da calça um envelope com a logomarca do hotel. "Anotei numa folha de papel todos eles. Os encarregados da captação de recursos financeiros. Em Los Angeles, em Nova York, em Cingapura e em Madri. Não consegui imprimir porque a conexão de internet do hotel estava fraca e..."

O envelope permaneceu intocado em suas mãos. Philip terminou por colocá-lo no banco entre eles.

"Conheci meu marido em Londres. Ele estudou na Harrow School. A mesma onde estudaram o rei Hussein da Jordânia e o rei Faisal II do Iraque. Meu marido seria obrigado a voltar. Eu não. Eu poderia ter permanecido lá. Como meu irmão. Como meus pais. Como tantos outros exilados. Viver, criar uma família e morrer em um país pacífico e ordeiro. Eu poderia. Mas não fiquei. Quis voltar. Teria voltado para cá, mesmo que não tivesse me casado. Eu teria voltado. Por causa do Iraque."

Outra sirene de ambulância surge, cresce, passa e vai se apagando pela madrugada Sétima Avenida abaixo. Um som sucessivo e constante nesses últimos dois dias. E o das sirenes dos caminhões de bombeiros.

Ela realmente teria lhe dado tantas informações pessoais durante o percurso, ele se pergunta. Por que a ele? Eu era apenas o mensageiro para o homem que dispunha do comando do dinheiro, diz a si mesmo.

"Não busco vingança. Não pretendi me tornar o que me tornei. Mas nunca matei ninguém, eu lhe digo uma vez mais. Não pessoalmente. Não sou uma assassina. Nenhum de nós é. Porém mortes são às vezes necessárias."

"Farah Diba", lhe ocorre, cinco semanas depois daquela manhã abafada em Amã, o nome de quem o rosto emoldurado pelo lenço acinzentado lhe lembrara. A viúva do xá do Irã chama-se Farah Diba.

Pelos semicírculos no para-brisa Philip viu fileiras de construções ao longo das largas avenidas. Tão semelhantes, davam a sensação de que o carro passava continuamente pelo mesmo lugar. Todos os prédios se pareciam e pareciam recentes. Depois ficaria sabendo que realmente eram, erguidos para o boom turístico e financeiro debalde esperado para o ano 2000. Caixas de vidro e metal repletas de escritórios desocupados, totens inúteis idênticos a qualquer prédio de Dallas ou Seul na cidade que é uma das mais antigas do mundo. Os poucos transeuntes circulando, homens de terno escuro e gravata, poderiam estar nas calçadas de Hong Kong, Frankfurt, Bogotá.

"Chegamos à colina mais alta de Amã", ela anunciou, sempre olhando para a frente. "Vê aquele edifício azulado, à sua esquerda?"

O prédio, quase pronto, tinha dez ou doze andares, encimados por algo semelhante a uma ogiva de metal acobreado, ou uma pirâmide truncada. Não recordava claramente, olhara por poucos segundos, sem interesse, o volumoso caixote de concreto, esquadrias de metal dourado e vidros azuis espelhados, esparramado como um leviatã tecnicolor sobre o topo da colina. Uma placa anunciava o futuro hotel Plaza-Alguma-Coisa. Ou International Plaza Alguma-Coisa.

"Pertence a Saddam Hussein."

Mesmo ele, indiferente às implicâncias políticas americanas, sabia que havia um bloqueio financeiro ao Iraque e a Saddam. À maneira de sua ex-mulher inglesa quando queria demonstrar ceticismo sem deixar de ser afável, disse:

"Realmente? Que interessante."

"É lavagem do dinheiro do contrabando do petróleo iraquiano para a Turquia e o Irã. O seu presidente Bush sabe. Tony Blair sabe. Jacques Chirac sabe. Toda a União Europeia sabe. Todos aqui sabem. Todos fingem que não veem. Atroz, não lhe parece?"

"Realmente", ele mais uma vez copiou a ex-mulher.

"Estou me referindo ao estilo arquitetônico. O mesmo das mesquitas, dos monumentos a si mesmo, dos palácios e dos bunkers que Saddam constrói desde que se tornou presidente."

Desta vez Philip nada disse. Pouco sabia do Iraque, um país sobre o qual não tinha o mais remoto interesse e onde provavelmente jamais poria os pés. Sabia menos ainda sobre o estilo arquitetônico adotado por seu governante.

"Desde a Guerra do Golfo?", arriscou, utilizando seu parco conhecimento de conflitos recentes graças a olhadas eventuais em transmissões da CNN.

"Grandiosos lixos dourados. O estilo Saddam, eu chamo."

"Hum…", ele murmurou, sem verdadeiro interesse.

"Sou arquiteta, senhor Hargreaves."

"Claro. Entendo", acedeu. Sally não poderia imaginar, tampouco ele, que assimilaria tanto de sua maneira britânica nos quatro anos e seis meses de tão desafortunado casamento.

"O senhor tem filhos?", perguntou, pela primeira vez virando, ainda que brevemente, o rosto para ele.

"Sim."

"Um menino?"

"Sim", respondeu, o mais secamente que conseguia, sinalizando um assunto sobre o qual não desejava falar.

"Tem quatro anos e vive com os avós em Hastings, não é assim?"

Ela sorriu quando disse isso? Um pequeno sorriso triunfante? Um discreto pequeno sorriso triunfante de quem queria deixar claro quanto sabia sobre ele? Possivelmente.

"Fui algumas vezes a Hastings quando morava em Londres. No verão. Ou na primavera. Quando os dias estavam ensolarados. Visitei St. Leonard-on-Sea, à beira do canal da Mancha. Os moradores mais velhos diziam que dali era possível ouvir os gritos e os tiros no continente, do outro lado, durante a Segunda Guerra Mundial. Os ecos das mortes atravessavam as águas."

Philip decidiu não indagar como nem por que ela dispunha de tanta e tão precisa informação sobre ele. Percebera que não adiantaria perguntar. Ela falaria quando e como lhe aprouvesse.

"Sua esposa não mora lá?"

Era melhor fingir que não ouvira a pergunta, Philip decidiu.

"Sua esposa mora em Londres."

Desta vez ela afirmava.

Philip manteve-se calado.

"Sua ex-esposa, senhor Hargreaves, não era revisora de uma pequena editora de livros de ensaios de intelectuais europeus e sul-americanos como o senhor acreditava que era."

Ela me surpreendia a cada momento com alguma informação nova, hoje Philip sabe, porque tinha um ponto a alcançar. E alcançaria logo.

"Sally Hargreaves, hoje Sarah Catherine Greenwood, trabalhava para o serviço britânico de informações, dentro do Foreign Office. Era tradutora de documentos confidenciais. Ainda é. Lê e fala fluentemente várias línguas. Inclusive árabe e persa. Farsi, na verdade. Quando estava casada com o senhor, era responsável pela troca de informações entre a base e colaboradores em partes diversas do mundo. Viajar como a esposa de um *location scout* de filmes de aventuras era uma ótima fachada."

Tudo fazia sentido, claro. O comportamento reservado, a discrição, a relutância, ou recusa mesmo, em falar do trabalho, a disponibilidade para viajar, Sally soube construir uma fachada sem ranhuras.

Egon Schiele, entendeu.

"Sally, ou deveria dizer Sarah, não queria essa criança, não foi assim, senhor Hargreaves? Mas o senhor insistiu. O senhor impediu que ela abortasse. Ela se viu obrigada a ter o bebê. Para não levá-lo a suspeitar."

Egon Schiele.

"O filho travou a ascensão dela no serviço de informações do Foreign Office."

Egon Schiele, ele refletiu mais uma vez.

"O casamento de vocês tornou-se inútil para a carreira de Sarah. Por isso pediu o divórcio. E casou-se com um colega do serviço de informações."

"Egon Schiele", ele murmurou, sem se aperceber.

"Não. Greenwood. Thomas Greenwood."

Havia alguns anos Philip atravessara o salão de um museu em Viena, levado pela assistente de um cenógrafo do filme de que se ocupava então. As paredes estavam atulhadas de imagens de nus de um mesmo artista, umas ao lado das outras, aparentemente dispostas para que nenhuma obra dele fosse exibida além dali, era impossível dizer se por ostentação ou vergonha diante da sucessão de casais jovens e velhos, crianças, famílias, mulheres e homens enroscados ou sós, deploráveis todos, suas vaginas, peitos, bundas, pênis, sacos escrotais desenhados em traços impiedosos e rudes. Todos os desenhos pareceram a Philip bizarros, ostensiva e melancolicamente pornográficos, porém adequados a suas intenções naquele momento. Ouvia as observações sobre a época e a vida do artista pensando no tempo necessário entre termina a excursão e convencer a assistente a acompanhá-lo ac quarto do hotel onde estava hospedado. Em algum momento, sem que se desse conta, as frases dela atravessaram seu alheamento. Foi quando ela apontou para um autorretrato. O artista, o rosto encovado dobrado sobre o ombro direito, cabelos escuros curtos espetados, olhava direto para Philip, de pernas abertas, expondo seu magro corpo pálido, pedindo acolhida e compreensão. E Philip ficou olhando para ele como diante de um espelho, vendo-se a si mesmo. O lamentável homem pelado, de zigomas saltados e olhos fundos, ossudo e macilento, era seu sósia. Mais que isso. Seu duplo. Seu *doppelgänger*.

"A mulher dele estava grávida e morreu da gripe espanhola", a assistente contou. "Em 28 de outubro de 1918", acrescentou com um indisfarçável tom professoral e superior. "Ele morreu três dias depois." A informação, que lhe pareceu desnecessária e intrusiva, irritou e incomodou Philip até a náusea. Ele deu as costas sem dizer uma palavra e voltou sozinho para o hotel. O nome do artista, contudo, nunca mais o deixou, preso a ele como uma segunda pele. Egon Schiele tornou-se a representação de tudo que não desejava ver ou perceber ou ter conhecimento, dos dispensáveis excessos que poderiam perturbar a existência sem sobressaltos que ele tão minuciosa e cuidadosamente construíra.

"Egon Schiele", repetiu.

"Thomas Greenwood", ela reafirmou. "Um canadense."

"Sim, Greenwood. Canadense", concordou, desviando o olhar para a estrada.

As construções começaram a rarear. Afastavam-se do perímetro urbano.

"Eu tampouco queria ter filhos. Mas, ao contrário de sua ex-mulher, no meu caso era adequado para o perfil que precisei adotar. Não os amo. Não é necessário amar os filhos para ser uma boa mãe. Fui uma boa mãe. Uma mãe adequada."

A paisagem, seca e esbranquiçada, em volta do asfalto negro, de longe em longe exibia troncos escuros e retorcidos de videiras em platôs cercados de pedras irregulares e algumas casas distantes, baixas e de teto plano sem telhas, da mesma cor desbotada dos terrenos que as cercavam.

"Pelo menos duzentos e cinquenta mil iraquianos vivem em Amã. As fronteiras são porosas. Para a travessia, alguns dólares cegam os olhos das polícias de lá e de cá. O senhor vai conhecer alguns desses refugiados agora", disse, entrando numa estrada poeirenta e sacolejante.

"A senhora disse que não era uma assassina."

"E não sou."

"E isto, o que é?", perguntou, diante das duplas treinando luta com punhais. Mais ao fundo, meia dúzia de homens observavam um instrutor demonstrar a degola de uma ovelha.

"Uma preparação, senhor Hargreaves."

"Uma escola de terroristas", ele observou, ainda perplexo.

"Somos patriotas. Queremos o Iraque de volta. Temos de estar preparados para retomá-lo. Apenas isso. Simplesmente isso."

Aquela conversa teria sido depois. Na volta para Amã. No campo de treinamento para onde o levara, perto da fronteira israelense, Philip crê ter ficado tão atarantado que não disse muita coisa. Ou nada mesmo. Sequer consegue calcular quantos homens – pois eram todos homens – vira ali. Vinte? Trinta? Sessenta?

No percurso de volta, ou teria sido ainda na ida, Philip tem certeza, ou quase certeza, de terem falado da produção do filme das Cruzadas a ser rodado na Espanha, em Montenegro e na Jordânia, com extenso deslocamento de equipamentos, objetos de cena, elenco, figurinos, animais, e ela mencionou, ou ele teria mencionado, a complexidade das filmagens de *Lawrence da Arábia*. Falaram dos penhascos de Wadi Rumm, ali perto. De alguma forma surgiu o tema da conquista da Terra Santa. Sim, Terra Santa. E foi ela, com certeza foi ela, quem enumerou, com grandes pausas entre uma palavra e outra, cada um dos locais de que Philip se lembra agora, com os olhos fechados, a testa encostada no vidro da janela do apartamento nova-iorquino recendendo a carne queimada.

O Jardim do Éden. A confluência dos rios Tigre e Eufrates. Ur. A casa do profeta Abraão. Mesopotâmia. Assíria. Ishtar. Babilônia. O deserto da travessia de Moisés. O deserto das tentações de Cristo. O deserto da travessia de Virgem Maria em fuga dos romanos. Tudo no Iraque. No que hoje é o Iraque. Não em Israel. No Iraque, senhor Hargreaves. No Iraque que nós perdemos. No Iraque que nos pertence. Não em Israel. A verdadeira Terra Santa é o Iraque, dissera. Seguramente dissera. Em algum momento dissera.

"Nunca pretendi me tornar o que me tornei, senhor Hargreaves. Sou uma pessoa como outra qualquer. Preferiria passar minhas tardes sentada num parque em Londres, entretida na leitura de *Mrs. Dalloway*. Ou passar férias com a família deitada ao sol numa praia da Córsega. Mas a vida não quis assim. O mundo abandonou o Iraque. Não eu."

Terrorismo, ele pensa agora. Um campo de treinamento para terroristas. Um campo de treinamento para praticar atos capazes de chamar a atenção do mundo.

"Este é Mohammed", ela apresentou quando entraram na vasta casa de dois andares, o primeiro lugar aonde o levara. "Um nome falso, evidentemente. Todos os voluntários que o senhor conhecerá aqui e no outro posto para onde o conduzirei chamam-se Mohammed."

O homem junto à escada que levava ao andar de cima vestia um uniforme de campanha. A cabeça estava coberta por uma *kafiya* sarapintada de preto e branco, como tantas vezes vira em fotos de Yasser Arafat. Segurava uma arma. Philip reconheceu: um fuzil automático Kalashnikov.

Ela indicou o segundo andar. Philip tomou a escada sem corrimão. A casa dava a impressão de uma construção interrompida. Os blocos de concreto que a compunham estavam aparentes. As aberturas entre os cômodos não tinham portas.

Um cheiro acre dominava o segundo andar. Todas as janelas estavam fechadas ou semicerradas. Ouviu vozes cochichando e viu vultos se movimentando dentro dos quartos. Na obscuridade lhe foi impossível distinguir quem eram.

"Venha", ela comandou, ultrapassando-o e caminhando a passos largos para o cômodo mais ao fundo. Philip avançou, devagar. Parou na porta até seus olhos se acostumarem.

O homem sentado no catre levantou-se com dificuldade quando entraram. Parecia muito magro e muito velho. "*Salaam Aleikum*", saudou, inclinando-se levemente para a frente.

"*Aleikum As-Salaam*", ela respondeu, indicando-lhe que voltasse a se sentar. O velho, no entanto, permaneceu de pé.

Conversaram em árabe, língua que Philip ignorava inteiramente.

Quando ela fez menção de sair, o homem de ralos cabelos brancos virou-se para Philip, juntou as mãos, disse alguma coisa. Os dedos de sua mão direita eram grudados como os de vítimas de incêndio, formando uma espécie de concha escura e enrugada.

"Ele agradece sua vinda e sua intenção de ajudar o povo do Iraque", ela traduziu, saindo. "Há outras pessoas nos outros quartos", acrescentou enquanto descia. "Mulheres e homens. Recém-chegados aqui. A Jordânia não reconhece iraquianos como refugiados. A Jordânia não fornece documentos para iraquianos. Sem documentos não é possível conseguir asilo, mesmo em países que nos aceitam, como a Suécia. Temos de comprá-los. Verdadeiros ou falsos. Isso pode levar dias, semanas, meses. E dinheiro. Enquanto isso, vão ficando por aqui."

Deixaram a casa, encaminharam-se para o Land Rover. Philip continuava intrigado.

"O que ele quis dizer com ajudar o povo do Iraque?"

Ela parou perto do veículo.

"Que idade o senhor acha que aquele homem tem?"

"Não sei. É difícil dizer. Sessenta? Talvez uns sessenta e cinco?"

"Ele tem quarenta e quatro", ela disse, abrindo a porta do carro e entrando. "Vamos. Temos mais de uma hora de estrada ruim pela frente. É tempo suficiente para eu lhe contar a história daquele homem. E por que eu o trouxe aqui."

O homem que ele conhecera tinha sido o imã de uma mesquita em Basra, no sul do Iraque. Em 1991, logo após o fim da Guerra do Golfo, seu filho mais velho tomou parte numa rebelião contra Saddam Hussein. Boa parte da população de Basra aderiu. O exército invadiu a cidade, cercou rebeldes e moradores, reuniu-os em uma grande praça e os metralhou. Deixou os corpos para apodrecerem no local. Ninguém poderia retirá-los até que os cães e os abutres dessem cabo de suas carnes.

O primogênito do velho de quarenta e quatro anos não tinha morrido. Ferido, passou um dia e uma noite sob o cadáver de um companheiro. Escapou se arrastando no meio da madrugada. Foi acolhido pela família de um dos mortos, dali transportado para a casa dos pais, de onde conseguiu fugir.

Os agentes de Saddam descobriram. Prenderam o pai e o torturaram para saber o paradeiro do filho. Uma das formas foi com fogo. Nos pés e nas mãos. Quando perceberam que não falaria, soltaram-no. Ao chegar em casa soube que a polícia tinha detido o filho caçula, de doze anos.

O cadáver do menino foi entregue aos pais uma semana depois. O corpo estava sujo de sangue, com marcas de tortura e duas balas no crânio. A polícia cobrou da família o preço das duas balas.

"Egon Schiele, Egon Schiele, Egon Schiele", Philip repetia para si mesmo enquanto o Land Rover seguia por trilhas pedregosas, indistinguíveis em meio à paisagem esturricada, por um tempo que ele não saberia precisar, até chegarem ao campo de treinamento. "Egon Schiele, Egon Schiele, Egon Schiele", continuaria refletindo durante todo o percurso de volta, e pela autoestrada até Amã, e por entre as avenidas e ruas das colinas da capital.

"O senhor deve entregar este livro ao seu produtor. Em mãos", ela disse ao chegarem ao estacionamento do hotel de Philip, estendendo-lhe um guia turístico da Jordânia e da Síria, desbeiçado e roto.

Philip apenas olhou-a, calado.

"Não tema. Não levantará suspeitas. É um guia turístico mesmo. Velho e usado."

Reconheceu, na capa desbotada, as colunas rosadas de Petra.

"Na página 192 há o mapa de Aqaba", ela falou em tom casual. "As atrações da cidade estão numeradas. Alguns desses números estão destacados com lápis hidrográfico."

"Aqaba?"

"Sim, Aqaba. A cidade tomada por Lawrence e seus aliados árabes. Veja."

Ela abriu o guia. Sobre o mapa preto e branco alguns números estavam assinalados com caneta verde, outros com amarela.

"São os números das contas e das senhas no banco israelense ao qual seu produtor terá acesso em Nova York. Basta juntar os algarismos. Amarelo para as senhas, verde para as contas. Uma vez iniciadas as retiradas, nossos aliados se encarregarão da utilização desses fundos."

Mais uma vez, Philip olhou longamente para ela, pensando na exposição vista em Viena.

"O que a faz acreditar que eu entregarei este livro a ele?"

"Nada o obriga a fazê-lo. O senhor não nasceu num país onde os inimigos são estripados ainda com vida, senhor Hargreaves. Ou têm os olhos vazados enquanto são arrastadas pelos cabelos. Ou veem seus pais terem os pés e as mãos cortados enquanto se debatem. Ou são obrigados a assistir a suas filhas e mulheres serem violadas. Esse não é o seu país. Essa não é a sua gente. Por que o senhor entregaria este livro? Não sei. Mas isso não me impede de tentar."

O sol começava a descer por trás de uma das sete colinas de Amã. A luz baixa e dourada tornava ainda mais amarelos os olhos dela. Viu ali um brilho líquido. Não podia ser de lágrimas. Não podia. Não na mulher que acreditava na necessidade de algumas mortes para atingir um objetivo. Não podia. Podia?

Philip hesitou.

"Para que será usado esse dinheiro? Para comprar armas? Financiar terrorismo? Atentados?"

"Quer mesmo saber, senhor Hargreaves?"

Não, ele não queria saber, decidiu.

"Preciso ir", ela observou, ainda com o livro na mão. "Minha família me espera para jantar. Tenho de seguir minha rotina, como todos os dias. E o senhor tem um avião para tomar daqui a pouco."

"Sim. Daqui a pouco", disse, abrindo a porta. "Obrigado pelo passeio."

Antes de bater a porta viu que ela colocava o livro no banco. Afastou-se.

"Senhor Hargreaves", ela chamou, abrindo o vidro.

Philip virou-se. Aguardou.

"O senhor mora em Nova York?"

"É minha base, sim", confirmou. "Mas creio que não moro verdadeiramente em lugar nenhum."

"O senhor devia se mudar."

"Por quê?"

"Devia."

"Não faz diferença. Nova York é apenas o lugar em que fico entre uma viagem e outra."

"O senhor realmente devia se mudar. Tenho um mau pressentimento sobre Nova York. Perturbador como o da noite em que a família real foi massacrada."

"Obrigado, mas não acredito em pressentimentos", lembra-se de ter falado, antes de se afastar em direção à entrada do Toledo Hotel, na frente da qual um micro-ônibus desembarcava um ruidoso grupo de turistas americanos.

A Sétima Avenida estava silenciosa e sem trânsito na madrugada de 13 de setembro. Ao final da avenida, a espiral de fumaça lhe pareceu maior e mais densa, subindo para a noite escura de Manhattan.

"Egon Schiele. Egon Schiele. Egon Schiele."

NOITE NO TEXAS

Estava cansado, estava com fome, estava com sede, estava com frio, estava sem dinheiro, não sabia onde estava.

Continuava caminhando em direção às luzes.

Há um vilarejo para lá, uns quatro quilômetros para leste, gritara da cabine o velho mexicano que lhe dera carona horas antes. Vê lá, à direita?

Da caçamba da caminhonete dilapidada em que viajara junto a um cachorro sonolento, sacos de ração e ferramentas, abraçado às pernas na tentativa inútil de se aquecer e se esconder do vento, gritara que sim, via.

Pequenos pulsares luminosos, na verdade eram tudo que conseguia ver.

Em seguida o velho parara no cruzamento, mantendo o motor ligado.

Ele entendera.

Pulara da caçamba.

O cachorro acompanhara o pulo com a cabeça e logo voltara a deitá-la entre as patas.

Encarara a estrada, a noite, a escuridão, o velho ao volante. Não carregava nada. Restavam-lhe apenas alguns trocados. Tiritava.

É arriscado levá-lo mais adiante, há muita polícia de imigração nos próximos quilômetros, se desculpara.

Muchas gracias assim mesmo, o senhor é um homem *bueno*, Deus lhe pague, agradecera, misturando ao português o pouco espanhol que conseguia falar.

Lá, o velho apontara, deve encontrar algum trabalho.

Sí, sí, gracias.

Também vim ilegal para os Estados Unidos, dissera, numa voz turva de cigarro barato e bronquite. Há sempre policiais de *La Migra* nos caçando. Sei como é difícil chegar até aqui. Boa sorte. Vai precisar. Adeus.

Muchas gracias, repetira quando a caminhonete partiu chacoalhando a lataria.

Logo não havia mais nenhum veículo na faixa de asfalto que sumia no negror da noite.

Ventava. O vento frio trazia uma poeira fina. Ardia os olhos.

Baixara a cabeça e partira em direção aos pontos brilhantes.

Faz frio à noite no deserto do Texas, pensou.

Faz frio no deserto do Texas, faz frio no deserto do Texas, faz frio no deserto do Texas, faz frio no deserto do Texas, pensava obsessivamente para evitar pensar nas outras aflições.

Frio era melhor que fome.

Frio era melhor que sede.

Frio era melhor que ser pego pela Border Patrol e mandado de volta para o Brasil sem ter conseguido chegar ao norte e ainda devendo seis mil e quinhentos dólares tomados emprestados para pagar os *coyotes* que o guiaram na travessia da fronteira com o México.

Frio é melhor do que os dias esturricantes no deserto.

Não há sombra no deserto.

Ficavam horas debaixo do sol, buscando os raros arbustos secos. Abrigos inúteis. Os hondurenhos e ele. E os *coyotes*.

Só podiam se movimentar de verdade à noite.

As trevas são amigas dos imigrantes ilegais.

Não há luzes na interminável imensidão do deserto do Texas.

Agora havia.

Lá.

Essas poucas, vagas luzes do vilarejo cujo nome desconhecia. Outro. Mais um.

Povoados, cidades, vilarejos, *pueblos,* aldeias, foram tantas depois de atravessar o rio Grande. Vira as placas. Os *coyotes*, os hondurenhos e ele passavam ao largo. Guanajuato. Coahuila. Polotitlán. Matehuala. Coahuila. Tantos nomes difíceis de pronunciar. Estiveram perto desses lugares que jamais conheceria. Nem queria conhecer. Queria o norte. Queria Massachusetts. Queria

Framingham. Queria o futuro de paz, trabalho e dólares. A três mil quilômetros dali.

As luzes do povoado lhe pareceram mais próximas.

Tentou correr.

Chegaria mais rápido e ainda se aqueceria.

Conseguiu apenas um arremedo de trote.

Estava exausto demais.

Voltou a caminhar.

Que horas seriam? Oito? Nove? Fazia tempo que anoitecera. Da caçamba vira a paisagem sendo envolvida pelo céu de sangue e pouco a pouco tomada pelas sombras. Já estava escuro quando passaram por um carro emborcado à beira da estrada. As rodas ainda giravam. A capotagem devia ter acontecido havia pouco. O corpo do motorista estava jogado longe, a cabeça voltada para trás, como uma marionete torcida. O velho mexicano diminuíra a marcha brevemente, o tempo suficiente para ver o rosto do morto. Em seguida havia acelerado. *La Migra* logo estaria ali.

Seriam mais de dez horas? Onze?

Não tinha mais relógio. Também fora roubado, junto com a mochila, o celular inútil, a muda de roupa e o passaporte, na caverna onde os *coyotes* garantiram que estariam livres de assaltantes. Rasgaram os passaportes dos hondurenhos, jogaram os pedaços ao vento. O dele não. Passaporte de brasileiro era cobiçado, o primo de Framingham alertara. Qualquer um pode ser brasileiro.

Preto, branco, mulato, índio, japonês, tem de tudo no Brasil. Alourado de olho claro também. Como ele, descendente de piemonteses.

Uma fileira de luzes, via agora claramente.

Postes.

Apressou o passo.

Chegou à entrada do povoado.

Duas pistas de asfalto, separadas no meio por uma faixa branca, corroída. Nada mais que isso. À direita e à esquerda, construções de madeira de um andar, dois no máximo, quase idênticas, as fachadas esbranquiçadas pela iluminação dos postes de mercúrio. Todas cerradas e apagadas, exceto uma ao fim da pista.

Foi caminhando na direção dessa casa, lendo os nomes e as atividades pintados em tábuas e chapas, algumas pregadas acima das portas e das janelas, outras penduradas em hastes de ferro, rangendo ao vento.

É só comércio, ninguém mora aqui, deduziu. Devem ter ranchos, sítios, propriedades nas redondezas. Vêm aqui para fazer compras. Ou vender uns aos outros o que quer que vendam.

Nisso de compra e venda não posso trabalhar porque não entendo nem sei falar inglês ainda, pensou. Só algumas palavras e frases. Dá para ganhar alguns dólares com faxina, isso tem sempre quem queira. Se precisarem de um motorista também valeria. Já dirigira táxi, caminhão, trator em sua cidade natal. Era um bom motorista, sem falsa modéstia. Se virava bem em carpintaria, era nisso que o primo iria arrumar uma colocação para ele lá no norte, onde outros brasileiros, ilegais como ele, levantavam prédios e casas para os americanos. Tampouco era mau em instalações hidráulicas. Precisava apenas de uma oportunidade para começar. Apenas isso. Uma oportunidade.

Aqui, quem sabe, enquanto fosse obrigado a ficar para juntar o necessário para prosseguir em direção ao norte, poderia mexer com construção ou fazer consertos, era só lhe mostrarem o que queriam.

O importante era fazer alguma coisa e ganhar algum dinheiro logo. Qualquer trabalho servia. Os outros problemas seriam resolvidos quando chegasse a hora de resolver os outros problemas. Documentos, por exemplo. Um passaporte, mais tarde. Quando já estivesse trabalhando. Antes precisava se abrigar do frio. Antes precisava comer. Antes precisava beber. Antes precisava descobrir onde estava. Antes precisava descobrir em que direção ficava o estado de Massachusetts. Antes precisava descobrir um jeito de chegar lá. Ao endereço escrito no pedaço de papel sujo e amassado enfiado no sapato. Embora não precisasse, pois já sabia de cor, de tanto que lera.

223 East 51 Street, Framingham, Mass.

Mass. era abreviação de Massachusetts. Outra palavra difícil de pronunciar.

Aprenderia.

Tudo se aprende.

Depois.

Este não é o momento de me preocupar com isso, pensou, enquanto chegava ao ponto iluminado da rua.

Como o resto do povoado, não era muita coisa. Uma bomba de gasolina, um pátio de asfalto rachado, duas caminhonetes estacionadas em frente a uma construção quadrada de madeira como as demais da rua.

Aproximou-se.

Na fachada leu palavras quase sumidas, decerto pintadas havia muito tempo: *Andy's Burger and Beer*.

Pareceu-lhe ouvir ruídos vindos de dentro.

A porta estava fechada.

Hesitou.

Empurrou-a.

Uma televisão, pendurada na parede entre estantes com garrafas de bebida, transmitia um jogo de basquete a todo o volume.

Deu um passo para dentro. Foi imediatamente tomado de um grande alívio. Estava morno ali.

Logo abaixo da tevê dois homens, cada um de um lado do balcão, tinham parado de conversar.

Olhavam para ele.

O cliente, com um boné surrado que lhe sombreava o rosto ossudo, segurava uma cerveja perto da boca, sem beber. Apertado dentro de uma camisa justa demais para sua figura rotunda, o atendente de pele avermelhada deixou de girar o pano de prato com que secava um copo.

O locutor da tevê berrava.

Teve consciência de sua estranheza. Um forasteiro emaciado, a barba alourada crescida na cara vermelha de quatro dias no sol, desengonçado dentro de roupas emporcalhadas, surgindo do nada, no meio da noite, no bar de um povoado no meio do nada, sem bagagem, sem dinheiro, sem documentos, sem saber falar a língua deles.

O gordo por trás do balcão foi o primeiro a falar. Fez uma pergunta. Ele não entendeu. O gordo repetiu. Imaginou que devia estar perguntando seu nome.

Vicente, disse.

Era estranho ouvir a própria voz novamente dentro de um ambiente fechado, rodeado por paredes, portas, janelas e luzes, depois de tanto tempo em silêncio medroso, interrompido apenas por cochichos cautelosos no grande vazio do deserto.

Vicente, repetiu mais alto, acima da voz do locutor do jogo de basquete.

O atendente colocou um copo pequeno no balcão, serviu uma dose de tequila, em seguida pôs ao lado uma garrafa pequena de cerveja, abriu a tampa, colocou no gargalo um pedaço de limão, acenou para que se aproximasse.

O que tenho é fome, Vicente quis dizer, de olho na bebida, caminhando até os dois homens, muita fome, nunca senti tanta fome, nunca passei fome assim antes, preciso comer alguma coisa, quero comer alguma coisa, qualquer coisa.

Virou o copo de tequila. Pensou que desceria a garganta queimando, mas a sensação foi doce e calmante.

O atendente serviu outra dose. Ele novamente virou-a de um gole. O efeito foi ainda mais agradável que da primeira vez. A fome sumira. Estendeu o copo. Uma terceira dose foi vertida e sorvida imediatamente.

O homem de boné tomou um gole da garrafa de gargalo longo e falou uma frase em inglês, terminada com seu nome: Vicente.

Yes, Vicente confirmou, apaziguado. Frio, fome, sede, aflição, nada mais o agoniava. *Yes, Vicente, yes*, reiterou.

Os dois homens se entreolharam, satisfeitos. Vicente era o nome do velho que lhe dera carona e o deixara no cruzamento? Esperavam alguém com meu nome? Era isso que queriam saber, como se chamava?

Novamente o copo preenchido. Novamente Vicente engoliu o líquido transparente com prazer.

O cliente puxou o boné para o alto da cabeça. A pele cheia de sulcos era ainda mais gretada em torno dos olhos azuis muito pequenos. Do bolso da camisa xadrez puxou uma foto, entregou-a a Vicente.

O retrato mostrava um homem grisalho, de pé entre dois tigres. Os tigres estavam soltos. Atrás deles havia mais três tigres. Soltos também. Três tigres tristes, lhe sobreveio sem que soubesse a razão.

A semelhança entre o velho dos tigres e o sujeito ali no bar era grande. Muito grande. O pai? Um irmão mais velho?

Notou as palavras bordadas no boné do homem de camisa xadrez. *Texas Tiger Farm*.

Pensou em perguntar quem era a pessoa da foto, a razão de posar ao lado de tigres e a ligação com as palavras do boné, mas seriam frases difíceis de compor e sentia-se tão aquecido, tão apaziguado, não havia por que mexer nisso. Não naquele momento. Não valia a pena. Valia a pena, sim, mais um pouco de tequila.

Yes, Vicente finalmente falou, porque era uma palavra fácil de pronunciar, porque não sabia o que dizer, porque estava difícil concatenar os pensamentos, porque não compreendia a razão de ter recebido a foto. *Yes*, disse ainda uma vez, olhando a fotografia.

O gordão serviu outra dose, deu-lhe as costas, abriu uma gaveta, pegou ali alguma coisa, virou-se.

Tinha nas mãos um objeto envolvido em um pano.

Colocou-o no balcão.

Abriu o pano, com cuidado para não tocar no que estava dentro.

Era uma pistola.

Pequena, de cabo preto e corpo prata.

No cano Vicente leu Sig Sauer P229.

Do bolso da calça o homem de boné sacou um bolo de notas.

Colocou-o próximo à arma.

Os três se mantiveram em silêncio.

O locutor berrava na televisão acima de suas cabeças.

Vicente olhou o maço de dólares, a pistola, a foto do velho com os tigres.

Do outro bolso da calça o homem de boné sacou um bolo idêntico de cédulas. Mostrou-o. Falou alguma coisa antes de guardá-lo de volta.

Half, ele teria dito? *Later*, ele teria acrescentado? A metade depois, era isso? A outra metade? Depois, ele teria dito? Metade, ele teria acrescentado?

O copo estava cheio. Virou-o. Tinha tomado a dose anterior?

O homem do boné da Texas Tiger Farm bebeu o restante de sua cerveja mantendo os olhos em Vicente.

Sem pressa, depois de despejar outra dose de tequila e servir uma nova cerveja para o freguês de boné, o gordo pegou o bolo de notas, retirou o elástico que as prendia e as dispôs, uma a uma, diante de Vicente.

Eram todas notas novas.

Eram todas de cem dólares.

Eram trinta e cinco notas.

Esperou alguns segundos, juntou-as, dobrou-as, passou o elástico em volta e entregou-as a Vicente.

Vicente as pegou.

Com a outra mão virou o copo de tequila e pôs de volta no balcão. Não havia tomado antes? Era uma nova dose?

O atendente indicou a pistola.

Vicente a pegou.

Era a primeira vez que tinha uma arma na mão.

Como é leve, pensou. Como é fácil de empunhar. Como é gostosa de empunhar. É pouco maior do que minha mão.

Virou a tequila. O copo voltou a ser completado.

O homem de boné e camisa xadrez levantou-se.

É mais magro e mais alto do que me pareceu quando entrei aqui, observou Vicente.

O gordo desligou a tevê, apagou as luzes. A iluminação dos postes, atravessando a janela, desenhou um caminho diagonal azulado sobre o assoalho de madeira.

Os dois americanos se encaminharam para a saída.

Vicente virou o último trago da tequila, em seguida engoliu a cerveja até então intocada, guardou a pistola no bolso da calça e os seguiu.

O gordo foi para a caminhonete verde, mais distante, indicando a Vicente o veículo em que o sujeito do boné já subia. É preto e prata como meu revólver, observou. Como a pistola aqui comigo, corrigiu-se.

Percebeu uma leveza incomum em seus passos. Era bom caminhar. Poderia caminhar a noite inteira.

Entrou no carro, partiram.

A caminhonete verde os seguiu.

Sentia-se ligeiramente alegre. Leve. Como não se sentia havia muito tempo. Tudo se desanuviara. A ida ao norte estava garantida. Tinha três mil e quinhentos dólares em um bolso. E uma pistola Sig Sauer P229 preta e prata no outro.

O homem do boné ligou o rádio. Uma cantora de voz aguda gemeu as palavras tristes e incompreensíveis de uma canção country. A próxima música pareceu-lhe igual. A seguinte também. Todas as canções country são a mesma, concluiu. Só mudam as vozes.

À frente via curtos trechos de asfalto iluminados pelos faróis. A caminhonete verde mantinha-se perto, às vezes emparelhando, outras passando à frente, logo voltando a segui-los.

Estava morno na cabine. Mais do que no bar. Os gemidos das canções continuavam seu lamento contínuo e monótono do que ele imaginava serem amores perdidos. Alternavam choramingos de homens e de mulheres, repetindo-se cansativamente. Sentiu-se submergindo numa lassidão confortável, depois de tanto tempo tomado por tanta tensão, areia, fuga. A estrada apagou-se.

Abriu os olhos.

O motor do carro estava desligado.

Viu, um pouco fora de foco, iluminados pelo farol da outra caminhonete, os dois americanos conversando em frente a uma cerca metálica alta, encimada por arame farpado. O gordo segurava uma espingarda. O sujeito de boné tinha um revólver de cano longo na mão. Ambos usavam luvas. A luz refletia letras florescentes numa grande placa verde acima do portão. Texas Tiger Farm, estava escrito.

Sinalizaram para que descesse.

Perdeu o equilíbrio e teve de se apoiar na porta ao sair da caminhonete. Sentiu-se tonto. Caminhou, descompassado, até os americanos, que já entravam na área cercada. O portão ficou aberto.

Vicente tirou a arma do bolso.

Foram por uma trilha cimentada.

Tudo em volta estava escuro.

Um dos americanos acendeu uma lanterna atrás de Vicente. O gordo. O homem de boné ia à frente, com passos largos, rápido, seguro do caminho que pisava. Vicente preferiria ir mais devagar. A luz bruxuleante não lhe permitia ver direito onde pisava. Suas pernas começavam a pesar. Seu raciocínio se embaralhava. À direita, na luz difusa, distinguiu, sem conseguir precisar a distância, formas ondulantes de pelos rajados de amarelo e preto em algumas jaulas. Um par de olhos dourados brilhou rapidamente, logo sumiu. Não ouviu nenhum rugido. Tigres não rugem à noite, como os leões?, perguntou-se. Dormiam, talvez. Alguns. Outros se movimentavam, pesados, de um lado para o outro de suas jaulas. Estavam em jaulas, não estavam? Não. Não estavam. Passeavam. Os tigres, quantos não sabia, se moviam em um espaço livre e amplo, gradeado, junto a uma casa espraiada à frente, à esquerda e à direita da trilha cimentada, na qual o sujeito de boné acabara de entrar.

Ali dentro também não havia luzes acesas. Mas ali também o homem de boné se movimentava com familiaridade.

Seguiram-no por um corredor.

Atravessaram uma cozinha.

Andaram por outro corredor.

Cruzaram uma sala atulhada de móveis antigos, objetos de cobre, quadros com motivos indígenas, um lustre com o formato de roda de carroça pendurado no teto de pé-direito duplo, uma lareira acesa.

Subiram pela escadaria atapetada à esquerda.

Chegaram ao andar de cima.

O homem de boné parou em frente a uma porta de madeira entalhada.

Segurou o revólver com as duas mãos, apontou naquela direção.

Fez sinal para que Vicente avançasse.

Vicente aproximou-se da porta.

Com a mão enluvada, o gordo pegou a de Vicente, levou-a à maçaneta de cobre, abriu a porta.

Um velho, com o mesmo rosto encovado e gretado do sujeito de boné, estava sentado atrás de uma escrivaninha. Escrevia à luz de um abajur. Era o único ponto iluminado do cômodo. Usava aparelho de surdez nos dois ouvidos.

O mesmo velho da foto mostrada no bar.

Vicente deu um passo para dentro do escritório.

O velho levantou os olhos azuis muito pequenos.

Antes que Vicente pudesse erguer a pistola e mostrá-la, anunciando o assalto, o velho atirou em sua direção com uma arma sacada de alguma gaveta, ou que já estava sobre a escrivaninha, isso jamais saberia. Sabia apenas que ardia muito no lado direito do rosto. Levou a mão à orelha, sentiu uma gosma se misturando ao cabelo, olhou a mão, coberta por um líquido grosso e vermelho, virou-se para sair dali correndo, deu de cara com o gordo apontando a espingarda para ele, percebeu que levava o dedo ao gatilho, jogou-se no chão. Ouviu dois disparos. Um dos tiros arrebentou a cabeça do velho. Vicente ergueu-se, tonto, vacilante, entendendo que estava bêbado. O sujeito de boné encostou o cano do revólver na sua testa. Vicente bateu o joelho em seus colhões, ele ganiu, dobrou-se, Vicente empurrou-o contra o gordo, os dois se desequilibraram, caíram.

Vicente desceu as escadas correndo, tropeçou, derrubou um abajur de pé, caiu, aprumou-se, disparou pelo corredor, atravessou a cozinha, ganhou o último corredor, saiu desabalado pela trilha cimentada.

Ouviu gritos. Os dois vinham atrás dele.

Atravessou o portão.

Sabia que estavam perto, mas não podia perder tempo olhando para trás. Precisava sair dali.

Deparou-se com as caminhonetes.

Subiu na verde.

A chave estava na ignição.

Ligou-a.

Deu ré.

Virou em direção à estrada.

Passou a marcha.

Saiu.

O homem de boné surgiu à sua frente.

Estava sem o boné.

Com a cabeça de ralos cabelos descoberta parecia ainda mais com o velho dos tigres.

Apontava o revólver para ele.

Poderia frear.

Deveria frear.

Deveria.

O gordo, arfante, chegou ao portão. Continuava empunhando a espingarda.

Vicente apertou o acelerador.

Sentiu o impacto contra a lataria.

Depois o sacolejo, conforme o veículo passava por cima do obstáculo, primeiro as rodas da frente, depois as de trás.

Viu pelo retrovisor que o gordo corria, pesado, para a caminhonete preta e prata.

Vicente parou, engatou marcha a ré, pisou fundo no acelerador.

Acertou-o no momento em que abria a porta.

Corpo e porta voaram juntos. O corpo bateu contra a cerca. A porta, Vicente não viu onde foi parar, já acelerando para se distanciar dali o mais rápido que pudesse.

Via a estrada à frente.

Viu o volante, manchado de sangue.

Seu sangue.

Isso agora não importa, disse a si mesmo.

Agora preciso encontrar o caminho para o norte.

GBAKANDA HOTEL

O primeiro bofetão foi ao pé do ouvido, produzindo um som oco entre a palma da mão do policial e a pele fina logo abaixo do lóbulo da orelha esquerda de Mathieu, jogando-o da cadeira para o meio do cubículo, sobre o chão de cimento áspero.

O homenzarrão ergueu Mathieu pela manga da camisa. O soco seguinte, no lado direito da boca, lançou-o contra a parede de tijolos aparentes, o lábio inferior já rompido, fazendo voar um incisivo lateral e um central inferiores.

O policial aproximou-se, puxou-o pelos cabelos até que ficasse de pé e, quando Mathieu tentava se equilibrar sobre a perna direita, as mãos algemadas às costas, o policial rapidamente projetou o joelho em seus colhões e Mathieu curvou-se com um balido, recebendo dois punhos fechados bem no centro das orelhas.

Essa foi a única hora em que Mathieu teve consciência de ter pensado alguma coisa e o que lhe passou pela cabeça foi um desejo enorme de perder os sentidos, de desmaiar ou dormir naquele instante mesmo, de se esquecer de tudo, de apagar tudo, de ignorar a dor, de adormecer dentro da poça de seu próprio sangue e não ver aquele sujeito se aproximar novamente, de deixar que o policial fizesse tudo o que tivesse vontade, mas sem que ele visse. E Mathieu horrorizou-se ao perceber que seus olhos permaneciam abertos.

"*Où est Mathieu? Où est monsieur Molinari?*", a moça comprida começava a se impacientar. "*Où est monsieur Molinari? Monsieur Molinari? Vous le connaissez, non? Vous parlez français? Vous ne parlez pas français? Personne ici parle français?... Francese? French?*"

Trouxeram alguém que falava francês, uma camareira gorda de passinhos rápidos cuja pele lhe pareceu ainda mais negra que a dos outros funcionários. A aeromoça estava irritada e foi obrigada a repetir as mesmas perguntas, bem devagar, para que a mulher entendesse: onde estava *monsieur* Molinari, hóspede deste hotel desde a semana passada, no quarto seiscentos e dois, e que desde ontem não dava notícias, não atendia o telefone, não respondia aos vários recados que ela deixara?

"*Je sais pas, je connais pas*", a camareira repetia. "*Je connais pas. Je sais pas.*"

"Minha senhora", a comissária tentava ser o menos grosseira possível com a gorducha de ar assustado, "o que eu quero saber é se *monsieur* Molinari foi embora ou se ainda está aqui. Sim, eu sei que a senhora disse que não o conhece. Mas num hotel deste tamanho, quase sem hóspedes, a senhora deve ter visto alguma vez um europeu louro e magro andando por aqui, ou pelo corredor, ou na sala do café, não viu? Não é possível que não tenha visto, não é possível que ninguém aqui tenha visto *monsieur* Molinari. Sim, ele está, ou estava, hospedado no quarto seiscentos e dois... Como assim, não há nenhum registro de um europeu chamado Mathieu Molinari? Claro que está registrado. Tem que estar registrado. Eu estive aqui. Na semana passada. Estive com *monsieur* Molinari. Estive no quarto dele. Dormi lá. É claro que ele estava aqui. É claro. É claro..."

As frases curtas da aeromoça eram traduzidas, viravam uma longa discussão entre o gerente e a camareira e as respostas eram sempre a negação da presença de Mathieu Molinari no Gbakanda Hotel: "Ninguém hospedado com esse nome"; "europeus raros, senhora", "europeus com medo dos rebeldes que atacam nosso governo", "nenhum telefonema recebido", "nenhum recado", "nenhum registro desse nome".

"Minha senhora", Elise Gorcieux começava a esquecer as boas maneiras e o ar de gentileza profissional exercidos em horas de voos intercontinentais, "minha senhora, eu não sou uma louca e aqui existe apenas um hotel com esse nome e até decorei o número do telefone, de tanto que liguei para cá: ML-672564. Eu telefonei para cá e falei com *monsieur* Mathieu Molinari na segunda e na terça-feira passadas. Como podem me dizer que não existe ninguém aqui com esse nome? Quem está hospedado no quarto seiscentos e dois?".

Ninguém estava hospedado no quarto seiscentos e dois. E, se *mademoiselle* quisesse, poderia verificar com os próprios olhos. Elise disse "Sim, eu gostaria", e quando se retirou do Gbakanda Hotel não sabia se todos estavam loucos, se ela estava louca ou se Mathieu teria simplesmente zombado dela durante dois dias seguidos, escarnecendo do seu retraimento e de sua felicidade deslumbrada diante do primeiro homem, após um bom número deles, que ela considerava um aliado, além de amante. Mathieu Molinari poderia estar agora por trás de um gim-tônica, dando as repetidas gargalhadas que tinham prometido algo novo para ela. Boas gargalhadas. Às suas custas.

— De que você está rindo? — interessou-se Gerard.

— De nada. Eu nem estava rindo.

— Você estava com o olhar fixo lá fora, com essa sua cara de deboche ou pena, nunca sei. Estava rindo do que eu estava falando? Você nem estava escutando, não é, Mathieu?

— Honestamente? Eu ouvi até o pedaço em que você falou do seu conflito entre a ideologia e a opção pelo emprego de psicólogo industrial na multinacional fabricante de caminhões em... Nantes?

— Não. Le Creusot.

— Isso, Le Creusot. Você dizia isso quando vi passar alguém que conheci em maio de 1968, carregando cartazes, gritando slogans e jogando pedras na polícia.

— Quem? Alguém que eu conheci também?

— Seguramente. Uma moça. O nome não interessa.

— E por que você riu?

— Eu não ri, Gerard. Eu estava apenas olhando ela saltar de um carro alemão de luxo, puxar a gola de um casaco de peles que deve ter sido comprado no mercado das pulgas ou no mercado de Kensington e ficar rodando ali pelo Carrefour de Buci, arrastando um cachorrinho ridículo e fazendo compras para o jantar desta noite. Ela adorava queijo com nozes.

— E o que isso tem de tão engraçado?

— Nada. Eu não disse que era engraçado.

— É aquela morena de jeans que está mexendo nos legumes?

— Não. Ela subiu a Rue Mazarine. Vamos tomar outro gim-tônica?

— Prefiro um café. Não sei como você consegue gostar de gim-tônica no outono, não tem nada de lógico.

Na verdade, Nora pensava com raiva, sem coragem de tocar no assunto com ele, tudo isso não passa de um absurdo ridículo. Não tem sentido eu ter levado as cacetadas que levei na Rue Dauphine duas horas atrás e agora, depois daquela corrida frenética, estar aqui na Rue Censier, abrindo as pernas para este arquiteto de pré-fabricados, sentindo sua língua lambuzar o interior dos meus ouvidos, que é uma coisa que ela sabe que me deixa louca. Não tem nada de lógico.

Eu me arrebentando com os flics e esse cara me esperando neste apartamento arrumadinho, entulhado de livros de bolso, aguardando a hora que eu ia chegar e ele ia levantar os olhos de alguma dessas babaquices de Albert Camus e dizer, naquele tom que a gente nunca sabe se é sério ou zombaria: Pax in Vietnam, baby. Pax in Vietnam, pax in Vietnam, pax in Vietnam no cu, não tem nada a ver com o Vietnã, seu burguesão filho da puta, seu arquiteto de merda, pax in Vietnam é o caralho, o que ele quer dizer com essa história de pax in Vietnam?

Aqui também é o Vietnã, meu lindo burguês de olhos cor do Mediterrâneo, só que é outro, a nossa luta é tão revolucionária quanto a deles, só que em outro lugar, em outro continente, em outro contexto, nossa luta é urbana, nossa guerrilha não é nas selvas do Sudeste Asiático. É atrás dos automóveis virados, das portas das lojas, das janelas das salas de aulas.

Pax in Vietnam uma ova. Bellum in Vietnam! Ou seria Bello in Vietnam? É um acusativo? Um ablativo? Merda, já esqueci tudo o que aprendi de latim.

Ah, ele começa a perceber que eu estou diferente hoje. Claro. Bellum (Bello? Belli?) in Vietnam, baby. Pensa que é só me deixar louca e depois voltar para seu projeto de casas populares em Argel? Argel teve uma guerra revolucionária, baby, lá também teve seu Vietnã antes de sustentar tuas aspirações liberais de classe média e te dar dinheiro para ter essas inúmeras gravações dos *Concerti grossi* de Corelli, antes de financiar teu apartamento linda e despojadamente decorado perto da estação do metrô.

É isso mesmo, baby. Hoje estou percebendo o que está por trás dessas tuas gargalhadas, desse teu olhar ferino, dessas tuas frases de duplo sentido. Argel é aqui e agora, baby, e não adianta me perguntar o que é que há com você, Nora, não adianta ficar me olhando fixo assim, com teus olhos da cor do Mediterrâneo, e pensar que eu vou me derreter, pensa que eu me incomodo se você se levanta e fica sentado na beira da cama fumando o seu cigarro americano?

Eu te conheço, Mathieu. Eu posso não falar nada porque você me assusta tanto quanto me enternece e me enlouquece, eu nunca sei o que você pensa, mas eu sei o que você é: um burguês liberal como meu pai, como esses que não entendem como nem por que nós queimamos seus carros e perturbamos a venda de seus vinhos.

Você me deixa louca, Mathieu, isso é verdade. Mas quando eu sair daqui não voltarei mais. Eu vou descer essas escadas, vou descer estes cinco andares e nunca mais vou me lembrar deste teu pôster do Allen Ginsberg, desta tua cama de solteiro onde eu semprè durmo mal e da tua irritante certeza de que nenhum homem me fez gozar como você me fez.

Mathieu queria se levantar, mas continuava sentado, um pouco sufocado pelo sangue que escorria pelo nariz, a rótula esquerda adormecida após o golpe do cassetete. O sangue que tingia a calça tanto podia ser dali como da hemorragia que escapava pela uretra, junto com o mijo que não parava de correr, aumentando a poça dentro da qual ele parecia uma criança atônita. Mathieu viu que o homenzarrão ia chutar a sua cara e esforçou-se para desviar o corpo, sustentando-se nas palmas das mãos de dedos quebrados. Foi inútil. Tudo o que conseguiu foi sentir a dor que já tinha esquecido antes de receber uma botinada no supercílio direito e perceber que estava rolando em direção aos pés da mesa do interrogador, um líquido grosso entrando no olho direito e uma frase embaçada soando longe na memória onde tudo estava solto, boiando, sem que ele pudesse agarrar e se salvar.

Mourir à Madrid, poxa, era um senhor título para um grande filme, meu caro Mathieu.

Mathieu não contestava. Era um grande título, sim, para o filme de bandido e mocinho que estava por trás daquela documentação toda.

Pedro discordava e dizia que tinha sido realmente uma luta entre bandidos e mocinhos, mas que os mocinhos tinham perdido. Ou melhor, que os bandidos tinham ganhado.

Mathieu achava que Pedro Martín, como todo latino, e particularmente como argentino descendente de refugiados espanhóis, era um romântico apaixonado pelos perdedores – negros, índios, guerrilheiros –, mas fascinado pela força dos vitoriosos.

Pedro Martín gritava um palavrão e perguntava o que Mathieu pensava do fato de ele, Pedro, ser um exilado, e Mathieu sorria, dizendo: Você não é um exilado, Pedro, você veio para Paris por livre e espontânea vontade, você veio porque quis.

Vim porque aqui nenhuma censura castra minha poesia, retrucava Pedro com um berro, sabendo que a partir daquele momento Mathieu levaria a discussão para termos estritamente pessoais, dissecando todos os aspectos de sua opção em abandonar Buenos Aires e ficar coçando o saco pelas ruas da Rive Gauche, morando na casa de amantes ou amigos e trabalhando vez por outra nos *magasins* que precisavam de balconistas temporários. Pedro sabia que Mathieu sabia que Pedro, como a maioria de suas relações, gostava dele misturando carinho com certo ressentimento. Mathieu era gentil, emprestava dinheiro, pagava almoços, dava carona nas estradas, mas sempre tinha uma maneira de pegar alguma coisa pessoal e derrubar qualquer argumentação sobre o que quer que fosse, e não adiantava acusá-lo de não querer nada, de não pretender nada, de ficar se tapeando com o alcance social do projeto de alguns edifícios baratos no sul da França ou no norte da África, onde nenhum pobre iria morar, mas sim a pequena burguesia que podia comprar seus *deux-chevaux*.

Mathieu apenas confirmava tudo isso. Não se importava com que tipo de classe habitaria seus pré-fabricados, não dava importância aos movimentos rebeldes espocando pelo mundo, não acreditava na revolução, em nenhuma revolução, em nenhuma intervenção, não ligava e até ridicularizava um documentário comovente sobre a Guerra Civil Espanhola como *Mourir à Madrid*: história de bandido e mocinho. Por que então só se ligava a gente como ele, Pedro?

É um trabalho de vampiro, ria-se Mathieu. E vocês são muito mais interessantes que meus companheiros de escritório.

— Está aqui a negócios?

— Não, estou em férias.

— Por que o senhor escolheu vir para cá?

— Por que não? O voo é direto de Paris, sua terra tem praias de areias brancas e vazias, meus francos valem o suficiente para eu passar uma temporada confortável no melhor hotel.

— Quanto tempo o senhor pretende ficar?

— Quinze, vinte dias.

— É um tempo inusitado de férias para um europeu.

— Eu sou inusitado, talvez.

— Seu passaporte registra visitas frequentes a países com governos de esquerda, como a Argélia. O senhor parece gostar muito de passar férias na Argélia.

— Eu administrei uma construção lá, faz tempo. Como o senhor pode ver aí, sou arquiteto.

— Sim, eu vi. O senhor já esteve também na Iugoslávia e na Checoslováquia.

— É verdade. E na Itália, na Inglaterra, na Holanda, na Alemanha, na Grécia, na Turquia e no Egito.

— Sempre a passeio?

— Quase sempre. À Alemanha e à Argélia fui várias vezes a negócios. Eu trabalho para uma empresa que tem escritórios nesses países, além da França.

— Mas aqui o senhor está a passeio, verdade? Num momento em que, como o senhor sabe, temos rebeldes tentando derrubar nosso governo, ajudados por potências estrangeiras. Há atentados. Ataques a alvos civis.

— Não me interesso por política. O assunto me entedia, simplesmente.

— Alguns teriam receio de vir aqui.

— Vi fotos. É um belo país.

— Sim. É um belo país. O senhor tem parentes, amigos, conhecidos morando aqui?

— Não. Ninguém. Como eu já lhe disse, estou aqui a passeio.

— Sim, eu ouvi. E onde o senhor vai ficar?

— Fiz uma reserva num hotel que me disseram ser o melhor e mais bem localizado.

— Quem lhe indicou esse hotel?

— O agente de viagens.

— Que hotel é esse?

— Gbakanda.

— Gbakanda? Que nome esquisito — comentou a esposa do cônsul.

— Como todo nome nativo, Lucie — disse o cônsul, com velada impaciência. — Você já deveria ter se acostumado, minha querida.

— A senhora conhece? — indagou Elise.

— Minha mulher não conhece nada nesta cidade. Ela se recusa a sair e só vai a recepções em embaixadas.

— E adianta alguma coisa para sua carreira eu andar por esta cidade infecta, cheia de flagelados, aleijados e crianças pedindo esmolas? Adianta, melhora a sua escala de promoção eu comparecer a algum desses chás em ambientes quentíssimos e sem refrigeração, onde todos falam um dialeto do qual eu não entendo uma palavra?

— Eles falam inglês, Lucie.

— E falam inglês tão bem quanto eu falo javanês. Não entendo nada. Nem uma palavra.

— Você não faz nenhum esforço, Lucie — comentou Mathieu, acompanhando-a numa caminhada pelo estreito e comprido jardim da casa, isolada do bairro exclusivo para diplomatas e executivos europeus por muros altos. — Você está estragando a vida deste rapaz.

— Tanto quanto eu tive a minha estragada por você, tanto quanto você estragou a minha, eu estraguei a sua e você vai estragar a dessa aeromoça que você catou não se sabe onde.

— Elise é diferente de você e de mim, é uma pessoa simples que está se entregando sem reservas a um cara que ela talvez não veja amanhã. Aliás, não verá mesmo: amanhã ela voa de volta para Paris.

— Eu odeio este lugar, Mathieu. E sei que ele escolheu este lugar exatamente porque sabia que eu ia mofar aqui dentro. Ele tinha oportunidade de ir para a Argentina ou para a Costa Rica e não foi. Ele quis me trazer para este fim de mundo.

— Talvez fosse a única chance de ele garantir que não perderia você.

— Pois já perdeu.

— Não perdeu, Lucie. Ele nunca teve você. Ninguém nunca teve você. Ninguém nunca vai ter você.

— Você teve.

— Não. Ninguém teve. Nós somos muito iguais e eu sei bem que você só se importa com o que você sente.

Não só não estou interessado em ouvir pregações sobre meu egoísmo – Stefan tinha prazer em dizer aquelas frases longas com sua bela voz grave –, como também me parece que você não tem moral para vir me dizer que estou me empapuçando de haxixe e falar das minhas responsabilidades com Renata e as crianças. O que você sabe disso? Você não tem filhos nem nunca teve coragem de se ligar a uma mulher, jogando tudo como eu joguei com a Renata, e, ademais, você conhece drogas tão intimamente quanto eu.

Mathieu colocou a mão sobre a mão de Stefan e ponderou, com voz baixa, que ele, Mathieu, não era quem estava sugando o salário de professor de biblioteconomia em um dispendioso pozinho branco que acabava injetado em suas veias.

Stefan empurrou violentamente sua mão: Como é que você sabe, quem lhe disse, foi Renata quem lhe contou, ela sabe, ela sabe?

Mathieu respondeu repetindo a acusação que surgira alguns minutos antes, Eu conheço drogas tão intimamente quanto você, e nem era preciso que as conhecesse tão de perto para perceber no emagrecimento e na palidez que ele estava se matando, mesmo que escondesse o hábito picando-se nos pés e em outras partes do corpo em que as marcas não ficassem visíveis.

Eu não estou me matando, estou é saindo do ilógico mundo lógico de vocês era uma frase que não convenceria o racionalismo de Mathieu nem explicava por que, apesar de sentir um desejo enorme de pedir "Me ajude, Mathieu", ou "O que acha que pode fazer comigo, Mathieu?", ou apenas "Vá para a puta que o pariu, Mathieu", Stefan Erdos apenas olhou para o lado de fora da biblioteca e, fingindo esquecer que Mathieu partiria aquela mesma tarde, perguntou: Você gostaria de jantar conosco amanhã à noite? Hoje Renata e eu temos um compromisso inadiável e ela morreria de pena se soubesse que você esteve aqui em Lyon e não foi vê-la.

Se quisesse poderia matá-lo. Mas era evidente que tinha outras intenções. Os golpes, bofetões, empurrões e pontapés, eram precisos e localizados como os de um exímio açougueiro a descarnar o animal que abate, em silêncio, sem alterar o ritmo da respiração, sem se exaltar, sem gritos de fúria, sem um palavrão sequer. Um profissional da dor. Quando o arrastou pelas pernas quebradas, arranhando seu rosto e seu peito no cimento irregular, foi com extrema lentidão, e sabia que a dor seria menor e os cortes menos profundos que os do lábio e do supercílio. Seria, porém, mais uma dor. E isso era o que contava.

*

Ignoro inteiramente o que estou fazendo aqui, embora saiba que deve haver boas razões. Me tratam bem. De manhã vem uma enfermeira (ou enfermeiro, quando estou mais agitada, dizem) e me acorda, me dá comida, me leva ao banheiro quando a dose de remédios da noite anterior foi muito forte e eu ainda estou tonta e não consigo caminhar e não consigo nem mesmo ficar de pé. Como eu nunca sei se é de manhã mesmo ou de tarde, nunca sei a hora que me levarão ao médico. É um homem lindo, mais jovem que eu, e uma vez eu tirei a blusa para ele ver meus belos seios, que todos sempre disseram serem belos seios, e não tive sucesso, não funcionou, como funcionou em tantas outras ocasiões da minha vida. É que eu estou muito magra, como pouco, mas aqui não é ruim. Me tratam bem. Ontem mesmo já pude ficar sozinha no jardim e hoje me deram papel e disseram que eu podia escrever para quem quisesse e eu pensei em escrever para você, Mathieu.

Porque sempre penso em você, sabia?

Acho que estou aqui faz um mês, mas, como esquentou e anda fazendo sol de repente, é capaz de já ser primavera, e então eu estou aqui há mais tempo.

Gisele e Charles já vieram me ver várias vezes, mas, francamente, não sei quando. Eles sempre me trazem uma caixa de chocolates. Ou trouxeram da última vez, não me recordo exatamente. De nada me recordo exatamente. Mas não é necessário, você concorda?

Não tenho mais estado muito deprimida, estou até alegre, a pontaria de Deus não é das melhores e é até um pouco retardada.

Aqui é muito calmo.

Me tratam bem.

Não sei por que você não deu notícias. Será que você veio me ver e eu estava ainda na sonoterapia? Não precisa vir, porque o médico me garantiu que me deixa sair dentro de pouco tempo se minha família concordar, se Gisele e Charles concordarem que eu saia mesmo estando um pouco magra demais, não tenho muito apetite e, mesmo não sendo uma comida saborosa como a do Roi du Pot ou do La Hulotte, a comida aqui é boa. Apenas não tenho apetite.

O médico é lindo.

Mais jovem do que eu.

Por que você não vem me ver um dia desses? Até quando vai ficar em Argel? Sinto saudades de você. Você já me perdoou? Eu sei que fiz bobagem em ir para Nova York com Felipe. Ele disse que você deu um soco na cara dele. Foi por minha causa? Ontem de madrugada o papai e a mamãe trouxeram sorvete para mim porque eu estava com medo ou com sede. Tenho me sentido bem, venho melhorando bastante desde o mês passado e hoje pedi papel e lápis, pois estava querendo lhe escrever há um bom tempo e estou sentindo muito calor, como pode fazer tanto calor na Haute-Savoie?

Faz calor. O inverno acabou. Aqui me tratam bem. Me desculpe por mandar a carta sem o seu sobrenome, mas eu sempre achei que Mathieu era seu sobrenome até que você me contou que Mathieu não era seu sobrenome, mas eu não me lembro qual era seu sobrenome. Me desculpe. Atenciosamente, Mona.

*P.S. – P*or que você não vem me visitar? É lindo aqui, você vai gostar.

P.S. 2 – Qual é seu sobrenome?

— Molinari? Mathieu Molinari?
 — Isso mesmo.
 — Trinta e dois anos? Arquiteto?
 — Sim.
 — Está aqui a negócios?
 — Não. Estou de férias.
 — O senhor escolheu uma época, digamos, difícil, digamos, conturbada para visitar o país.
 — É.
 — Por que o senhor resolveu vir logo agora?
 — Eu já estava aqui quando tudo aconteceu.
 — Quanto tempo mais o senhor pretende ficar?
 — Depende. Os museus estão fechados, os teatros

estão fechados. Fico até a situação se acalmar e então volto.

— Eu consigo que o senhor voe para Viena hoje mesmo.

— Não posso. Vim de carro.

— Ah, sim. Vejo que esta é sua primeira viagem a nosso país e o senhor parece gostar muito da Argélia, há vários carimbos de entrada e saída da Argélia.

— Eu administrei a construção de alguns prédios por lá, ano passado. Como o senhor viu, eu sou arquiteto.

— Sim, eu vi. O senhor também esteve no Egito e na Turquia recentemente.

— É verdade. E na Itália, na Inglaterra, na Holanda, na Alemanha, na Grécia e na Iugoslávia.

— Sempre a passeio?

— Quase sempre. À Alemanha e à Argélia eu fui várias vezes a negócios. Eu trabalho para uma empresa que tem escritórios nesses países, além da França.

— O senhor é empresário, então.

— Não. Eu sou um arquiteto empregado.

Bonito ou feio? Nem bonito nem feio: alegre. Alto ou baixo? Mais ou menos: mais para alto que baixo. Casado ou solteiro? Hum... Solteiro, acho. Burro, inteligente ou mais ou menos? Aí você me pegou. Ele não fala muita coisa séria, como é que se vai saber se alguém é inteligente se não fala muita coisa séria? Digamos que tanto faz.

O que eu sei é que ele é bom de cama. Bom mesmo? Ótimo. *The best*. De todos os franceses que eu conheci nesses quatro anos, ele foi o melhor. *La queue du diable, honey, the nicest cock in town. Not too big, not too long, not too thick, not too thin, always ready for action, always at work, if you know what I mean. Why don't you marry him? Why should I, why should he? Anyway, I think he's something like a communist, a leftist radical.*

Por que Maureen achava que o recente namorado francês era um radical de esquerda? Primeiro por causa dos amigos sombrios e barbados que ele tinha. Depois pelos livros nas estantes de seu apartamento, Trótski, Camus, Levi, Adorno, Finkelstein – os disfarçados ou os dissidentes. E também pelo hábito de zombar da religião – de todas as religiões –, do governo, da família, pai, mãe, tudo. Até de John Kennedy ele debochava e dizia *qu'il était un con*, isso é um horrível xingamento em francês, não é mesmo? *Et toi*, Maureen Hall perguntava ao amante recente que a saciava fisicamente, sem apagar sua sensação de intrusa naquele apartamento onde tudo parecia ter um lugar certo e definitivo, *est-tu aussi un con, toi?* Claro, Maureen, somos todos *des cons et des connasses*, somos todos uns babacas, minha querida ianque, você com sua bolsa de estudos de pintura indo babar no Jeu de Paume e eu construindo meus prediozinhos baratos onde irão morar outros babacas como nós, só que crentes que a vida, ah, a vida está muito melhor agora, nem se compara.

*

Você é um cínico, Mathieu.

– Não, eu não sou um cínico. Eu realmente acho que você já pagou o preço de sua ideologia e que você tem toda a razão, talvez exista alguma coisa que você possa fazer pela classe operária servindo de psicólogo nesta fábrica de... de que mesmo?

– De gente que procura uma sensação, uma visão, uma percepção nova, nem que isto nos deixe loucos neste mundo em que a fronteira, o abismo entre a loucura e a sanidade, Mathieu, é infinitamente menor do que você e todos os racionais como você acham que é e eu vou te dizer uma coisa. Eu vou te dizer uma coisa, Mathieu: eu prefiro o hospício a...

– Aqui me tratam bem.

– ... prefiro o hospício no entorpecimento que escolhi a teu anarquismo impotente e castrador, e Renata, se me ama realmente, tem que entender isso.

– Entender o quê? Que você preferiu um futuro garantido em Nova York, com os dólares da mãe de Felipe, ao que te ofereço na Rue Censier? Eu nunca te ofereci nada. Eu só acho que vocês são dois cretinos de virem trepar aqui.

— Nesta tua cama de solteiro, Mathieu, onde é que já se viu, é nela que você se garante, ela é o melhor retrato do teu individualismo pequeno-burgues, de quem vê o mundo explodindo à sua volta e só sabe dizer não fui eu, eu não tenho nada com isso.

— Como não tem? O senhor não esteve na Argélia, na Iugoslávia, na Checoslováquia?

— Eu faço o que eu bem entender e qualquer dia eu posso até virar amante de um copeiro da embaixada, por que não? Não é esse o nosso negócio? Ser feliz, ou ter prazer, é praticamente a mesma coisa, sempre que aparece a oportunidade?

— *That's it, baby, suck it, baby, that's it, baby, I'm coming, I'm coming, baby and this is all that matters.*

— O que o senhor foi fazer nesses lugares? Passear também?

— Quando eu vim aqui pela primeira vez é que percebi que lá ninguém mais sabia quem eram os mocinhos e quem eram os bandidos. Daqui ao menos eu sei, eu percebo. Nem que nunca mais escreva uma linha e tenha que viver à custa de todo mundo. Aqui pelo menos eu sei.

— Aqui me tratam bem.

— O que o senhor veio fazer aqui?

— Nada especial, Elise. É seu nome, não? Elise?

— Sim, Elise.

— Vou ver se é mesmo a porcaria que todo mundo diz que é.

— Ah, é, pode crer que é. Estou fazendo esta rota desde janeiro e tremo só em pensar que desta vez vou ser obrigada a passar dois dias ali por conta de um engano na escalação das equipes de voo.

— Não tem como mudar?

— É muito complicado.

— Então eu te ajudo. Eu te telefono, a gente sai junto e, se me achar muito chato, você diz que vai ao toalete e desaparece. Qual é seu telefone lá?

— Prefiro que você me dê o seu.

— Eu não sei. Não conheço nada, é a primeira vez que vou lá.

— Já sabe onde vai se hospedar, imagino.

— Reservei um hotel, como é mesmo o nome? Espere um minuto, devo ter aqui no bolso do paletó. Aqui está: Gbakanda Hotel.

— Como?

— Gbakanda. Gbakanda Hotel. Gê, bê, a, cá, a, ene, dê, a. Gbakanda.

Sua mãe só descobriu que estava grávida de você dois meses depois da volta da África. Elise nunca lhe contou de Mathieu porque nunca o perdoou pelo que acreditava ser abandono. Ela nunca soube o que realmente aconteceu com seu pai. Quando nos casamos você tinha apenas dois anos, Elise me falou de Mathieu e me pediu que mantivesse segredo. Foi o que fiz, mesmo depois da morte de Elise. Me calei por mais de quarenta anos. Eu teria me mantido calado para sempre, se não tivesse, por mero acaso, visto a reportagem de televisão sobre os europeus desaparecidos naquela guerra civil africana. Por isso lhe pedi que viesse aqui. A reportagem mostrava que, entre as ossadas encontradas, havia também documentos. Um deles, eu vi a imagem, era o passaporte de um cidadão francês. Tinha o nome dele: Mathieu Molinari. Ele era o seu pai. Você se parece muito com ele, sua mãe dizia. Na foto confirmei. Você é a cara do seu pai. O pai que você nunca conheceu. Que você nem sabia que era seu pai.

Eu liguei para a emissora, conversei com a repórter que esteve naquele país, contei a história de sua mãe e de Mathieu. A repórter então disse que tinha o passaporte dele e que entregaria a você, se você quiser. Aqui está o telefone dela. Ligue. Acho que vai lhe fazer bem saber da verdade.

DE VOLTA AO RIO

APENAS UMA MULHER
DE NEGÓCIOS

Regina interferiu pouco no bem azeitado serviço de atendimento de Madame Olenka.

Utilizou seus conhecimentos de contabilidade dos tempos de administração da papelaria para colocar em ordem as finanças, até então dependentes da memória (aguda, detalhista) de Olga, criando um livro-caixa com registro descomplicado de datas e faturamento, sem nomes (nem mesmo iniciais) de atendentes e atendidas, muito menos endereços destas e daqueles.

Desde então, ao final de cada semana, a nova sócia revê com a fundadora o faturamento da dinâmica pequena empresa.

O mesmo procedimento se dá ao final do mês, logo repetido a cada trimestre, estendido ao semestre e assim sucessivamente.

Havia potencial para crescimento e ampliação de mercado, dada a praticamente unânime aprovação dos serviços e consequente recomendação boca a boca da clientela satisfeita, mas as parceiras acordaram em manter a atividade dentro de limites por causa do risco de atrair a atenção de fiscais do imposto de renda.

O livro-caixa é mantido no apartamento de Regina, enrolado em papel alumínio, dentro de um saco plástico, no refrigerador, atrás de caixas de sorvete, embaixo de embalagens de comida congelada, copiando a maneira como Sergio escondia maconha (para consumo próprio, apesar de detestar cigarro comum) quando os filhos eram pequenos.

Aboliu o uso de calças apertadas, camisetas regata, camisas e camisetas atochadas ou estampadas com logomarcas, rostos de artistas e frases em inglês, português ou qualquer outra língua, bonés, bermudas, bermudões, shorts, assim como tênis com detalhes dourados ou prateados, cuecas à mostra, sungas em substituição a cuecas, cuecas do tipo suporte atlético, cordões, pulseiras, anéis, brincos, todo e qualquer acessório espalhafatoso.

O conceito de espalhafatoso, porém, era vago para muitos dos atendentes.

Instruiu-os, então, a se vestirem no trabalho com um tipo de equalizador social: camisa polo em tom escuro, jeans e tênis branco com meias.

Trajados como um neto mais velho ou um filho temporão, os rapazes ficam à vontade para entrar e circular no prédio de qualquer cliente sem chamar a atenção de porteiros ou vizinhos.

Não obstante, algumas senhoras se constrangiam em receber os jovens funcionários de Olga e Regina nos mesmos lares onde haviam habitado com os esposos falecidos e criado os filhos, ou onde parentes e amigas poderiam surgir para uma visita inesperada.

Para estas clientes, após resistência inicial de Olga, contrária a gastos adicionais num *business* que ia tão bem, a empresa alugou (utilizando um dos muitos RGs de Olga, presentes de alta funcionária de um departamento estadual) um apartamento térreo (sem necessidade de subir escadas, portanto, o que seria penoso para freguesas com artrite), de fundos (sem chances de olhares inconvenientes, portanto), em discreta rua de Botafogo (acessível por táxi, ônibus e metrô, portanto), com entrada social (para as atendidas) e de serviço (utilizada pelos rapazes). No prédio sem porteiro, com vários consultórios de psicanalistas, entradas e saídas a cada cinquenta minutos eram frequentes. Entradas e saídas de rapazes e senhoras seriam parte da rotina, portanto.

Também ordenou por tipo e idade o que passou a se referir como estoque.

A idade-limite do referido estoque, por questões de vigor, bom aspecto e disponibilidade, ficou estabelecida entre dezoito (mínima) e vinte e cinco anos (máxima).

O candidato a atendente precisa ser apresentado por um veterano. Se parecer adequado ao ofício por Madame Olga, é encaminhado a um teste (pago) com freguesa de confiança, que depois relatará e qualificará seu desempenho.

A lista dos funcionários, nunca ultrapassando trinta, é guardada no quarto de Olga, dentro de um porta-retratos com a imagem de Santa Maria Goretti.

Por fim Regina eliminou nomes de guerra exóticos ou estrangeiros.

O estoque podia escolher entre estes treze nomes:

André.
Fábio.
Alexandre.
Marcelo.
Tiago.
Mateus.
Leandro.
Rodrigo.
Pedro.
Vicente.
Vítor.
Adriano.

Permitiu que Igor mantivesse o codinome Igor.

Vez por outra passeavam de moto pela orla: Copacabana, Ipanema, Leblon, de volta a Copacabana. Em uma noite de lua quase cheia ele a levou ao mirante Dona Marta, aonde Regina nunca tinha ido, acima da favela em Botafogo. De lá viu toda a extensão da paisagem do Rio de Janeiro, das montanhas cobertas pelas florestas verde-musgo aos diversos tons gris no esparramado tabuleiro de construções e avenidas do centro, onde reconheceu as linhas do prédio da Central do Brasil, retas e simples como um brinquedo de montar de sua infância, o cintilar das luzes da ponte Rio–Niterói, depois o amarronzado paredão do morro do Pão de Açúcar, descendo ao profundo azul-marinho do mar em toda a volta, emoldurado aqui e ali por praias a formar halos prateados, de volta ao Corcovado iluminado, quase pulsante de tanto brilho no topo de sua colina, até as lágrimas tirarem o foco da imagem.

Pensou em Sergio e lembrou-se de uma frase dita pela avó de Saramago, perto de morrer, admirando a noite estrelada no céu de Azinhaga: "Que pena me dá perder tudo isso."

Igor notou suas lágrimas, hesitou brevemente, em seguida a abraçou.

Tinham quase a mesma altura, ela percebeu.

Retribuiu o abraço.

E deixou-se soluçar, brandamente.

Este livro foi composto na tipologia Adobe
Garamond Pro, em corpo 12/17, e impresso em
papel off-white no Sistema Cameron da
Divisão Gráfica da Distribuidora Record.